Mの暗号

柴田哲孝

祥伝社文庫

目次

プロローグ

昭和二〇年八月一七日

風のなまぬるい夜だった。

湾内から昇ってくる潮風が、海面に浮く重油や腐った海藻の臭いを運んでくる。

だが、やがて、その風も止《や》んだ。

静かだった。耳を澄《す》ませば、船着き場のコンクリートの上を這《は》う船虫《ふなむし》のかすかな足音が聞こえてくるような気がした。

いや、それは錯覚《さっかく》だ。もしこんな夜に越中島《えっちゅうじま》の陸軍第一管区高射砲連隊の周囲をうろつく者がいるとすれば、長かりし大東亜戦争で死んだ友軍の腹を減らした亡霊たちだろう。その戦争も、二日前に終わった。

川村信義《かわむらのぶよし》砲兵大尉は、夕食後に自室に戻りラジオのスイッチを入れた。間もなく日本放送協会──ＮＨＫ──の、午後七時のニュースが始まる。だが、その前に突然、天気予報が流れだした。

〈──ここで……明日の天気を……お知らせします……明日は……朝から晴れ……午後は時々曇《くも》り……ところによって……雷雨がありましょう──〉

懐かしかった。ラジオで天気予報を聴くのは、何年振りだろう。大東亜戦争中は、国内の天気は軍事機密とされ、予報は一切放送されなかった。だが、もう、日本の天気予報を傍受されたとしてもアメリカのＢ29が空襲に飛んでくることはない。

川村は、二日前に聴いた天皇陛下の玉音《ぎょくおん》放送のことを思い出す。いまもその冒頭のお言葉が頭から離れない。

〈──朕《チン》深ク世界ノ大勢ト帝國ノ現状トニ鑑《カンガ》ミ非常ノ措置《ソチ》ヲ以《モッ》テ時局ヲ収拾セムト欲シ茲《ココ》ニ忠良《チユウリヨウ》ナル爾《ナンジ》臣民ニ告ク

朕ハ帝國政府ヲシテ米英支蘇四國ニ對《タイ》シ其《ソ》ノ共同宣言ヲ受諾スル旨《ムネ》通告セシメタリ

──〉

その時はちょうど正午だというのに、不気味なほど静寂だった。いつもはうるさい蟬《せみ》や烏《からす》も鳴かず、森《しん》としていた。暑い太陽の下で部隊の戦友たちとラジオの前に整列し、天皇陛下のお言葉に耳を傾けた。

〈――爾臣民ノ衷情《チユウジヨウ》モ朕善《ヨ》ク之《コレ》ヲ知ル然《シカ》レトモ朕ハ時運ノ趨《オモム》ク所堪《タ》ヘ難《ガタ》キヲ堪ヘ忍ヒ難キヲ忍ヒ――〉

川村は、雑音の入る玉音放送に懸命に耳を傾けた。天皇陛下のお言葉を、すべて聴き取れたわけではなかった。だが、そのお言葉の節々から、日本の降伏を伝える〝戦争終結ノ詔書《しようしよ》〟であることは理解できた。

ラジオの前に直立する男たちの間から、すすり泣く声が洩《も》れた。日本は、戦争に負けたのだ。米国、英国、支那《シナ》、蘇連《ソれん》に降伏してしまったのだ。

あれから二日間、川村にはまだ日本が負けたという実感が涌《わ》かなかった。だが、いまこうして三年八カ月振りにＮＨＫの天気予報を聴いていると、改めて戦争が終わったことが身に沁《し》みてくる。

外で、物音がした。官舎のひび割れた曇りガラスの窓が、ライトの光で照らされた。

自動車だ。だが、日本軍の自動車のエンジン音ではない。もっと大きな、アメリカの自動車の音だった。

終戦からまだ二日しか経《た》っていないのに、もうアメリカ軍がここまでやって来たか。意外に、早かったな……。

川村はそう思いながらラジオと明かりを消し、息を潜《ひそ》めた。

車が、停まった。ライトが消え、重いドアが開閉する音が聞こえた。数人の、足音。誰かがこちらに、歩いてくる。

足音が、部屋の前で止まった。

ドアがノックされた。一瞬、背筋に電気が流れたように、体が硬直した。だが、聞こえてきたのは日本語だった。

「川村大尉はいるか！」

聞き覚えのある声だった。川村は怖るおそる土間に立ち、錠を外してドアを開けた。

軍帽を被《かぶ》った知っている男が立っていた。

「熊谷《くまがや》少佐殿ではありませんか。こんな時間に、どうかいたしましたか……」

隣接する陸軍糧秣廠《りょうまつしょう》の、熊谷保実《やすみ》所長だった。その後ろにも、顔が影になっているが、背広を着た背の高い男が立っていた。少し離れた所に停まっている米国製のビュイックの中にも、まだ人影が見える。

「川村大尉、急で悪いが頼みたいことがある」

熊谷少佐がいった。

「どのようなことでしょう。ご命令でしたら、いかようなことでも……」

二日前に戦争は終わっていたが、まだ軍務は解《と》かれていない。いまはまだ、上官の命令は絶対だった。

「貴様の隊の、兵を借りたい。早急に、運ばなくてはならないものがある」

「少佐殿、お安い御用です。何人ほど、ご入用でしょうか」

川村はそういいながら、熊谷の背後に立つ背の高い男を見た。どこかで、見掛けたことのある男だった。確か、糧秣廠に物資を用達する某陸軍公社……〝アジア産業〟とかいった……の総帥《そうすい》ではなかったか――。

「力の強い者を、二〇人ほど頼みたい。口が堅く、酒を飲んでいない者がよい」

「わかりました。すぐに兵舎に行き、ここに連れて参ります」

川村は熊谷に敬礼し、兵舎へと走った。

一〇分もしないうちに、川村は九四式トラックの荷台に砲兵隊の兵二〇人を載《の》せて戻ってきた。熊谷少佐が助手席に乗り込み、先導するビュイックの後をついていった。行き先は、高射砲中隊の隣の敷地にある糧秣廠の倉庫だった。

焼け残った赤煉瓦《あかれんが》倉庫の前で、ビュイックが停まった。

「ここだ。全員、降ろせ」

川村はトラックを停め、荷台から兵を降ろした。暗闇の中に整列させ、小声で点呼を取る。人数を、確認。熊谷少佐の命令に従い、懐中電灯の光を頼りに〝イ―五〟と書かれた倉庫の中に入っていった。

元来《がんらい》、糧秣廠とは、陸軍兵士の食糧や軍馬の飼料を管理する部署である。本廠は深川《ふかがわ》区の越中島にあったが、軍用馬の飼料倉庫は千葉県の流山《ながれやま》出張所に移転されていた。越中島の倉庫には、主に兵士用の米や缶詰、野菜、酒などが保管されていた。

これらはすべて、後に〝隠退蔵《いんたいぞう》物資〟（大戦後、旧日本軍の物資を不正に隠匿《いんとく》し退蔵したもの）と呼ばれることになる軍需《ぐんじゅ》物資である。終戦翌日の八月一六日には、「軍需物資関係の帳簿は即刻処分すること」という伝令が各部隊に回った。だが軍が隠匿するまでもなく、すでに武装した朝鮮人や中国人が各地の軍倉庫を襲撃。軍需物資が略奪《りゃくだつ》されるという事件が、全国で頻発《ひんぱつ》していた。

川村も、物資の略奪は噂《うわさ》では聞いていた。越中島の糧秣廠もいつ襲われるのだろうなどと、部隊内で話が出ていたばかりだった。今回の熊谷少佐による命令も理由を訊《き》くまでもなく、倉庫の物資を他に隠匿する手伝いをやらされるものと理解した。

ところが倉庫の中に入っていくと、懐中電灯の光の中に奇妙な光景が浮かび上がった。コンクリートの床に四寸角の材木の台が置かれ、その上に井桁《いげた》のように煉瓦のようなものが積み上げられている。そのような〝山〟が、倉庫の中にいくつもあった。つい先日も部隊の食糧の配給を受けるために倉庫に入ったばかりだったが、このようなものを見るのは初めてだった。

「少佐殿。いったいこれは……」

だが熊谷少佐も、背広の男も目の前にある〝山〟については何も説明しなかった。

「川村大尉、貴様は知らん方がよい。この〝煉瓦〟をそこにある大八車に積み込み、倉庫から運び出すんだ」

「承知しました……」

川村は、部隊の部下に少佐の命令を伝えた。積み上げられた〝煉瓦〟は、長さ二〇センチ余り、幅約一〇センチ、厚み約四センチ。底辺が広く、台形になるように上がすぼまっていて、持ってみると鉛《なまり》よりも重かった。一つ、一五キロはあるだろう。

懐中電灯の光を当てると、金色に輝いていた。白金色の〝煉瓦〟もあった。見るのは初めてだったが、これが〝金塊《きんかい》〟であることはいわれなくてもわかった。

金額にして、いったい幾らくらいになるのだろう。見たところ数百本はある。数十億円か、数百億円か、数千億円か。まったく見当もつかなかった。

川村大尉と二〇人の部下たちは、金塊を黙々と大八車に積んだ。熊谷少佐と背広の男が、黙って見張っていた。蒸し暑い夜で、たちまち体に汗が噴き出してきた。

五台の大八車にタイヤが潰《つぶ》れるほどの金塊を積み込み、倉庫から運び出した。糧秣廠の裏の船着き場まで行くと、今度は岸壁から金塊を海に投げ入れろと命令された。

いわれたとおりに部下に伝え、金塊を海に放った。金塊が大きな音を立てて水面に落ち、暗い海に沈んでいく。みな、怪訝《けげん》そうな顔をして命令に従った。

だが川村は、薄々自分たちのやらされていることがわかっていた。この船着き場の下の海は、浅い。せいぜい、三メートルか四メートル程だろう。

間もなくこの越中島の糧秣廠にも、米国や蘇連の進駐軍がやってくる。いや、その前に、武装した朝鮮人や中国人が襲ってくるやもしれない。この金塊を奪われる前に一旦、海の底に沈めて隠しておこうという軍部の計画なのだろう。

それにしても、なぜこの越中島の糧秣廠の倉庫などに、これだけ大量の金塊があったのだろうか……。

倉庫と船着き場の間を何度も往復し、数百本すべての金塊を海に沈め終えるころには、時間は午後一一時を過ぎていた。

「みな、御苦労だった。そこにある酒と缶詰を持っていってくれ。今夜のことは、くれぐれも他言は無用である」

川村は熊谷少佐から酒一〇本と桃や鯖《さば》などの缶詰五〇個を受け取り、部下と共にトラックに積み込んだ。運転席に乗り、エンジンを掛ける。部隊に戻るために方向転換をする時、トラックのライトの光芒《こうぼう》がビュイックの後部座席に乗る男の顔を捉《とら》えた。

まさか……。

瞬間、名前が出てこなかった。だが、あの眉の太い意志の強そうな顔は、見間違えるわけがない。

大蔵省の〝影の支配者〟と呼ばれた高級官僚……。今日、八月一七日、奇《く》しくも敗戦の責任を取って総辞職した鈴木貫太郎《すずきかんたろう》内閣の懐刀《ふところがたな》といわれ、内閣書記官長として辣腕《らつわん》を振るった男……。あの男だ……。

川村は、今回の金塊の出処がわかったような気がした。あの男は、東条英機《とうじょうひでき》内閣（一九四一年一〇月～一九四四年七月）の時に企画院の第一課長に就《つ》いていた。東条英機の〝金庫番〟でもあった男だ。

そう考えれば、あの海に沈められた金塊の正体は明白だ。

だが、熊谷少佐にいわれるまでもなく、一刻も早く忘れた方がよい。下手《へた》に探れば、本当に命取りになる。川村は一度も振り返ることなく、トラックを高射砲中隊の兵舎へと向けた。

この時、川村大尉は、考えてもみなかった。やがて自分が謂《いわ》れない罪状で巣鴨《すがも》プリズンに収監され、拷問《ごうもん》の末に処刑されることを――。

二〇名の部下のほとんどが中野《なかの》刑務所に収監され、もしくは進駐軍に囚《とら》われ、獄死や事故死などの不遇《ふぐう》の死を遂《と》げることも――。

第一章　四頭の獅子《しし》

1

二〇一五年・夏

梅雨《つゆ》が明けてから、連日の猛暑が続いていた。

日中は東京の都心部でも摂氏《せっし》三五度を超え、三〇度近くの熱帯夜も当たり前になっている。新聞やテレビのニュースは毎日のように、暑さによる熱中症の被害を伝えていた。

いったい地球は、どうなってしまったのだろう……。

五〇年前の東京ならば、いくら暑くても人が死んだりはしなかった。夜だって、窓を少し開けておけば涼しかったものだ。だが、いまの人間は、停電になってエアコンが止まっただけで生きていけなくなる。

塩月聡太郎《しおづきそうたろう》は白い髪を掻《か》き上げ、凝《こ》った肩を伸ばした。柱に掛かった古い時計を見ると、もう夜の一〇時を過ぎていた。台風の影響なのか、つい先程から強い雨が降りはじめ、遠くから雷鳴が聞こえてくる。

もう、こんな時間か……。

塩月は空《から》になったコーヒーカップを手にし、書斎の椅子《いす》から立った。廊下に出ると、夜とは思えない生温《なまぬる》い空気が体にまとわりついてきた。今夜もまた、エアコンをつけたまま寝ることになるのだろう。

台所に行き、冷蔵庫を開けた。冷たい麦茶のペットボトルを出して、コーヒーカップを満たした。それを持って、また書斎に戻った。

座り馴《な》れた椅子に腰を下ろし、塩月はまた調べ物を続けた。デスクの上には一枚のA4のコピー用紙が置かれ、その周囲に古い百科事典や辞書、地図や様々な分野の専門書などが山積みになっている。

塩月は冷たい麦茶をすすり、コピー用紙に見入る。だがそこに書かれている内容は何かの謎解きなのか、もしくは暗号なのか。皆目《かいもく》、理解できない。

〈――長キ年月ヲ四頭ノ獅子向キ合ウ処ソノ中央ニ壁ヲ背ニシテ立チテ――〉

いったい〝四頭ノ獅子〟とは何を意味するのか。塩月は、コンピューターが苦手だ。現役時代に使っていたパソコンは、もう何年も前に捨ててしまった。百科事典で調べてみても、それらしきものは何も出てこない。

唯一、〝四頭ノ獅子〟として文献に記載されているのは、インドの国章だけだ。これはインドのウッタル・プラデーシュ州サールナートにある『アショーカの獅子柱頭《ちゆうとう》』に由来するものだが、四頭は〝向き合って〟はいない。〝背中合わせ〟に並んでいる。

しかもアショーカの獅子は尖塔《せんとう》の柱頭に配置された石像だ。〝中央に壁を背にして立つ〟ことなど物理的に不可能だ。だいたいそれ以前に、この謎の文書がインドについて書かれたものであるわけがない。

違う。この文書にある〝四頭ノ獅子〟は、まったく異なるものを意味しているはずなのだ。そうでなくては、辻褄《つじつま》が合わない――。

その時、何かが聞こえた。雷鳴ではない。居間で、呼び鈴が鳴っているようだ。

こんな時間に、しかもこの雨の中を誰だろう……。

塩月は老眼鏡を外し、書斎を出た。廊下の突き当たりの玄関に向かう。明かりをつけ、サンダルを突っ掛けて三和土《たたき》に下りた。

「どなたですか」

外の玄関灯の明かりの下に立つ人影に、声を掛けた。

「先生、〝私〟です。夜分遅くに、申し訳ありません……」

塩月の、よく知っている男だった。

「何だ、君か……」

玄関の鍵《かぎ》を外し、戸を開けた。雨の中から、全身濡《ぬ》れ鼠《ねずみ》の男が体を滑《すべ》り込ませてきた。

「すみません。〝例の件〟で少しわかったことがあったものですから……」

男が、体の水滴を払いながらいった。

「私もちょうど、〝例の件〟を調べていたところだよ。まあ、上がりたまえ。スリッパは、そこにある」

塩月はサンダルを脱《ぬ》いで、自分から家に上がった。書斎に向かって歩きはじめた瞬間、後頭部に強い衝撃を受けた。

一瞬で意識が遮断され、その場に崩《くず》れ落ちた。


右手に値札の付いた金槌《かなづち》を握ったまま、男は足元を見下ろしていた。

真夏だというのに、男は両手に白い手袋をはめていた。目の前の廊下には、頭を割られた白髪《しらが》の老人が両目を見開いたまま倒れている。ある意味で滑稽《こっけい》な、それでいてありきたりな悲劇の光景だった。

男は塩月からいわれたとおりにスリッパを履《は》いて玄関から上がり、倒れている老人の頸《けい》動脈《どうみゃく》に手袋をした指で触れた。心臓は、止まっていた。

あの塩月聡太郎も、たあいないものだ……。

金槌を濡れた上着のポケットに仕舞い、老人の死体を跨《また》いで廊下を奥まで進んだ。以前にもこの家に来たことがあるので、書斎の場所はわかっていた。

書斎のドアを開けた。明かりはついていたが、部屋の中は薄暗かった。かたかたと鳴る古いエアコンの風と共に、大量の古書だけが持つ人に語り掛けるような黴臭《かびくさ》さが、静かに流れ出てきた。

男は部屋に入ると、まず古い応接セットのテーブルの上にあるリモコンを手にしてエアコンを消した。不自然な風が吹いていると、どうも落ち着かない。

部屋の中央に立って、周囲を見渡した。背後と右手の壁一面が書棚になり、書物で埋まっていた。左手の応接セットの向こうにはテレビとキャビネットが並び、正面の窓の下にデスクが置かれている。

窓ガラスが稲妻で光り、雷鳴が響いた。風が唸《うな》り、雨粒が窓に叩きつける。

男はゆっくりとした足取りで、デスクに歩み寄る。主のいなくなったデスクの上には、まだ飲み物の入ったコーヒーカップが置かれ、資料の書籍が山積みになっていた。その中央に、地図のような絵図が描かれた文書が一枚、広げられていた。

これだ……。

男はその文書を手に取った。だが、違った。それはすでに男が持っているのと同じ、実物の一部を複写したものだった。

くそ……。例の〝原本〟は、どこにいったんだ……。絶対に、この部屋のどこかにあるはずだ……。

男は、文書の〝原本〟を探した。まず、デスクの上を念入りに調べた。雑然と積まれている資料や、書籍の下、窓の下の棚の上に並ぶ辞書やファイルの間。そしてデスクマットを捲《めく》り、その下も調べた。

邪魔《じゃま》なものはすべて、床に落とした。引出しもすべて開け、中身をばらまいた。だが、見つからない。

応接セットの向こうにある、マガジンラックの中も見た。キャビネットの引出しもぶちまけた。壁一面の書棚から古書をすべて落とし、一冊ずつページの間に何か挟まっていないかを確認した。それでも、何も出てこなかった。

〝原本〟はここではない。どこか別の部屋だ。男は書斎を出て、居間へと向かった。

夜半になり、台風の影響による雨と雷鳴はさらに激しさを増した。

男は居間に座り込み、肩で荒い息をしていた。冷蔵庫の中から出してきたペットボトルの麦茶を、直《じか》に口に流し込む。額《ひたい》や首から滲《にじ》み出る汗を、タオルで拭《ぬぐ》った。

居間、寝室、客間、台所、風呂場、納戸《なんど》の中――。この家の中で考えられる場所は、すべて見た。だが、あの文書の〝原本〟はどこにもなかった。

おかしい。塩月聡太郎は確かに、「〝原本〟を持っている……」といっていた。つまり、どこかこの家以外の場所に〝隠した〟ということなのか。

まずいことになった。だが、まだ他に方法がないわけではない。

男はペットボトルを手にしたまま立ち上がり、居間の足の踏み場もないような床を横切った。廊下に出て、玄関に向かった。倒れている老人の死体を跨ぎ、まだ濡れている靴を履いた。

脱いだスリッパは、上着のポケットに入れた。玄関の戸に立て掛けてあった傘を広げ、外に出た。

雷鳴と、風で殴《なぐ》りつけるような雨の中に姿を消した。

2

東京都武蔵野《むさしの》市の武蔵野警察署に一一〇番通報が入ったのは、八月九日の朝七時二三分だった。

――武蔵野市中町《なかちょう》二丁目の住宅街で、人が死んでいる――。

台風一過の、よく晴れた日曜日の朝だった。たまたま当直で刑事課に詰めていた船木徳《ふなきとく》郎《ろう》警部は、課内にいた部下三名と鑑識課の当直二名で緊急の捜査班を組み、〝現場《ゲンジョウ》〟に急行した。通報があと三〇分遅ければ日直の担当者に引き継《つ》ぐことができたのに、まったくついていない。

現場は、道の入り組んだ住宅街の一角だった。門に〝塩月〟という表札の掛かった古い家の玄関に、おそらく鈍器《どんき》のようなもので頭を割られた白髪の老人が倒れていた。何らかの〝事件《ヤマ》〟に巻き込まれたことは、情況からして明らかだった。

〝被害者《ガイシャ》〟の名は塩月聡太郎、七四歳。職業は不詳。だがこの界隈《かいわい》では〝先生〟と呼ばれるちょっとした有名人だった。

数年前にかなり歳の差のある後妻に先立たれてから、この古い家で一人暮らしをしていたらしい。捜査班が現場に到着し、その場で検死が行なわれ、心肺停止——つまり死んでいるということだ——が確認された。

「山《やま》さん……」船木が、同行した鑑識課の山本昭芳《やまもとあきよし》に訊いた。「この仏さん、死後どのくらい経ってると思う……」

山本が、目を見開いた〝被害者〟の顔を覗《のぞ》き込みながら考える。

「そうだな。死後硬直の進み具合からすると、死後一〇時間といったところかね……」

逆算すると、死亡推定時刻は昨夜の午後一〇時ごろということになる。

第一発見者は、近所に住む六九歳の主婦だった。朝六時半ごろ、犬を散歩させながら塩月の家の前を通ると、珍《めずら》しく玄関の戸が開いていた。帰りに通った時もまだ開いていたのでおかしいと思い、声を掛けて中を覗いてみると、玄関の奥に倒れている塩月の靴下を履いた足が見えた。これは大変だと思って急いで家に戻り、一一〇番通報したという。

船木は、遺体の情況を見ながら考えた。

〝被害者〟は玄関先の廊下に、家の中の方に頭を向けて俯《うつぶ》せに倒れている。その後頭部に、鈍器——いや、もっと鋭いものか——で殴られたような深い傷がある。つまり、昨夜の午後一〇時ごろに来客があり、家に上げようとしたところを背後から殴られて殺されたということか——。

「死因は、この頭部の傷で間違いなさそうだな」

船木が〝被害者〟の白髪を掻き分け、その奥の傷を示しながらいった。

「うん、間違いないね。これだけ傷が深ければ、脳までいっているだろう」

山本が答える。

「凶器は何だろうね……」

「そうだな……。傷口が小さくて深いところを見ると、金槌かピッケルのようなものじゃないかと思うがね……」

昨夜は、西日本を通過した台風の影響で東京にも大雨が降っていた。しかも午後一〇時という夜更《よふ》けに手に金槌を持って訪ねてくるとは、いったいどんな客なのだろう。いずれにしても〝被害者〟は玄関の鍵を開けて招き入れ、背中を見せるほど相手を信用していたのだから、よく知っている人間であったことは確かだ。

「おい、三上《みかみ》」

船木は、部下の一人を呼んだ。

「はい、何でしょう」

「第一発見者の主婦に聴取して、〝被害者〟に死んだ妻以外に身寄りがなかったかどうか確認してくれ」

「承知しました」

三上は、〝死体《マンジュウ》〟の前から離れられるのをいかにも嬉しそうに飛んでいった。

遺体の運び出しを終えてから、本格的に〝現場〟の検証がはじまった。家の中は居間も書斎も寝室も、どこも台風が吹き荒れたかのようにめちゃくちゃだった。所見として、〝物盗り〟の印象が強い。

「山さん、〝犯人《ホシ》〟の足跡と指紋を採取してくれ。それと、本田《ほんだ》と前原《まえはら》……」船木は他の部下を呼んだ。「手分けして、家の中から何かなくなっていないか調べろ」

だが、本田という〝新人《アンコ》〟の刑事が、戸惑《とまど》うようにいい返した。

「なくなっていないかといわれても、最初に何があったのかわかりません……」

そんなことは、船木にもわかっている。

「いいから、いわれたとおりにしろ！」

船木も自分のやり方で、家の中を検証した。いずれにしても、〝被害者〟の殺され方といい家の中の状態といい、荒っぽさが目に付く。〝犯人〟はかなり焦り、苛立《いらだ》っていたようだ。

その時、船木は、居間の床の上に意外なものが落ちているのを見つけた。使い古した、革《かわ》の財布だった。

手袋をはめた手で財布を拾い上げ、開く。中には〝被害者〟の運転免許証や保険証、各種クレジットカード、現金三万円余りが出てきた。つまり、〝物盗り〟の線ではないということか……。

船木は財布を証拠保全用のビニール袋に入れ、居間を出た。廊下の向かいに、ドアが開け放たれた部屋があった。覗いてみると、どうやら書斎のようだった。

部屋に入る。この部屋の荒らされ方も、酷《ひど》かった。おそらく、すべて高価な本なのだろうが、ぶ厚い古書や英文の原書が床一面に散乱していて、足の踏み場もない。

〝被害者〟は、近所の住民から〝先生〟と呼ばれていた。だが、いまのところ、その職業は誰も知らない。もちろん年齢からすればすでに現役を退《しりぞ》いて久しいのだろうが、昔は何かの研究者だったのかもしれない。

散乱する本を避《よ》けて、部屋の奥に進んだ。正面に、古いオーク材のデスクがひとつ。だが、デスクの上にあったと思われるものも引出しの中身も、すべて本と一緒に床に散乱していた。

いったい〝犯人〟は、何を探していたんだ……。

船木は足元の本を拾い上げ、ページを捲った。英文だと思っていたが、違う言語のものもある。専門知識がないのでよくわからないが、ラテン語かヘブライ語か何かだろうか。船木には、読むこともできなかった。

汚れたクッションを重ねた椅子の上には、コーヒーカップがひとつ。理屈ではなく、直感として、昨夜の来客があった時刻に、〝被害者〟はこの椅子に座っていたのだと思った。椅子の上のコーヒーカップを手に取った。倒れてはいたが、クッションの凹《へこ》みに入っていたためにまだ少し中身が残っていた。匂いを、嗅《か》いだ。コーヒーではなく、麦茶か何からしい。

どうも、この部屋には奇妙な違和感がある。だが、それが何なのかがわからない。船木はコーヒーカップをデスクの上に置いた。何がおかしいのか、違和感の原因を考えながらもう一度ゆっくりと、部屋全体を見渡した。

違和感のひとつは、すぐにわかった。この書斎には――いや、この家の中には――パソコンが見当たらない。〝犯人〟が盗んでいったものは、それか……。

だが、それはおかしい。もし〝犯人〟がパソコンを手に入れようとしていたのだとすれば、書棚の本の中まで探す必要はなかったはずだ。

それに〝被害者〟の塩月聡太郎は、もう七四歳の老人だった。まだ五十代になったばかりの船木でさえ、どちらかといえばアナログ人間だ。この家にパソコンの類《たぐい》がないことは、むしろ当然なのか。

船木が考え事をしている所に、鑑識の山本が入ってきた。

「徳さん、何か目ぼしいものはあったかい。いや、この部屋も酷いな……」

「そうなんだ。〝犯人〟は何か探していたことは間違いないんだが、それが何だかわからないんだ。ところで山さん、どこかでパソコンは見なかったかい」

船木が訊いた。

「いや、見ないね。〝被害者〟は七四歳だというから、最初からそんな物はなかったんだろう」

やはり、山本も同じ意見だった。

「それなら、〝犯人〟は何を探していたんだろう」

もしくは、何を盗んでいったのか。

「わからんね。これだけ古い家だから、高額の書画や骨董品《こっとうひん》でもあったのかもしれないしな」

本当に、そうだろうか。先程、居間に高そうな古伊万里《こいまり》の皿がころがっていたが、骨董品が狙いならなぜ〝あれ〟を持っていかなかったのか。

「それにしても暑いな……」山本がいった。「もう仏さんは運び出しちまったから鑑識作業には差し支《つか》えないし、そろそろエアコンをつけようじゃないか……」

その時、船木はもうひとつの違和感の原因に気が付いた。

そうだ。この家の中には書斎、居間、寝室の三部屋にエアコンがあるのに、すべて止まっている。だが、昨夜一〇時ごろに〝被害者〟が殺された時点では、どれか一台は電源が入っていたはずだ。

「山さん、昨夜の一〇時ごろは、気温は何度くらいあったと思う」

船木が床からエアコンのリモコンを拾い、電源を入れた。

「さあな。雨が降っていたけど熱帯夜だったから、三〇度近くはあったんじゃないかな。なぜだい」

「だとしたら、おかしいと思わないか。当然、どこかの部屋のエアコンはついていたはずだろう。〝被害者〟が殺された後に、誰が消したんだ。〝犯人〟か……」

玄関の戸を開けっ放しにしていく奴が、エアコンのスイッチを切っていくとは思えない。

「徳さん、それは考え過ぎだよ。老人になると、汗をかかないからね。エアコンが嫌いだったのかもしれないよ。そろそろ署から応援が着くから、居間の方に戻ろうか」

本当に、そうだろうか……。

二人で部屋を出ようとした時に、同時に気が付いて声を上げた。

「あっ！」

書斎のドアの上に、一枚の銅板のレリーフが掛けられていた。かなり、古い物だ。銅板には、精密なエッチングで、奇妙な図案が彫《ほ》られていた。

定規《じょうぎ》とコンパス、中央に〝G〟の文字。その上にあるピラミッド状の図形からは光のような放射状の線が広がり、中から人間の目がひとつ、こちらを見つめている。

「これは……」

「〝フリーメイソン〟のシンボルマークじゃないか……」

船木と山本は呆然《ぼうぜん》と、シンボルマークの目を見つめた。

3

二〇一五年・秋

東京都文京区《ぶんきょう》本郷《ほんごう》七丁目の『東京大学』は、日本の学問と学生文化の中枢《ちゅうすう》である。

数多くの歴史的学生運動の舞台ともなった安田《やすだ》講堂を中心に、本郷から弥生《やよい》、浅野《あさの》の三地区に跨がる通称〝本郷キャンパス〟は、総面積約五四万平方メートル。あえて東大らしからぬ凡庸《ぼんよう》ないい方をすれば東京ドーム一一個分、もしくは東京ディズニーランド一個分の広さに相当する。

これだけの面積を持つ広大なキャンパスに、法学部、医学部、工学部、文学部、理学部、経済学部、教育学部、薬学部などの各学部の歴史的建造物が整然と並ぶ。それぞれの建物の中にも無数の研究科や研究センター、医学部附属病院や史料編纂所、総合研究博物館などの施設がひしめき合っている。さらに数カ所の学食やカフェ、コンビニ形式の購買部、運動部のグラウンドや公園まであり、キャンパスというよりもそれ自体がひとつの〝街〟である。

九月一四日——。

新学期が始まって二週目に入った月曜日のこの日も、キャンパス内の無数の教室や研究室で各学部の講義やゼミが行なわれていた。

東大正門から本郷キャンパスに入り、広い銀杏《いちょう》並木の道を安田講堂に向かって歩いていくと、間もなく右手に〝法文二号館〟の古い建物が見えてくる。一九三八年、建築家の内《うち》田祥三《だよしかず》の設計によって建てられた〝内田ゴシック〟とも呼ばれる東大でも象徴《しょうちょう》的な建物のひとつだ。この〝法文二号館〟二階の一二番教室からも、文学部日本史学の特別講義の声が聞こえてきた。

教壇に立つのは特任教授の浅野迦羅守《あさのがらむ》、職業は作家。講義の内容は「戦後占領史と日本の現代文学」——。人気作家が講師を務《つと》める講義だけに、一〇〇席近い教室の席はほぼ埋まっていた。

「……つまり……終戦後、日本を占領した連合国軍最高司令官総司令部、アメリカのダグラス・マッカーサー元帥《げんすい》を長としたSCAP、もしくはGHQも、けっして一枚岩ではなかったわけだね。派閥《はばつ》としてはGSと呼ばれた民政局と、G2と呼ばれた参謀第二部、この二つの大きな流れに分かれていた。思想はGSがルーズベルト大統領のニューディール政策を推進しようとするリベラル派で、逆にG2は日本の公職追放者を救済して再軍備まで目論《もくろ》む極右だった。当然、両者の間に軋轢《あつれき》が生まれ、それが日本への占領政策にも大きな影響をもたらすことになった……」

小笠原伊万里《おがさわらいまり》は小さな映画館のように傾斜した教室の一番後ろの席に座り、教壇に立つ浅野迦羅守を見つめていた。講義に耳を傾けてはいたが、特別その内容に興味があるわけではなかった。

興味があるのは講義ではなく、浅野迦羅守という人間の方だった。だが、他の女子学生のように、このどこか危険な香りのする作家の容姿に惹《ひ》かれていたわけではない。まして、著名人に憧れるほどの小娘でもなかった。

伊万里が興味を持っているのは、浅野迦羅守という人間の頭の中身だった。この一カ月間に、浅野の著作を一気に五冊、読破した。どの本も、日本の昭和史、特に戦後史を題材にした小説やノンフィクションだった。いずれも内容はどこか荒唐無稽《こうとうむけい》でありながら、不気味なほどに説得力があり、しかも緻密《ちみつ》だった。

この浅野迦羅守という男は、何者なのか。なぜ、あれほどの情報を持っているのか。そしてこの東大の教授を務めるほど有智高才な男を、いかにすれば騙《だま》して利用することができるのか……。

浅野は伊万里の存在に気付くことなく、講義を続けている。

「……当初、SCAPの中で実権を握ったのは、マッカーサーの分身とも呼ばれたコートニー・ホイットニー准将《じゅんしょう》を局長とする民政局の方だった。中でも次長を務めるチャールズ・ケーディス大佐はSCAP内部でも民政派の切れ者として知られ、日本国憲法の草案を指揮した人物、として有名だね。またケーディスは、日本の財閥解体や公職追放を推《お》し進め、政治的には日本の共産党や社会党の台頭を容認したことでも知られている。終戦の二年後、一九四七年五月に誕生した日本社会党の片山哲《かたやまてつ》政権は、〝ケーディスが作った内閣〟といってもいい……」

伊万里は、浅野の講義に耳を傾ける。表面的には月並な講義だが、言葉の端々に一般的な他の教授ではあり得ないような大胆な解釈が潜んでいる。いったい、どうすればこの男を手玉に取れるのか……。

浅野は聴衆の目を引き付けながら、講義を続ける。

「ところがそのケーディス大佐が、失脚してしまう。理由は〝昭電《しょうでん》疑獄事件〟に絡《から》む収《しゅう》賄《わい》疑惑と、日本人子爵《ししゃく》夫人との不倫というスキャンダルだった。日本国憲法の草案を指揮した人物が不倫で失脚するとは、何とも滑稽で楽しいじゃないか……」

教室の学生たちの間から、笑いが洩れた。

「しかしこのケーディス大佐の失脚は、片山内閣の後で政権を握った吉田茂《よしだしげる》とその側近の白洲次郎《しらすじろう》の罠《わな》だったことが、後年になって明らかになってる。正に、事実は小説よりも奇なり、というやつだな……」

伊万里は備え付けのデスクの下で、長い足を組む。東大の中では他に見たこともないようなミニスカートに、胸元が大きく開いたタンクトップ。いざとなれば、この男を手に入れるためならどんな手段でも使ってやる……。

「ケーディス失脚の後、SCAP内部で現実的に実権を握ったのがG2のチャールズ・ウイロビー少将《しょうしょう》だった。彼は自由党の吉田茂と組み、一九四八年一〇月に第二次吉田茂内閣を発足《ほっそく》させた。もし先の片山内閣が〝ケーディス内閣〟だとすれば、この吉田内閣は〝ウィロビー内閣〟といってもいい。ウィロビーは吉田と共に国内のレッドパージを積極的に行ない、この動きが第三次吉田政権時代の行政機関職員定員法、さらに文化的には戦前以上のプロレタリア文学に対する圧力へと続いていくわけだ……」

講義がここまで進んだところで、ベルが鳴った。浅野が、腕の時計を見た。そして、いった。

「もう、こんな時間か。では、戦後の占領時代と日本のプロレタリア文学の関係については、次回にしよう。何か、質問は」

教室の後列で、伊万里が手を挙げた。

「ひとつ、よろしいでしょうか」

「何だね」

浅野と、視線が合った。

「先生の〝浅野迦羅守〟という名前は、本名ですか。それとも、ペンネームですか……」

教室から、笑い声が洩れた。浅野も、苦笑している。

「その質問は、講義とは何も関係はないな。しかし、まあ、いいだろう。私の〝浅野迦羅守〟という名前は、本名だ。では、今日はここまで」

浅野が資料のタブレットをブリーフケースに仕舞い、教室を出ていった。

伊万里はエルメス・エブリンのショルダーバッグを肩に掛け、教室の階段を駆《か》け下りた。

「ちょっと、どいて。急いでるんだから……」

他の学生を押しのけて教室を飛び出し、教授の浅野を追った。

「先生、待ってください」

伊万里はフェラガモのサンダルの踵《かかと》でリノリウムの床を鳴らしながら、薄暗い廊下を走った。階段の手前で浅野が立ち止まり、振り向いた。

「何だね」

浅野とまた、目が合った。その時一瞬、伊万里の全身が強張ったような気がした。

だが伊万里は大きく息を吸い、いった。

「私、小笠原伊万里といいます」

「小笠原……誰だったかな……」

浅野は不思議そうに、首を傾《かし》げる。どうやら伊万里の名前を、覚えていないらしい。

「急に呼び止めて、すみません。実は、先日お送りしたメールの件なんですが、お読みいただけたでしょうか……」

伊万里は東大の学生ではなかったし、浅野ともまったく面識はなかった。だが、一〇日ほど前に、浅野に一通のメールを送った。浅野の連絡先がわからなかったので、著作の多い出版社の編集部のメールアドレスに送信し、浅野に転送してくれるように頼んでおいたのだが。

「ああ、あのメールを送ってきたのは、君か。しかし、なかなか興味深い内容ではあったけど、信憑性《しんぴょうせい》はないと思うよ。〝M〟資金に関しては、近年になっても定期的に実《まこと》しやかな風説が流れるけど、どれも詐欺紛《さぎまが》いのものばかりでね。はっきりいって、あまり興味はないな」

浅野は周囲の耳を気にするように、ゆっくりと、静かな声でいった。その声を聞いていると、伊万里の心の中で燻《くす》ぶる熱が急に冷《さ》めていき、自信が揺らぎはじめた。

「やはり、だめでしょうか……」

伊万里がいうと、浅野が頷《うなず》いた。

「悪いけど、ぼくは忙しいんだ。誰か、他を当たってくれないか」

浅野は一瞬、笑顔を見せ、階段を上がっていった。

伊万里はそれ以上の言葉が見つからず、浅野の後ろ姿を見送った。

4

三階は、静かだった。

この階には、学生たちは学期中でもほとんど上がってこない。暗い廊下の両側には、文学部の各教授や講師の研究室のドアが並んでいる。

浅野迦羅守は、その中のひとつのドアの鍵を開け、部屋の中に入った。北側の窓から街路樹越しに穏やかな光が射し込む、一五平方メートルほどの部屋だ。だが、あまり広すぎないことも、陽光で明るすぎないことも含め、迦羅守はこの研究室を気に入っていた。

書物に囲まれたオーク材の大きなデスクに、タブレットと資料の入ったブリーフケースを置いた。英国製のアンティークの椅子に、腰を下ろす。そして椅子の肘掛《ひじか》けに腕を置き、顎《あご》に手を当てて物思いにふける。

それにしても〝Ｍ〟資金か……。

通称『Ｍ資金』と呼ばれる巨額資金の問題は、混沌《こんとん》とする日本の戦後史の中でも最も不可解なもののひとつだろう。

戦後、連合国軍による占領下の日本で、旧日本軍が隠匿していた莫大《ばくだい》な量の金塊やダイヤモンドがＧＨＱ（ＳＣＡＰ）により接収された。その金額は現在の貨幣価値にして数十兆円とも数百兆円ともいわれる。この巨額の資金が極秘に運用されているとするものが、〝Ｍ〟資金である。

〝Ｍ〟資金の〝Ｍ〟はＧＨＱ経済科学局長だったウィリアム・Ｆ・マーカット少将の頭文字といわれるが、その他にも諸説が存在する。ダグラス・マッカーサーの頭文字の〝Ｍ〟であるとする説。ＭＳＡ協定（日米相互防衛援助協定）の〝Ｍ〟であるとする説。見返り資金の〝Ｍ〟であるとする説。フリーメイソンのmasonの〝Ｍ〟であるとする説などがある。

昭和三〇年代から二一世紀の現代に至るまで、〝Ｍ〟資金に関する噂や詐欺は絶《た》えたことがない。中でも、昭和四四年の全日空《ぜんにっくう》三〇〇〇億円融資《ゆうし》事件、昭和四五年の富士《ふじ》製鉄五〇〇〇億円融資事件、昭和五〇年の東急《とうきゅう》電鉄二兆円融資事件、昭和五三年の俳優田宮《たみや》二郎《ろう》自殺事件などがよく知られている。だが、これらの事件の裏にある巨額融資話はことごとく架空《かくう》のもので、実際にその金や金塊を見た者は一人も存在しない。

その〝M〟資金について小笠原伊万里と名告《なの》る人物からメールが来たのは、九月に入って間もないころだった。迦羅守はちょうど月末締切りの文芸誌の原稿を書き終え、取材を兼《か》ねて台湾を旅している途中だった。そこに、連載を持っている出版社の担当者から、奇妙なメールが転送されてきた。

迦羅守は、タブレットのフォルダを開いた。メールは簡単で、月並な挨拶文《あいさつぶん》に始まり、早々に本題に入っていた。


〈――拝啓、浅野迦羅守様。

残暑厳しき折、益々ご健勝のこととお喜び申し上げます。

突然、このようなメールをお送りする失礼をお許しください。実は、先生にどうしてもご相談したいことがあり、連絡を取らせていただきました。

先日、八月八日の夜に私の父、塩月聡太郎が七四歳で他界いたしました。自然死ではなく、いわゆる不審死でした。

父の死後に身の回りの物を整理していましたところ、書斎から奇妙なものが見つかりました。何かの暗号のような意味不明な文章と、図形のようなものが描き記された地図のようなものです。

生前、父はよく「自分はM資金の隠し場所の地図を持っている」と私に話していました。おそらく書斎から出てきたこの地図のようなものが、父のいう「M資金の地図」ではないかと思うのです。しかし知識のない私には、何が描かれているのかまったく解読できません。

一度、父の残した物を先生に見ていただけませんでしょうか。浅野先生ならば、この地図のようなものに何が描かれているのか、M資金の謎を読解できるのではないかと思うのです。

よいお返事を、お待ちしています。こちらからもまた、連絡させていただきます。

小笠原伊万里——〉

迦羅守はメールが表示されたタブレットの画面を見つめながら、溜息《ためいき》をつく。

整然としていながら、摑《つか》み所のない文面だ。父親の死を〝不審死〟といいながら、死因を説明していない。なぜ自分と父親の姓が異なるのかについても、触れていない。しかも〝M資金の地図〟などという、荒唐無稽な言葉が唐突に使われている。

どこか、きな臭い。いうならば罠の匂いがする。だとすれば、あの〝小笠原伊万里〟と名告る女の目的は何なのか——。

迦羅守はふと思いつき、タブレットで〝塩月聡太郎〟というキーワードを入れて検索してみた。興味深い情報が数件、ヒットした。大半が、一カ月ほど前の各紙に掲載された〝事件〟に関するニュースだった。

〈——9日、朝8時ごろ、東京都武蔵野市の住宅で人が死んでいるという通報があった。警察によると亡くなったのはこの家に住む塩月聡太郎さん（74）で、玄関先で頭から血を流して倒れていた。塩月さんはその場で心肺停止が確認。頭部に鈍器状のもので殴られたような傷があり、家の中が荒らされていたことなどから、警察は何らかの事件に巻き込まれた可能性もあると見て捜査を進めている——〉

〝不審死〟というのは、このことか……。

だが、該当《がいとう》する事件が存在したとしても、このメールに書かれていることがすべて事実だとは限らない。九つの事実の中に一つの嘘《うそ》を紛《まぎ》れ込ませるのが、昔から詐欺の常套《じょうとう》手段であることは常識だ。

迦羅守はタブレットの電源を切り、ブリーフケースに仕舞った。ドアをそっと開け、外を見る。廊下には、あの小笠原伊万里という女の姿は見えなかった。

研究室を出て、ドアに鍵を掛けた。階段を下り、法文二号館の外に出る。

九月とはいっても、陽光は肌を焼くように暑い。ちょうど昼休みということもあり、正門から続く並木道には学生たちが列を成すように行き来していた。

だが、その中にも小笠原伊万里の姿は見えなかった。諦めてくれたのだろう。

迦羅守は正門とは逆の安田講堂の方向に歩き、裏手の職員用駐車場に向かった。東大は教授や准教授などの職員でも、特別な事情がない限り車での通勤を認めていない。迦羅守は年間を通じて学内に自分の駐車場を持つ、唯一の教職員だった。

駐車場に、人の気配はなかった。迦羅守は自分の車——白いミニ・クーパーSクロスオーバー・オール4——の前に立ち、リモコンキーでロックを解除した。ドアを開けてブリーフケースを放り込み、運転席に乗り込もうとした時、後ろから声を掛けられた。

「浅野先生、お待ちしていました」

振り返った。そこに、ミニスカートにタンクトップ姿の小笠原伊万里が立っていた。

「よく、ぼくがここに来ることがわかったね」

迦羅守が、溜息まじりにいった。

「はい。先生が車で通われていることは学内でも有名ですし、この車も前に雑誌のインタビューで見たことがありましたから」

なるほど。〝敵〟は、すべてお見通しという訳か。

「それで。何の用かな」

迦羅守は、白《しら》を切った。

「メールでお知らせしたことについてです。一度でいいんです。先生の目で父の残した地図のようなものを見て、それが〝本物〟なのかどうか……いったいどのようなものなのか、判断していただけませんでしょうか……。お願いします……」

伊万里がそういって、頭を下げた。

「申し訳ないが、先程いったようにぼくは忙しいんだ。〝M〟資金などに興味はないし、だいたいあのメールでは、君とお父さんの関係、お父さんに何が起きたのかすら説明されていない。フィクションのプロローグとしては、面白《おもしろ》かったけどね」

迦羅守が、車に乗ろうとした。

「フィクションではありません。本当なんです。父は、殺されました。犯人は、あの〝地図のようなもの〟を盗むために父を殺したとしか思えないんです……」

「それならばなぜ、君のお父さんはそんなものを持っていたんだ。〝M〟資金が噂になってから、もう半世紀以上も経っているんだぞ」

「地図は元々、祖父が持っていたんです。祖父は一五年ほど前に、九四歳で亡くなりました。それからしばらくして、父が祖父の書斎で探し物をしていて、偶然見つけたんだと聞きました……」

今度は、祖父まで出てきた。

「それでは君のお祖父《じい》さんは、何者だったんだ。まさか、戦後は大蔵省の役人だったなんていうんじゃないだろうね」

「違います。大蔵省の役人なんかじゃありません……。祖父は戦後、〝亜細亜《アジア》産業〟という貿易会社に勤《つと》めていたと聞いたことがあります……」

〝亜細亜産業〟だって……。

迦羅守の頭脳の中で、それまで遮断されていた回線に電気が流れはじめた。何かが、覚醒《かくせい》した。

「〝亜細亜産業〟か。それならば、話は別だな。その〝地図〟というのを見てみよう。車に乗りなさい」

迦羅守はミニ・クロスオーバーの反対側に回り、助手席のドアを開けた。

5

庭木に囲まれたその古い家は、成蹊《せいけい》通りから路地を一本入った奥に建っていた。

このあたりは昭和二〇年三月一〇日の東京大空襲でも、被害を受けなかった。そのために道路が狭く、同じような古い家が多い。路地の奥には表通りの音も届かず、時空に取り残されたようにひっそりとしていた。

浅野迦羅守は門の脇の車庫にミニ・クロスオーバーを入れ、小笠原伊万里と共に家の前に立った。冠木門《かぶきもん》の門柱に、〝塩月〟と書かれた表札が掛かっている。玄関の前にはパイロンが二つ置かれ、警察の現場保存用のテープが張られていた。

「ここが父の家です。上がってください」

テープを跨ぎ、玄関の戸を開けた。中から蒸したような、生臭《なまぐさ》い大気が流れ出る。だが、伊万里は三和土に足を踏み入れた瞬間、何かに息を呑んだように立ち止まった。

「どうかしたのか」

迦羅守が伊万里の後から、玄関に入った。

「そこです……。そこに、父が倒れていたんです……」

伊万里がそういって、迦羅守の足元を指さした。玄関の上がり口に、人が倒れた跡をチョークでなぞったような白い線と、かすかな血痕が残っていた。

迦羅守はすでに、伊万里の父が鈍器のようなもの――おそらく金槌――で後頭部を殴られて死んだことを聞いていた。この情況を見ると、誰かを玄関から招き入れ、その直後に背後から襲われたということか。つまり、犯人は顔見知りだったということになる。

「上がりましょう」

迦羅守が先に靴を脱ぎ、家に上がった。後から伊万里も父の倒れた場所を避け、目を逸《そ》らしながら、慌《あわ》てて浅野の後についてきた。

家の中は、まだほとんど犯行当時のままになっていた。散乱する家具や食器、引出しの中の書類まで、貴重品以外は何も手を付けられていない。これを見ただけでも、犯人が執拗に〝何か〟を探していたことがわかる。

「犯人の心当たりは」

迦羅守が訊いた。

「ありません……」

伊万里の声が、かすかに震えている。彼女は本当に、何も知らないようだった。

「警察の人は、何といっていたのかな。例えば犯行の動機とか。他に、何か盗られたものがなかったかとか……」

「盗られたものは、ありません。動機はわかりませんが、父の財布やカード、通帳、高価な骨董品や貴金属などもすべて残っていたそうです……」

するとやはり、狙いは例の〝地図のようなもの〟だったということか――。

「ところで、その〝地図のようなもの〟があった場所は」

「父の書斎です。こちらです……」

伊万里に続いて、暗い廊下を歩いた。左手のドアの前に立ち、開けた。古い書物特有の、黴臭い大気が流れ出る。薄暗い室内に目が馴れてくると、床に散乱している古書の山が見えた。

迦羅守は書斎に足を踏み入れ、革の装丁《そうてい》の厚い古書を一冊、手に取った。洋書だった。

英語ではなく、ヘブライ語で書かれている。

古い、〝新約聖書〟の原書だった。ブックマークの紐《ひも》が挟まっているページを開くと、ヨハネの黙示録の第一三章が現れた。

〈——私はまた、一匹の獣が海から上がって来るのを見た。それには角が一〇本、頭が七つあり、それらの角には一〇の冠があって、頭には神を汚す言葉がついていた——〉

何か、意味があるのだろうか……。

「この本は、お父さんのもの？」

迦羅守が訊いた。

「そうです……。父は、聖書の研究者でした。大学で、講師として教えていたこともあります……」

それで、思い出した。

塩月聡太郎——。

確か、日本における聖書の研究者としては、異端として知られていた人物だ。日本人とユダヤ人は共通の先祖を持つとする〝日ユ同祖論〟を主張し、昭和から平成初期の一時期に日本の保守政治家のフィクサーとして名前が浮上したこともあった。

しばらく、名前を聞かないと思っていたのだが……。

「すると、戦後〝亜細亜産業〟にいた君のお祖父さんというのは……」

本を閉じ、伊万里を振り返った。

「はい、塩月興輝《こうき》といいます。〝復興〟の〝興〟に、〝輝く〟と書きます。血の繋がりがある本当の祖父ではありませんが……」

塩月興輝——。

その名前も、どこかで耳にしたことがあるような気がした。

「戦後は、〝亜細亜産業〟にいたといったね」

「そうです。その後は、〝アジア総合研究所〟という公益財団法人を主宰《しゆさい》していたと聞いています。何をやっていた団体かは、わかりませんけど……」

『アジア総合研究所』という団体は、迦羅守も知らなかった。だが〝公益財団法人〟というからには宗教、慈善、学術、社会福祉《ふくし》、医療などの何らかに関連し、国からもある程度以上の補助金が出ていたことになる。いったい塩月興輝と塩月聡太郎の親子は、何者だったのか。

「それで、例の〝地図のようなもの〟とは、どこから出てきたんだね」

迦羅守が手にしていた本を、デスクの上に置いた。

「あそこです……」

伊万里が振り返り、指さした。迦羅守が、その方向を見上げた。ドアの上に、奇妙な額《がく》縁《ぶち》が掛かっていた。

絵画ならば二号ほどの、銅板のエッチングだった。定規とコンパスをモチーフにした図案の中央に、アルファベットの〝G〟の文字。その上に放射状の線が広がる、ピラミッドが描かれている。その中から、〝プロビデンスの目〟がこちらを見つめている。

迦羅守は手を伸ばして額縁を取り、伊万里の方を見た。

「これは〝フリーメイソン〟のシンボルマークだね。しかも、〝イルミナティ〟のピラミッドが組み合わされている」

伊万里が、頷いた。

「はい。刑事さんからも、そう聞きました……」

だが、〝フリーメイソン〟だとしても珍しいシンボルマークだ。定規とコンパスをモチーフにした図案もいろいろあるが、このようなものは見たことがない。

「お父さんかお祖父さんのどちらかが、フリーメイソンだったのかな」

迦羅守が訊いた。

「知りません……。私は父と再婚した母の連《つ》れ子《ご》だったので、そんなことは一度も聞いたことがありませんでした……」

そういうことか。

「例の〝地図のようなもの〟は、この中にあったのか……」

「そうです……。たぶん、犯人が見落としたんだと思います。額縁を開けてみたら、中から出てきました……」

「開けてもいいかな」

「どうぞ……」

迦羅守は額縁の留《と》め金具を回し、裏蓋《うらぶた》を外した。中に古い新聞紙と、厚紙が挟んであった。だが、〝地図のようなもの〟は入っていなかった。

それでも興味深い発見があった。銅板のエッチングの裏に、何か文字が彫られている。

〈——7th/Dec/1949
Mr. Kouki Shiozuki——〉

塩月興輝のものだ。つまり、一九四九年一二月七日にフリーメイソンに入会したということか——。

新聞の日付を見た。一九四六年四月二〇日付の朝日新聞だった。さらに、古いものだ。

迦羅守は厚紙と古新聞を額縁に仕舞い、裏蓋を閉じた。

「それで、地図は、いまどこにあるんですか」

「この家の中にはありません。別の場所に、保管してあります……」

迦羅守は、溜息をついた。

別の場所に保管しておくのは、当然だ。だが、駆け引きは好きではない。

「その場所は？」

伊万里はしばらく、俯《うつむ》いたまま黙っていた。だが、何かを考え、少し迷い、思い切ったようにいった。

「私、本当に先生を信用していいんでしょうか……」

「もしぼくを信用できないなら、最初から止めた方がいい。ここで、終わりにしよう」

迦羅守は額縁を元の場所に掛け、書斎を出た。

「待ってください……」伊万里が、迦羅守の後を追ってきた。「銀行の、貸金庫に預けてあります……」

迦羅守が、立ち止まった。

「その貸金庫の場所は？」

「これから、ご案内します。その〝地図のようなもの〟も、お見せします。だから……見捨てないでください……」

また、溜息が洩れた。

「君を見捨てるかどうかは、まずその〝地図のようなもの〟というのを見てからだな」

「はい……」

「それから、もうひとつ」

「何でしょうか……」

「ぼくはその、必要以上に肌を出すミニスカートも布切れのようなタンクトップも好きじゃない。香水の匂いは、もっと嫌いだ。もしぼくの協力が必要ならば、もっとまともな恰《かっ》好《こう》をしてくれないか」

迦羅守は踵《きびす》を返し、玄関へと向かった。

6

季節外れのワッチキャップを被ったその男は、路地の奥に駐《と》めた軽のバンの中に潜んでいた。

ちょうどスモークフィルムを貼ったリアウインドウから、〝塩月〟という表札の掛かった家の門のあたりがよく見えた。車庫には、白いミニのクロスオーバーが駐まっている。

しばらく待つと家の玄関が開き、ポロシャツを着た長身の男とミニスカートの女が出てきた。車の中の男は、手にしていたニコンＤ５５００のズームレンズを二人に向け、連続して何回かシャッターを切った。

女の名は、小笠原伊万里。死んだ塩月聡太郎の〝娘〟と主張している女だ。だが、男の方はわからない。

ズームレンズの中でアップにしながら、ポロシャツを着た男を観察した。年齢は、四十代の前半から後半。一見して穏和そうだが、日本人としては彫りが深く、目つきは鋭い。どこかで顔を見たような気がするが、思い出せなかった。

ポロシャツの男がミニ・クロスオーバーに乗り込み、車庫から車を出した。ミニスカートの女が車庫の門扉《もんぴ》を閉め、助手席に乗った。軽のバンの中に身を潜めた男は、その間も何枚か写真を撮り続けた。

車が走り去ったところで、男は写真を撮るのを止めた。

カメラのデータを、確認する。被写体の顔も、乗っていたミニ・クロスオーバーのナンバープレートも完璧に写っていた。〝私立探偵〟という職業のこの男にとって、これだけの素材さえあれば、あのポロシャツの男の正体を調べることは簡単だ。二人の行き先もわかっている。

ワッチキャップを被った男は車の中を移動し、運転席に座った。

飲みかけの微温《なまぬる》い缶コーヒーを口に含み、ショートホープを一本ゆっくりと吸った。

7

車は、新宿《しんじゅく》区内を走っていた。

吉祥寺《きちじょうじ》を出てから西荻窪《にしおぎくぼ》の『鞍馬《くらま》』という蕎麦《そば》屋で遅い昼食をすませ、その後、伊万里の住む阿佐《あさ》ヶ谷《や》のマンションに寄った。ここで伊万里がジーンズとブラウスに着替えるのを待ち、いまは青梅《おうめ》街道を東に向かっている。

「借りている貸金庫の場所を教えてくれ。電話番号でいい」

迦羅守が、運転しながらいった。

「はい……。03の3240……××××です……」

伊万里が、iPhoneのアドレス帳の中の電話番号を読み上げる。信号待ちをしている時に、迦羅守がその番号を車のナビに入力する。千代田《ちよだ》区丸《まる》の内《うち》の局番だった。

「もしかして、三菱《みつびし》銀行本店の貸金庫か」

「そうです……」

「なぜ、そんなところに？」

迦羅守が、首を傾げる。

「はい……。祖父の代から、借りていたそうです……。父が亡くなって、私がそのまま引き継いだんです……」

三菱銀行本店の貸金庫といえば、知られざる〝名門〟だ。戦中戦後のみならず、現在も有名政治家や旧家名家がその契約者の中に名を連《つら》ねている。歴史上の出来事を例に挙げるならば〝下山《しもやま》事件〟が起きた昭和二四年七月五日、初代国鉄総裁だった下山定則《さだのり》が行方《ゆくえ》を絶つ直前に立ち寄ったのも、千代田《ちよだ》銀行（後の三菱東京ＵＦＪ銀行）の私金庫室だった。

「君は、お母さんの連れ子だったといったね」

迦羅守が訊いた。

「そうです。〝小笠原〟というのは、私の母方の姓です……」

〝小笠原〟という姓も、日本の名家のひとつだ。家祖は清和源氏《せいわげんじ》の小笠原長清《ながきよ》にまで遡《さかのぼ》り、その後も小笠原貞宗《さだむね》や小笠原秀政《ひでまさ》などの有名武将を輩出している。もし〝小笠原〟が本名だとすれば、その末裔《まつえい》だということか。

「すると、出身地は甲州《こうしゅう》か」

小笠原家の本家は、確か甲斐《かい》国巨摩《こま》郡に発したはずだ。だが、助手席に座る伊万里は、きょとんとしていた。

「いえ、私の母は九州の福岡《ふくおか》の出身ですが……」

なるほど。すると、豊前《ぶぜん》国に流れた小笠原家の方か。それで名前が〝伊万里〟というわけか。

「お母さんは、いまどちらに」

何げなく、訊いた。

「母は、八年前に亡くなりました。まだ、四七歳でした……」

「失礼だが、なぜ……」

「突然死だったようです。当時、私はアメリカに留学していたので、それ以上のことはわからないんです……」

「すまなかった」

迦羅守は、思う。

この小笠原伊万里という女のいっていることが、本当なのかどうかはわからない。もしかしたら、よくできたフェイクストーリーなのかもしれない。だが、いまのところは、とりあえずストーリーは破綻《はたん》していない。

都心へと向かう道は、渋滞《じゅうたい》していた。車は青梅街道から靖国《やすくに》通りに入り、北の丸を通って広大な皇居を迂回《うかい》する。丸の内に着くころには、午後四時近くになっていた。

丸の内パークビルの駐車場に車を駐め、エンジンを切った。

「どうする。どこか近くのカフェか何かで待とうか」

「いえ、一緒に来てください。一人だと、不安なので……」

確かに、そうだ。もし彼女のいっていることが事実ならば、その〝地図のようなもの〟

のためにすでに一人、殺されていることになる。

パークビルを出て、『三菱東京UFJ銀行』の本店ビルに向かう。窓口業務終了後の通用口から入り、貸金庫室のロビーのある地下に下りる。

「ここで待っていてください。すぐに戻ります」

伊万里が、トートバッグの中からカードと鍵を取り出しながらいった。

「わかった。ここで待っている」

迦羅守はロビーのソファーに座り、金庫室に入っていく伊万里を見送った。指紋認証を行ない、カードを挿入する。ロックが解除されて金属製のぶ厚いドアが開き、その中に伊万里の姿が消えた。

貸金庫の金庫室には、契約者本人しか立ち入ることはできない。しかも三菱銀行の貸金庫を契約するためにはパスポートなどで身元を証明し、厳格な審査を受けなくてはならない。どうやら彼女の身元が確かなことだけは、信用してもよさそうだ。

五分もしないうちに、大きな茶封筒を持った伊万里が戻ってきた。

「これです……」

手にしていた茶封筒を、迦羅守に渡した。

「とにかく、ここを出よう。中身を見るのは、それからだ」

迦羅守は茶封筒を脇に抱え、貸金庫室の出口に向かった。

銀行から外に出て、足早に道路を渡った。街は、まだ明るかった。だが、最初の角を曲がってパークビルに戻る道に入った瞬間、前から歩いてきたサングラスの男が急に迦羅守にぶつかってきた。

しまった、と思った時には遅かった。男は迦羅守の手から茶封筒を引ったくり、逃げた。

「待て！」

迦羅守は反射的に、男を追った。走る。だが、その時、迦羅守の後ろから伊万里の叫ぶ声が聞こえた。

「先生、待って！　その男を追わないで！」

迦羅守は驚いて、その場に立ち止まった。

振り返る。伊万里がゆっくりと歩いてきて、迦羅守と腕を組んだ。

「私と一緒に、歩いてください……」

伊万里が迦羅守の体を引き寄せ、何事もなかったかのように歩きだした。周囲の人間が、不思議そうに、二人を見ている。茶封筒を奪った男は、すでに午後の雑踏《ざっとう》の中に消えていた。

「いったいこれは、どういうことなんだ……」

迦羅守が、歩きながら訊いた。

「後で説明します……。いまはとにかく、安全な場所に行きましょう……」

伊万里が、小さな声でいった。

車は神田橋《かんだばし》から首都高の都心環状線に乗り、横浜《よこはま》方面に向かっていた。

夕刻のラッシュ時に差し掛かり、車が多い。だが黄昏《たそがれ》の中で赤く光る周囲の車のテールランプは、渋滞することなく淡々と流れている。迦羅守は先程から注意深く背後を気にしているが、いまのところ尾行されている様子はない。

横浜に、何か当てがあるわけではなかった。いずれにしても、迦羅守は東京の事務所に戻らなくてはならない。だが、その前に、とりあえず逆方向に走って追手の有無を確認しておいた方がいい。

「説明してもらおうか」

伊万里の様子が落ち着くのを待って、迦羅守がいった。

「すみません……。あの茶封筒の中身は、贋物《にせもの》です……。〝本物〟は、このトートバッグの中に入ってます……」

伊万里は大切そうに、ロエベのトートバッグを膝の上に抱えていた。どうせ、そんなことだろうとは思っていた。

「つまり、あの茶封筒は盗まれることを予期した囮《おとり》だったということか」

走行車線をゆっくりと走る迦羅守の車の横を、黒いアウディが追い越していった。だが、追手ではない。

「予期していたというほどではありません……。ただ、何となく嫌な予感がして……」

「お父さんが、殺されたからか」

バックミラーに、不審な車が一台。もう五分以上も前から、迦羅守の車の背後に尾《つ》いてきている。

だが、これも違った。迦羅守が速度を緩《ゆる》めると、その車は車線を変更して横を追い越していった。

「……父が殺されたことも、あります。他にも……」

「他にも、何かあるのか」

黄昏とテールランプの光に染まる伊万里の顔が、不安そうに頷く。

「……いおうと思っていたんですが、なかなかいえなくて……。実は、私の部屋も、荒らされたんです……」

「いつだ」

「……今朝、家を出る時までは、何でもなかったんです……。でも、さっき着替えに戻ったら、部屋の中がめちゃくちゃにされていて……」

迦羅守が、伊万里の顔を見た。伊万里の頬に、涙が光っていた。

「あのサングラスの男は、誰なんだ。知っている男か」

伊万里が、首を横に振った。

「いえ、知りません……。たぶん、初めて見る男です……。でも、何日か前から、誰かに尾けられたり監視されたりしているような気がしていて……」

どうやら今回の一件は、迦羅守が思っていたより複雑らしい。

「どのくらい前からだか、正確に覚えてるか」

「最初に気が付いたのは、先週の木曜日の夜だと思います。外で食事をして、阿佐ケ谷駅からマンションまで歩いて帰る途中、誰かに尾けられているような気がしたんです。同じ男かどうかはわかりませんが……」

木曜日なら、四日前だ。それまで静かに彼女を監視していた相手が、なぜ急に動いたのか。理由は、彼女が迦羅守に接触したからか。

「ところで、君の仕事をまだ聞いていなかったな。東大の学生ではないんだろう。〝本業〟は何をやってるんだ」

迦羅守が訊いた。

「はい、東大とは関係ありません。私の本業は、弁護士です。新宿の某弁護士事務所に勤めていましたが、一週間前に辞めました……」

「ほう……。弁護士、ね……」

先程のミニスカートにタンクトップという姿は、とても弁護士には見えなかったが。

「これから、どうしよう……。家に帰るのは、恐いし……」

伊万里が独り言《ひとごと》のように呟《つぶや》き、トートバッグを抱き締める。

「とりあえず、横浜に行こう。中華街に、〝吉兆《きっちょう》〟という美味い店がある。そこの浅蜊《あさり》そばでも食って、それから考えよう」

迦羅守が、いった。

周囲の車の列は、順調に流れ続けていた。

8

塩月聡太郎の家は、闇の中で森としていた。

玄関の前のパイロンと現場保存用のテープも、二日前に来た時のままになっていた。誰も、いない。

だが、武蔵野警察署の刑事、船木徳郎は、預かっている鍵を玄関の鍵穴に挿し込んで回した瞬間に「おや……?」と思った。鍵が、掛かっていないような感触があったからだ。錯覚かもしれないが。

玄関に入り、壁のスイッチを手探りで押して明かりをつけた。廊下の上がり口にはまだ、〝被害者〟が倒れていた場所にチョークの跡が残っている。船木は事件当日の光景を思い起こしながら手を合わせ、靴を脱いで家に上がった。

俗に〝事件〟の捜査の基本を、〝現場百度〟という。とにかく「〝現場〟を踏め」と、事あるごとに先輩の〝刑事〟たちから叩き込まれてきた。いまでは船木自身が、この古い格言の信奉者だった。

〝事件〟からすでに、一カ月以上。この〝現場〟に来るのは、何度目のことになるだろう。今日も捜査に行き詰まり、特に目的があったわけでもなく、気が付くとここに足を向けていた。

いつものように明かりをつけながら、部屋を回る。塩月が老人の男の一人暮らしだったからか、この家の中には妙な饐《す》えた臭いが籠《こも》っている。だがその臭いにも、最近は馴れてきた。

船木は居間の明かりとエアコンをつけ、古いソファーに腰を下ろした。部屋の中は、ほとんど事件当時のままになっている。棚の上に飾《かざ》られていた調度品やキャビネットの引出しの中身が散乱している光景も、すっかり見馴れてしまった。

乱雑な部屋の光景をぼんやりと眺《なが》めながら、船木はもう一度、記憶を反芻《はんすう》した。

〝事件〟が起きたのは、八月八日。関東に台風が接近していた、荒天の夜だった。この家の主人、塩月聡太郎が〝何者か〟に後頭部を鈍器状のもので殴られて殺された。

翌九日の朝に所轄《しょかつ》の武蔵野警察署に近隣の住民から一一〇番通報があり、船木を含む刑事課の捜査班が〝現場〟に入った。

ここまでは、よくある捜査の流れだった。検死の結果、凶器は金槌と判明。〝現場〟には争った跡もなく、〝被害者〟が背後から襲われていることから、おそらく知人による犯行と推察された。

ところが捜査は、ここで行き詰まってしまった。塩月は掃除があまり得意ではなかったらしく、家の中からは本人以外の毛髪や指紋などの遺留物が多数、発見された。だが、〝前科《マエ》〟のあるものはひとつもなかった。

さらに、奇妙なことがある。

塩月聡太郎は謎の多い人物で、以前は聖書の研究者や政治結社の相談役などとして多少は名前を知られた存在だったようだ。だが、歳の離れた後妻を亡くしてからは完全に引退し、ここ数年は隠遁《いんとん》生活を送っていた。交遊関係を洗ってみたが、塩月の命を狙いそうな者は一人も出てこなかった。

いや、塩月の過去を遡れば、むしろ命を狙いそうな者はいくらでもいるといった方が正確なのかもしれないが……。

もうひとつ、船木には気になることがあった。塩月の唯一の血縁者として名乗り出た、あの小笠原伊万里という女だ。

事件が報道された八月九日の夕刻、まだ刑事課の人間が現場検証をやっている最中に突然、自称「塩月聡太郎の娘……」という若い女がふらりと姿を現した。だが、〝娘〟だとはいっても、塩月とは名字が違った。所持していた身分証から〝小笠原伊万里〟という名が本名であることは確認できたが、それ以外に親子関係を証明するものは何も存在しなかった。

翌日その女は、今度は自分の戸籍謄本《とうほん》を持って武蔵野署に現れた。女は対応した船木に、「自分は塩月聡太郎の亡くなった妻の連れ子……」であると説明した。さらに本人名義のアメリカの弁護士免許を呈示し、自分が塩月聡太郎の〝第一相続人〟であると主張した。

戸籍謄本もアメリカの弁護士免許も、一応は本物だった。他に〝被害者〟の親族が一人も名乗り出ていない現時点では、あの女の主張を認めない理由は何もなかった。それに警察官は元来、〝弁護士〟という人種がこの上もなく苦手だ。

だが、船木は思う。あの女は本当に、〝本物〟なのか……。

以来、武蔵野署の捜査本部は、この〝現場〟の家の鍵を小笠原伊万里と共有している。それでも捜査本部が常に、この家を監視下に置いているわけではない。もしあの女がこの家から〝何か〟を持ち出したとしても、警察にはわからない。

船木はぼんやりと、室内の風景を眺める。事件発生時から何度もこの光景を目にしているので、もうすべての配置を視覚が記憶してしまっているほどだ。それにしても、誰が、何の目的で、塩月聡太郎を殺したのか――。

その時、船木は、眺めている見馴れたはずの風景の中にかすかな違和感を覚えた。最初は、錯覚だと思った。だが、注意深く見つめているうちに、その違和感の理由がわかってきた。

〝物〟の、配置がおかしい。〝何か〟が、動いている。二日前にこの〝現場〟に来た時と、テレビやキャビネットの位置が微妙に違う。

船木は、ソファーを立った。キャビネットに、歩み寄る。

やはり、そうだ。キャビネットの置かれた床や、テレビの台の周囲に溜まった埃《ほこり》に、少しずれた跡がある。

小笠原伊万里が、来たのだろうか。彼女はこの家の鍵を持っているし、自由に出入りすることができる。

だが、おかしい。彼女には、この家の中のものを無闇に動かしたり持ち出したりしないようにいってある。それに彼女には、キャビネットやテレビを動かす理由がない。

そういえば……。

船木は今日、この家に入る時に、鍵が掛かっていないような感触があったことを思い出した。小笠原伊万里ならば、この家に来たとしても出る時に鍵を掛けるはずだ。他に考えられるとすれば、誰か別の人間がこの家に入ったのか——。

船木は居間を出て、隣の食卓のある部屋に向かった。入口に立ち、しばらく部屋の風景を眺める。だが、この部屋には異状は見つからなかった。

さらに廊下を歩き、書斎に向かった。ドアを開け、明かりをつけた。そして乱雑に書類が撒《ま》き散らされた部屋を、ゆっくりと見渡した。

異変は、すぐにわかった。正面の何もなかったはずのデスクの上に、革の装丁の厚い本が一冊、載《の》っていた。足元を見ると、いつも見馴れた位置に落ちていた本が一冊、なくなっている。

やはり、誰かがこの部屋に入ったのだ。そして床から本を一冊拾い上げ、理由はわからないが、あのデスクの上に置いた。

船木は書斎の中に、足を踏み入れた。デスクの前に立ち、厚い本のページを捲った。例の、ラテン語だかヘブライ語だかで書かれている奇妙な古書だった。

誰が、なぜ、この本をデスクの上に置いたのか。いったい、このことに、どのような意味があるのか。

船木は本を閉じ、もう一度、書斎の中を見渡した。どこかに、変化はないか。何か、なくなっているものはないか……。

何も、変わっていない。他はすべて、二日前に来た時と同じだ。だが、部屋を出ようとした時に、重大なことに気が付いた。

あのフリーメイソンのシンボルマークの額が、なくなっている……。

船木はドアの上の、額縁が消えた跡を呆然と見つめた。二日前までは、あったはずだ。

誰が〝あれ〟を持っていったのか。

あの女か。勝手に物を持ち出すなといっておいたのだが。

船木はポケットから携帯を出し、広げた。アドレス帳から〝小笠原伊万里〟の電話番号を探し、発信した。

耳の中で、苛立ちを逆撫《さかな》でするような発信音が鳴った。

9

トートバッグの中から、iPhoneのマナーモードのバイブレーションが伝わってきた。

電話が、鳴っている。伊万里はディスプレイの番号を確認し、留守番《るすばん》電話に切り換え、電源を切った。

「誰からだ」

運転席に座っている浅野迦羅守が訊いた。

「たいした用件ではありません……」

電話は、武蔵野警察署の船木という刑事からだった。何か、捜査に進展があったのだろうか。だが、いまはあまり考えたくはなかった。

横浜の中華街で食事を終え、浅野の運転するミニ・クロスオーバーは東京方面へと向かっていた。闇の中にライトアップされた巨大な横浜ベイブリッジを渡り、大黒埠頭《だいこくふとう》に入った。いろいろとあって疲れているのか、それとも美味《おい》しい中華料理を食べて空腹が満たされたからなのか、体が沈み込むように眠い。

「寝ててもいいぞ」

伊万里の気分を察したように、浅野がいった。

「だいじょうぶです……。それより、これからどこに行くんですか……」

いつの間にか、伊万里はすべてを浅野まかせにしていた。

「これから、ぼくの赤坂《あかさか》の事務所に行こう。〝事務所〟とはいっても、ぼくのいまの〝自宅〟でもあるけれどね。そこならば〝例のもの〟を落ち着いて見られる」

「だいじょうぶですか……」

深く考えずに、訊いた。

「〝だいじょうぶ〟とは?」

「いいえ、特に意味があるわけではないんです。ただ、私の家も荒らされたし……。もしかしたら、先生の家も……」

ここまできて、浅野のことを男として警戒《けいかい》しているなどと思われたくはなかった。

「ぼくの事務所は、だいじょうぶだろう。君の部屋を荒らしたのが誰かはわからないが、まだ今回の件にぼくが絡んでいることまでは知られていないはずだ」

「だといいんですが……」

確かに、〝奴ら〟にはまだ浅野のことを知られているわけがない。だが、なぜか不安だった。

「それから、もうひとつ。ぼくのことを〝先生〟と呼ぶのはやめてくれないか。浅野さん、もしくは〝迦羅守〟と呼び捨てにしてもかまわない」

まさか、呼び捨てにはできない。

「気を付けます。そのかわり私のことも、〝伊万里〟と呼んでください」

車は大黒埠頭から東扇島《ひがしおうぎじま》、羽田《はねだ》空港を抜け、台場《だいば》からレインボーブリッジを渡って首都高速一号線に合流。その後、浜崎橋《はまざきばし》ジャンクションから一ノ橋《いちのはし》ジャンクションを経由して飯倉《いいくら》で降りた。いつの間にか周囲は、伊万里も見馴れた夜の六本木《ろっぽんぎ》や赤坂の風景に変わっていた。

さらに車は溜池《ためいけ》の手前から細い道を、赤坂二丁目の方に入っていく。その先は、どこをどう通ったのかはわからなかった。

遠くに東京ミッドタウンが見えたので、シリア大使館の近くだろうか。気が付くと車は古い外国人向けのマンションの地下駐車場に入り、空《あ》いたスペースに駐まった。

「ここがぼくの事務所だ。降りよう」

浅野がエンジンを切り、いった。伊万里はいまや唯一の持ち物――ロエベのトートバッグ――を持ち、車を降りた。カードキーでセキュリティを解除してロビーに入り、エレベーターで最上階の五階まで上がった。

周囲を建物に囲まれた、小さな中庭を見下ろす廊下を歩く。ここが東京の都心に近いマンションだとは思えないほど、静かだった。やがて〝505〟と書かれた重そうなオーク材のドアの前に立ち、浅野が鍵を開けた。

「ここがぼくの〝家〟だ。入ってくれ」

中は、別世界だった。古いが、日本の建物とは思えないホテルのような造り。広いリビングとダイニングがあり、その奥にデスクと壁いっぱいに書棚が並び、書斎になっていた。広い窓の外には、夜空に輝く東京ミッドタウンのタワーが聳《そび》えていた。

「気軽に寛《くつろ》いでくれ。冷蔵庫の中にはビールやワインも入ってるし、カウンターの上にもスコッチやバーボン、ラムやジンも揃《そろ》っている。私は、ビールをいただくよ」

「私も、ビールをください……」

浅野が冷蔵庫からキリンラガーの缶を二本出し、リビングの革のソファーに座った。伊万里も、向かいに腰を下ろす。

ビールを開け、浅野と缶を合わせて飲んだ。喉《のど》を滑り落ち、乾いた砂に滲《し》み渡るように体に浸透《しんとう》した。少しだけ生き返ったような心地がした。

「それで、例の〝地図のようなもの〟というのを見せてくれるかな」

浅野が、いった。

「はい、これです……」

伊万里はトートバッグの中からもうひとつの茶封筒を出し、テーブルの上に置いた。

浅野が、受け取る。ビールの缶を置き、茶封筒を開く。中からクリアホルダーに挟まれた古い藁半紙《わらばんし》を取り出し、開いた。

一瞬、浅野は眉間《みけん》に皺《しわ》を寄せ、表情を強張らせた。

「何だ、これは……」

浅野が、首を傾げながらいった。

呪文《じゅもん》によって閉じ込められた魔物が、数十年の眠りから覚《さ》めたかのような錯覚があった。

ホルダーに挟まれていた文書は、全部で三枚。一枚の大きさは、現代のA4よりも少し大きい。紙の質からすると、昭和二十年代から三十年代に作られた文書だろうか。

三枚の紙は重ねられ、四つに折り畳《たた》まれていた。長年、あのフリーメイソンの額の中に隠されていたことを物語るように、文書は折り目が潰れて張り付き、黄ばんでいる。

一枚目の文書を、引き剝《は》がすように広げた。

〈——MMM——〉

書かれているのは、それだけだ。おそらく、黒のインクの万年筆だろう。紙の中央に、大きく〝M〟が三つ並んでいる。

「それ、どういう意味なんでしょう……」

伊万里が、迦羅守の手元を覗き込むようにしていった。

「わからない。あたり前に考えれば、〝M〟資金の〝M〟か……」

迦羅守がビールを口に含み、首を傾げる。

「それならばなぜ、〝M〟が三つもあるんですか」

「それも、わからないな。何か、もっと深い意味があるのかもしれない……」

迦羅守は一枚目を畳んでホルダーに入れた。そして、二枚目を開く。

同じ質の紙だが、文書の様式がまるで違う。こちらは万年筆の手書きではなく、ガリ版刷《ず》りだ。細かく、読みにくい字がびっしりと並んでいる。

〈――カイガイシク持ツ君ノソノ右ノテヲ見テイルト睦《ムツ》マジキ我ラノ仁愛ノ徳ヲ今モ大イニ喜ビテ天帝ニ感謝スルモノナリ。コレノ御礼トシテ我両親ニ我ラ夫妻ノ閲年ノ世過ギヘノ記念ノ意ヲ此地ニテ伝エマタソノ後ニ父上様ノ偉大ナリキ賢聖タル所以《ユエン》ノ奇蹟《キセキ》ニ対シ献呈ソノ投稿サレタル碑文ヲ読ミテコノ名文ヲ誰ガ初見シタカ秘密ヲ守ルタメニ……――〉

確かに、日本語だ。だが、何度読み返してみても、意味がわからない。このような難解な文章が、延々と続いている。

さらにこの文書の右下の角には、何かの図案――地図の一部のようなもの――が描かれている。これも、何を意味しているのかがわからない。

「どうでしょう……。何か、わかりましたか……」

文書を手にしたまま黙り込む迦羅守に、伊万里が心配そうに訊いた。

「これは、〝暗号〟だな。この文章の中に、他の文章が隠されているんだ。暗号を解く特別な方法を知らないと、解読できないようになっている……」

迦羅守は微温《ぬるま》ったビールを飲み干し、缶を握り潰した。

文中に少しでも手懸《てが》かりがあるとすれば、〝奇蹟〟という単語だろうか。いわゆる〝常用語〟ではない。確か、作家の舟木重雄《ふなきしげお》や広津和郎《ひろつかずお》、谷崎精二《たにざきせいじ》らが同人となって大正時代に発行された文芸誌の誌名を『奇蹟』といったはずだ。自然主義の作風を継承し、ロシアの世紀末文学を日本に紹介したことでも知られている。

だが、考えすぎか。約一年にわたり刊行された『奇蹟』の中で、何らかの碑文が紹介されたという話は聞いたことがない。これもミスリードを目的とした〝暗号〟の因子《いんし》のひとつだろうか……。

三枚目の文書――。

ここにも意味不明の文字と言葉が、延々と羅列《られつ》されている。

〈――長旅ノ末行キツケル処ハ翌年ノ春ハ四月ノ中頃ニ花見ヲスルナラ四季折々ノ花饅《ハナマン》頭《ジュウ》ヲ味ワウノモ一興ニシテ獅々舞ヲ我子ト眺メナガラ向キ合エバキットコノ子ハ合ノ手ヲ乞ウカニシテ四念処ニ進ミテソノ前デ踊ルカノゴトキ最中ニコノ祭ノ期央ハトツクニ過ギタリシモ壁ト地ニ手ヲ突キテ休メバ背中ト両肩ニ魔魅《マミ》ト鵺《ヌエ》オリシニ気ヅイテ魔除《マヨケ》ノ旅ニ旅立ツ時ヲ待チヌレバ是ヲ以テシテ巳ハ正道ヲ行ト悟リ面目《メンモク》ヲ保ツヲ知ルニ至リテ見識ヲ深メヨトノ声ヲ聞ク。……――〉

魔魅に鵺に魔除ノ旅……。

どことなく、おどろおどろしい文章だ。だが、これも日本語として意味が通じない。やはり、〝暗号〟だ……。

だが、迦羅守は面白いことに気が付いた。三枚目の文書の下にも、何かの図案のようなものが描かれている。

迦羅守はテーブルの上に、三枚目の文書を広げた。さらにその隣に、二枚目の文書を広げる。

二つの文書を、合わせてみた。二枚目と三枚目の文書の隅に描かれていた図案が、ひとつに繋がった。

「そういうことか……」

迦羅守が頷き、呟いた。

「そうなんです。この二つの図案は、実はひとつの地図か何かの一部だと思うんです……」

伊万里がいった。

確かに、そうだ。二つの図案を並べてみると、やはり地図のように見える。海岸線のような複雑な形をした線の中に、等高線らしきものが描かれている。

だが、図案は上半分だけだ。下半分が途切れている。つまり文書もあと二枚、地図の下半分の部分が描かれたものもどこかに存在するということになる。

「文書は、あと二枚あるはずだね」

迦羅守が、いった。

「はい、私もそう思います……」

伊万里が、頷く。

「残り二枚は、どこにあるんだ」

迦羅守が、訊く。

「私は、知りません……。あの額縁の中には最初から、この三枚しか入ってなかったんです……」

「本当か」

「本当です。信じてください……」

迦羅守が、伊万里を見つめる。かすかに、笑みを浮かべながら。伊万里は、目を逸らさなかった。

「わかった。君を信じよう」

「ありがとうございます……。でも、〝伊万里〟と呼んでください……」

そうだった。〝伊万里〟と呼ぶ約束だった。

「とりあえず、この二枚の文書の暗号を解読しよう」

「はい。お願いします。私には、さっぱりわからないんです……」

わからないのは、迦羅守も同じだ。自分は文学や日本の近代史——特に昭和史——に関しては専門家だが、数学者でも諜報員でもない。〝暗号〟の解読は専門外だ。

それでも迦羅守は、考えた。アイラモルト――ラガヴーリンの一六年――のソーダ割りを自分の好みの濃さに作り、グラスをテーブルに運ぶ。時折、それを口に含みながら、黙って二枚の文書を読み続ける。

いくら読んでも、意味が理解できなかった。暗号を解く手懸かりもわからない。

もし考えられるとしたら、一枚目の紙に書かれている三文字の〝M〟だ。おそらくこれが、暗号を解読するための何らかのキーワードのはずなのだが。

もしこの文書が本当に〝M〟資金の謎に関して書かれているとすれば、ウィリアム・マーカットの〝M〟……。

マッカーサー元帥の〝M〟……。

MSA協定の〝M〟……。

もしくは、フリーメイソン（メイソン）の〝M〟……。

だとすれば、〝M〟がひとつ足りない。

迦羅守は溜息をつき、文書をテーブルの上に置いた。

「少し、訊きたいことがある」

「はい、何でしょう……」

「君……いや、伊万里君は本当にこの文書を〝M〟資金の隠し場所の地図だと考えているのか」

伊万里が、頷く。

「はい、その可能性はあると思います。父がお酒を飲むと、よく私に〝M〟資金の地図を持っているといっていましたから……」

迦羅守が、ウイスキーを口に含む。

「それならもし、〝M〟資金のすべて、もしくはその一部が発見されたとしたら」

伊万里は、しばらく黙っていた。自分の缶ビールを飲み、迦羅守を見つめる。

一瞬、伊万里が迦羅守から視線を逸らした。口元に、駆け引きをするような笑みが掠《かす》める。それまでとは違う、伊万里の素顔が見えたような気がした。

「そうですね……。そろそろ、本音で話した方がいいかも……」

伊万里の口調が、変わった。

「賛成だ。お互いに芝居《しばい》をするのは、やめよう。時間の無駄だ」

迦羅守が、頷く。

「その前に、私もウイスキーをいただくわ」

伊万里がグラスに、自分のウイスキーのソーダ割りを作った。

「もし〝M〟資金を見つけたら……。法律上は、誰のものでもありません……」

確かに、その可能性はある。これまで日本政府は、再三にわたり〝M〟資金の存在を否定してきた。

「つまり？」

「もし〝M〟資金を見つけたら、私たちの自由にしてもいいということです」

伊万里は〝私たち〟といった。それならば、話は早い。

「お互いの、取り分は」

迦羅守は、率直にいった。

「七対三……私が七で、浅野さんが三でどうでしょう……」

だが、迦羅守は首を横に振った。

「その条件は、呑めない。ぼくがいなければ、君も〝M〟資金を手に入れることはできないはずだ」

伊万里が迦羅守を見つめ、悪戯《いたずら》っぽく笑いながら首を傾げる。

「それならば、六対四……」

迦羅守が、首を横に振る。

「だめだ」

伊万里が、肩から力を抜くように溜息をつく。

「フィフティフィフティ……。五対五……。それが限界ね……」

迦羅守が、笑みを浮かべて頷く。

「わかった。その条件で、手を打とう」

二人がグラスを手にし、合わせた。

10

薄暗いマンションの一室で、コンピューターのディスプレイが青白く光っていた。

家具の色調まで統一された、広い部屋だ。窓際《まどぎわ》には観葉植物の大きな鉢が置かれ、壁にはドラクロワの〝民衆を導く自由の女神〟の額が飾られていた。

だが、エアコンは消されている。窓が少し開けられ、通りを走る車の音と共に生温い風が忍び込んでくる。

コンピューターが置かれたデスクの前に男が一人、座っていた。眼鏡《めがね》を掛けた男の顔が、ディスプレイの光の中に浮かび上がる。

男は、特徴のない顔立ちをしていた。端整だが、表情がない。それほど若くはないが、年齢もはっきりとしない。

男はコンピューターに着信したメールを開き、読んだ。

〈――ランスロット様。

本日の件に関する報告。

S邸よりプロビデンスの目を入手。アリス・キテラより書類一式を入手。さらにアリスと行動を共にする男を確認。

男の名は浅野迦羅守、職業・作家、もしくは東京大学文学部特任教授。品川《しながわ》330は17－××の白いミニ・クロスオーバーを所有。住所は東京都港《みなと》区赤坂二丁目××505号。

以上、よろしくお願いいたします。

私立探偵　大里浩次《おおさとこうじ》——〉

メールには浅野迦羅守と小笠原伊万里、他にミニ・クロスオーバーの写真が添付されていた。

それにしても、〝書類一式を入手〟しただと……。

男はすぐに返信を打った。

〈——大里様。

アリス・キテラより入手した書類一式、今夜じゅうに確認したし。約束の謝礼と交換に、直接手渡し願う。連絡を待つ。

ランスロット〉

メールを送信し、コンピューターを閉じた。

男の顔が、静かに闇の中に沈んだ。

11

長い夜が明けた。

小笠原伊万里は、アメリカ製の広い革のソファーの上で目を覚ました。

薄いタンクトップと、下着しか身に着けていなかった。

ここは、どこだろう……。

昨夜、自分が浅野迦羅守の赤坂の〝事務所〟に泊まったことを思い出すのに、少し時間が掛かった。ウイスキーを飲み過ぎたのか、頭も痛む。

脱ぎ散らかしたジーンズとブラウスを身に着け、毛布の中から出た。振り返ると窓際の書斎のスペースに明かりが灯《とも》り、デスクで浅野が何かを読んでいた。

「おはよう。よく眠れたかな」

浅野が振り向き、いった。

「おはようございます。ちゃんと、眠れました。迦羅守さんは、寝なかったんですか」

〝迦羅守さん〟と呼ぶ時だけ、少し声が詰まったような気がした。

「いや、寝たよ。元来、ぼくは四〜五時間も眠れば十分な体質でね」

伊万里が、浅野のデスクに歩み寄る。

「何を読んでるんですか……」

「古い資料だよ。いまのうちに少し、〝M〟資金について調べておこうと思ってね」

浅野がそういって、表紙の黄ばんだ古い本を閉じた。

「例の〝暗号〟については、何かわかりましたか」

伊万里が訊いた。

「いや、まだだ。まったく解読できていない。あの暗号を解くには、少し時間が掛かるかもしれないな」

「だいじょうぶですか……」

「心配しなくていい。もしぼくに解読できなければ、他の手も考えてある。それより、腹が減った。朝食にしよう」

浅野は、伊万里に朝食を作らせなかった。

自分でキッチンに立ち、慣れた手付きで仕度《したく》を始めた。まず、コーヒーを淹《い》れ、トーストを焼き、その合間に手際《てぎわ》良くハム・アンド・エッグスと簡単なサラダを作った。女としては少し手持ち無沙汰《ぶさた》だったが、料理をしている男の後ろ姿を見るのも悪いものではなかった。

出来上がった料理の皿をテーブルに運び、平穏な朝食を楽しむ。料理もコーヒーも、美味しかった。昨日、いろいろなことがあった割には、食も進んだ。

キリマンジャロ……このコーヒーの香りはたぶん、そうだ……を口に含みながら、伊万里が訊いた。

「今日の予定は?」

「午前中は、ぼくに時間をくれ。連載小説の原稿を書かなくちゃならない。原稿が片付いたら君にメールをするから、それまでどこかで時間を潰していてくれ」

浅野がフライドエッグを口に放り込み、トーストをかじる。

「了解。午後はどうします?」

「東大に行く」

「今日も、ゼミがあるんですか」

「いや、今日の講義は休みだ。東大の研究室で、例の暗号について調べ物をしたいんだ。ここにある資料だけでは、どうにもならないんでね」

「了解です。そうしたら私、午前中に一度自分の部屋に戻って、少し着替えや何かを持ってきます。部屋を荒らされて、何か盗られていないか心配なので……」

「一人で、だいじょうぶか」

「平気です。私、こう見えても、子供のころに〝カラテ〟をやっていたことがあるんです」

その時、伊万里のスマートフォンのバイブレーションの音が聞こえた。

電話だ。こんなに朝早い時間から、誰だろう……。

ディスプレイを見ると、またあの〝船木〟という刑事の電話番号が表示されていた。

「ちょっと失礼します……」

席を立って、電話に出た。

――ああ、小笠原さんですね。朝早くからすみません――。

いきなり、船木のがさつな声が聞こえてきた。

「はい、何でしょうか……」

――実は、昨夜もお電話したんですがね。少しばかり、お訊きしたいことがありましてね――。

「はい……」

――昨日、もう一度〝現場〟を見ておこうと思って塩月さんの家に寄ったんですがね。どうも、誰かが家に入ったような形跡がありましてね。例の、書斎の壁に掛かっていたフリーメイソンの額がなくなっていたんですよ。小笠原さん、あれを持ち出したりしていませんかね――。

フリーメイソンの額がなくなった……。

伊万里は、前日の記憶を辿《たど》った。

確かに昨日の午後、浅野と二人で武蔵野市の父の家に立ち寄った。書斎に入り、あのフリーメイソンの額を壁から外し、裏蓋を取って中を見た。だが、浅野はまた額を壁に戻し、そのまま外に出たはずだ……。

「父の家には立ち寄りましたが、額を持ち出したりしていません」

――本当のことをいってくださいよ――。

まったく、無作法《ぶさほう》な刑事だ。

「本当です。嘘をつく必要なんて、ありません」

少し、怒ったようにいった。

――それならいいんですが。近々、時間がある時にでも署の方に寄ってください――。

電話を切り、テーブルに戻った。

浅野が、朝食の残りを平らげながら訊いた。

「誰から?」

「父が殺害された事件の、担当の刑事さんからです……」

一応、〝さん〟を付けた。

「はい、例の父の書斎にあったフリーメイソンの額が、なくなったそうです。昨日、私たちが帰った後で、誰かが盗んでいったのかもしれません……」

「ほう……。どうせ盗まれるならば、ぼくが欲しかったな……」

浅野が他人事《ひとごと》のようにいって、コーヒーを飲んだ。

「何といっていた?」


赤坂から阿佐ヶ谷までは、地下鉄で一本だった。

丸ノ内線の南阿佐ケ谷で降りて、中杉《なかすぎ》通りをJRの駅の方向に歩く。台風が近付いているのか、空がどんよりと暗い。

JR中央線のガードを過ぎてしばらく行くと、街路樹の葉に包まれた古いマンションが見えてきた。足取りも、心も重くなる。昨日は時間がなかったので、着替えをしただけで部屋の中をよく確かめなかったが、いったい何が起きたのか。

マンションの前まできて一度、足を止めた。三階の、自分の部屋を見上げる。もう二年も住んだマンションなのに、この日はまったく違う建物のように見えた。

伊万里は溜息をつき、マンションのエントランスに入っていった。郵便受けの中を確認し、エレベーターに乗った。

三階の廊下には、誰もいなかった。ドアの鍵穴に鍵を挿し込み、回す。鍵が解除されると、カムが外れる音がいつもよりも大きく響いたような気がした。

部屋に入る。改めて部屋の中を見て、目まいがした。こんなに酷かっただろうか……。

1LDKのそれほど広くない部屋の床が、散乱する家具や服、大学時代からこつこつと買い集めた法律関係の書籍や小説の単行本などで埋まっていた。父の、塩月聡太郎の家と同じだ。おそらく、同じ犯人がやったに違いない。

自分の子供時代のアルバムと、亡くなった母との思い出の写真を床から拾い上げた。恐怖と同時に、許し難い怒りが込み上げてきた。だが、いまは、そんなことを考えている場合ではない。

伊万里は寝室に入り、めちゃくちゃにされたベッドの上に放り出されていたサムソナイトのスーツケースを開けた。侵入者は、このスーツケースの中も調べたらしい。今年の春に行ったイタリア旅行のパンフレットくらいしか入っていなかったはずなのに、ご苦労なことだ。

スーツケースの中にアルバムと写真を仕舞い、さしあたり着替えの服と下着を放り込む。浅野迦羅守が、ミニスカートを好きじゃなくて助かった。あの服は浅野の気を引くために買ったもので、他にスカートなどは一枚も持っていない。

これからは気温も低くなるので、スウェットと着馴れた革のブルゾンも一枚。銀行の通帳や宝石などの貴金属——とはいってもシルバーやターコイズなどの安物ばかりだが——

は、すでに昨日トートバッグに入れて持ち出していた。

他には、昨日は慌てていて忘れてしまった化粧品。それと、浅野の事務所に世話になるとしても、自分のバスタオルと使い馴れたシャンプーくらいは持っていった方がいい。ついでに、シャワーを浴びておこう。

伊万里はそんなことを思いながら、バスルームを開けた。明かりを、つける。次の瞬間、思いがけない光景に息を呑んだ。

浴室の扉が開き、バスタブの中で裸の男が死んでいた。

やられた……。

伊万里はスマートフォンを手にし、冷静に〝一一〇番〟の番号を押した。

12

昼間なのに、部屋の中は暗かった。

カーテンは、閉まっている。ソファーの横のスタンドの明かりはついているが、それ以外の照明は消されていた。

〝ランスロット〟——男はごく一部の人間にそう呼ばれている——は、英国製のアンティークのソファーに影のように座っていた。手の中に、大きな茶封筒がひとつ。中から汚れた書類の束《たば》を出し、スタンドの明かりの下で見つめている。だが、何かに失望したように首を横に振り、その書類の束をウォールナットのテーブルの上に放った。

屑《くず》、だ。

何が〈――アリス・キテラより書類一式を入手――〉だ。これはただの古い絵本のページを切り取っただけの、〝贋物〟だ。内容こそ古い新約聖書の挿話になっているが、これも〝書類〟を見た者を惑《まど》わすことを目的とした悪意に満ちた囮だ。

いくら血が繋がっていないとはいえ、やはり小笠原伊万里は塩月聡太郎の娘だ。侮《あなど》ることはできない。

ランスロットは次に、テーブルの上のフリーメイソンの額を手に取った。レリーフが銅板のためか、大きさの割には思ったより重い。

銅板のエッチングの図案を、静かに見つめる。定規とコンパスを組み合わせた図案の中に、アルファベットの〝G〟。その上にピラミッドがあり、中央に神の全能の目を意味する〝プロビデンスの目〟が描かれている。

戦中から戦後の一時期にかけて、日本のある秘密結社が使っていたシンボルマークだ。ランスロットは塩月聡太郎の父親がその秘密結社のメンバーだったことは聞いていたし、同じモチーフのシンボルマークも過去に何度か目にしたことはあった。そしてこの図案の中には、今回の件に関して特に暗示が隠されているわけではないことも知っていた。

問題は、この額装の中身だ。

ランスロットは、古い額の裏蓋を外した。中からは銅板のエッチングの本体と、がたつきを止めるための厚紙、他には折り畳んだ古新聞が出てきただけだった。他には、何も入っていない。

本来ならば、この中に例の地図の〝原本〟が入っていたはずだ。一カ月前の嵐の夜、塩月聡太郎の家を家《や》探しした時に、なぜこの額が書斎の壁に掛けてあったことに気付かなかったのか。迂闊《うかつ》だった。

だが、いま〝原本〟を誰が持っているのかはわかっている。〝アリス・キテラ〟――小笠原伊万里――か。もしくは私立探偵の大里浩次――使えない男だった――が調べてきた、浅野迦羅守という小説家か。おそらく奴らの手元には、例の地図の原本の内の二枚があるはずだ。

大里からの報告書には、ネット情報による浅野迦羅守の資料が添付されていた。

〈――浅野迦羅守（あさの　がらむ　1971年8月5日―）は日本のノンフィクション・歴史推理小説作家、東京大学講師。東京都文京区生まれ。東京大学文学部卒。2009年に『ウィロビーの犯罪』で第14回「日本ノンフィクション倶楽部大賞」を受賞。2010年に小説『上海《シャンハイ》特務機関』で第29回「日本歴史文学大賞」を受賞――〉

ランスロットは、浅野迦羅守という小説家のことをよく知っていた。直接、会ったことはないが、一人のファンとして作品は何冊か読んでいる。その浅野迦羅守と対峙《たいじ》できるのであれば、この上なく光栄だ。

あの浅野迦羅守と、いかにして戦うか。奴らから、いかにして例の地図の原本を奪い取るか。浅野は、頭がいい。簡単にはいかないだろう。

だが、その時ランスロットの頭に、神の啓示ともいえる考えが閃《ひらめ》いた。

そうだ……。

何も浅野迦羅守と戦うことはない。地図の原本を奪う必要もない。奴らを監視し、好きなようにやらせ、あの地図の暗号を解読するのを待てばいい。その上で、こちらはゆっくりと漁夫《ぎょふ》の利《り》を得ればいい。

ランスロットは額をテーブルの上に置き、銅板のエッチングと厚紙、古い新聞紙を元のように仕舞った。その時、ふと、奇妙なことに気が付いた。

古新聞の、日付だ。

一九四六年四月二〇日——。

違和感があった。銅板のエッチングの裏に刻《きざ》まれている日付を見てもわかるとおり、塩月聡太郎の父の興輝が〝秘密結社〟に入ったのは、一九四九年一二月七日だったはずだ。

それなのに、なぜ三年以上も前の古新聞がこの額の中に入っているのか——。

ランスロットは何気なく、折り畳まれて貼り付いた古新聞を剝がすように開いてみた。

当時の、朝日新聞だった。粗悪な紙は黄ばみ、黴が生《は》え、精度の悪い活字の文字は読みにくかった。だが、紙面を眺めるうちに、とんでもない見出しの文字が目に飛び込んできた。

〈——芝浦《しばうら》沖に金塊百三個　米海軍引揚《ひきあ》ぐ——〉

これか……。

だとすれば、今回の〝M〟資金の話は、天文学的な金額になるだろう。

ランスロットは溜息をつき、英国製の古いソファーの背もたれに体を預けた。

スタンドの明かりを消し、闇の中で笑いを浮かべた。

13

窓の外で、街路樹の銀杏の葉が風に揺れていた。

正面の法文一号館の上に見える空には、暗い雲が流れている。雨が降り出したのか、少し開けてある窓からペトリコールの匂いが忍び込んできた。

浅野迦羅守は法文二号館三階の研究室の椅子から立ち、窓を閉めた。今年の夏は本当に、雨が多い。また台風が来ているそうだが、日本全国からの豪雨のニュースにもすっかり馴れっこになっている。

椅子に戻り、迦羅守はまたデスクの上を見つめる。アンティークの椅子の肘掛けに肘を置き、顎に手を当てて溜息をつく。これが、法文二号館の研究室で考え事をしている時の迦羅守の癖《くせ》だ。

〈——カイガイシク持ツ君ノソノ右ノテヲ見テイルト睦マジキ我ラノ仁愛ノ徳ヲ今モ大イニ喜ビテ天帝ニ感謝スルモノナリ。コレノ御礼トシテ我両親ニ我ラ夫妻ノ閲年ノ世過ギヘノ記念ノ意ヲ此地ニテ伝エマタソノ後ニ父上様ノ偉大ナリキ賢聖タル所以ノ奇蹟ニ対シ献呈ソノ投稿サレタル碑文ヲ読ミテコノ名文ヲ誰ガ初見シタカ秘密ヲ守ルタメニコレラヲヨク知リタル者タチハモウ海外ノ名地ニ既ニ渡航。ヨッテ我ラ夫妻ノ友人ラハ徒然《ツレヅレ》ナリシ日々ヲ過シテハ本当ニ美シキハ金閣寺《キンカクジ》ソレトモ銀閣寺《ギンカクジ》カナドト運命タル生活ヲ営《イトナ》ミテ天帝ト出会ウヲ願イタルハコレモ元ヨリ苦難ノ道トテ一汁一菜一日二食ノ粗食ニ耐エタ末ニメデタシ事ニ巡リ会ウ。天帝モコレコソ愛國精神ヘノ尊《トウト》キ復古ト喜ビテハ興國《コウコク》ヲ懐シム人ノ輪ニテ語ラウ資質アリ、マタ金言ヲモッテ己ヲ語リ尽シテハ沈黙ヲモッテ止メ処ナク時過シタル事ナドモアルノデ因果応報《インガオウホウ》モスベテノ神々ノ決メタル運命ナレバ我々ハアリシ日ヲ思出ス。ソレデモ私ハ不動明智ヲ以テ幸イナレバコトニ道理ヲ外ス事モナクココマデ是非ヲ問ワレヌ内ニ天帝ノ教エ通リニ生キタル者トシテ己ノ心ノ赴《オモム》クママニ無謀ニ過シタ頃ノ反骨心ヲ忘レズニ父上様ヤ母上ヨリモ國士《コクシ》デアリタルコトサエ敵ニ知ラレズニ対スルナラバ己スナワチ自我落ルトコロマデ百米ホド森ノ奥ヘ進メバソノ辺ニ駐在シタル日本軍ノ中隊ハ夜明ノ一番鶏デ時ヲ知リ敵軍ガ攻メルヲ待タズニ陣所ニ向カヘバイトモタヤスク敵ナドハヒトタマリモナク陣所ヲ略奪イタス所。取リ敢《ア》エズハ道サエモ無クシカルベキ地ニ行カルルナラバ体軀《タイク》モ丈夫デアルガ一番ニテ自分ノ部下ナルハ天帝ノ教エヲ守リテ黄昏《タソガレ》ヲ過ギテハ金言ヲ復唱シ団塊《ダンカイ》トナリテ戦友ノ体軀ヲ安ジテ他ナラズ功名心ハサテヲキテ純白ノ布ニ墨ニテ金言ヲ認メル団塊ノ者タチニハ銀織ノ肩章コソ塊然トスルトハ共通ノ認識タルニ、シカシ是ヲ守ラント議論スルナラバ幾多ノコノ道ノ前人ラト意見ヲ交サズニハイラレズ是成ルコトナク、功ヲ急ゲバ誤ラセントスレバ然《サ》リトテハ迷ワズ。天帝スナワチコノ真理ヲ金言ノ心トシ認メル文意ヲモッテ御書ヲ後世ニ残スハ千歳ノ長キヲ我ラガ願イテ我ラヲ救イタル天帝ノ御意ナレバ國威発揚ヲ以テ復位シタルハ勃興《ボッコウ》スル大和《ヤマト》民族ノ気概ト気骨ノ資質ガアレバ是金言ヲ疑ウコトヲ知ラズ。更ニ後世ヘノ閲年ノ世過ギニハ記念ノ意ヲ此地ニテ正シク伝エタル統制ハ常ニ不動ナルモ久シクアルベキトコロ世継ニ語リ継グ師承ニ耳ヲ傾ケル者コソ遠キ来世ニ血ヲ残シタル伝衣ヲ授ケタリエルニ相応ノアルイハ此者ヲ誰

モ世ヲ導ク救世ノ主ト思ワズモナラバ一層ニ遜《ヘリクダ》リ敬スルモノカ。――〉

これが二枚目の文書の前半部分である。昨夜から、幾度となく読み返している。だが、文章はまったく頭に入ってこない。意味も理解できない。

日本語であることはわかるのだが、何らかの理由により意味をぼかしているようでもある。だが文中に〝金〟や〝銀〟といった文字が多いこと。さらに〝世過ギ〟や〝世継〟、〝師承〟などという言葉がよく出てくることから、何かを後世に伝えたいのだろうというように読み取れる。

さらに〝愛國精神〟や〝復古〟、〝興國〟、〝勃興〟、〝大和民族〟などの言葉から、日本人に「亡びた国を復興しろ」といっているようにも受けとれる。

待てよ……〝興國〟とは、年号か……。

〝興國〟は日本の朝廷が南北に二分した〝南北朝時代〟の南朝の年号である。〝延元《えんげん》〟の後から〝正平《しょうへい》〟の前までの一三四〇年から四六年。後村上《ごむらかみ》天皇の時代で、当時の室町《むろまち》幕府の将軍は足利尊氏《あしかがたかうじ》だった。

そうなると、この奇妙な暗号文の中の一行が急に何らかの深い意味を持つように浮かび上がってくる。この部分だ。

〈――天帝モコレコソ愛國精神ヘノ尊キ復古ト喜ビテハ興國ヲ懐シム人ノ輪ニテ語ラウ資質アリ――〉

〝興國ヲ懐シム人ノ輪〟とは、〝南朝を懐しむ人々〟とも読める。さらに全文を要約すると、「天帝は南朝に復古することこそ愛國精神と喜び、それを懐しむ人々こそ語らう資質がある」ということになるのだろうか。

だが、なぜ〝南北朝〟なのか。〝M〟資金やその隠し場所には、まったく無関係のはずだが……。

何かの暗号であることは、わかる。だが、その暗号を解読する方法がわからない。

かつては旧日本軍でも、軍の無線連絡や特務機関の書簡のやり取りなどに様々な暗号が使われていた。外務省の暗号機A型を使用した通称〝レッド暗号〟、海軍の九一式印字機を使用した〝オレンジ暗号〟、九七式印字機一・二型を使用した〝ジェイド暗号〟、陸軍の一式一号印字機を使用した暗号（コードネーム不明）などがよく知られている。他にも一九四一年一二月八日の真珠湾《しんじゅわん》攻撃の時に海軍が発令した〈――ニイタカヤマノボレ1208――〉（一二月八日午前零時をもって対米英開戦）や〈――トラ・トラ・トラ――〉（ワレ奇襲ニ成功セリ）も、当時の〝呂《ろ》暗号〟を使ったモールス信号だった。

だが、それらの暗号文の作成や解読を行なうためには、専用の特殊な暗号機が必要だ。

これらの暗号機は小さな物でも重さ十数キロ、大きな物は一〇〇キロ以上にもなったといわれている。そのような暗号機は現在、まったくといっていいほど残っていないし、暗号は文章を数字やアルファベットに置換するタイプのものが多い。

今回のこの暗号文は、そうした機械式の暗号とは根本的に異なるものだ。どちらかといえば、当時の陸軍中野《なかの》学校出身の特務機関員同士が個別の乱数表を用い、書簡による連絡などに使っていた暗号文に似ている。とはいっても、その乱数表そのものが存在しなければ解読は不可能なのだが。

完全な解読までは無理だとしても、この暗号文が何について書かれているのかくらいはわからないものだろうか。もしヒントがあるとすれば、この〈――MMM――〉と手書きされた一枚目の紙だ。これが、おそらく乱数表のような役目をするところまでは推理できるのだが。

その時、迦羅守は、ひとつだけ心に引っ掛かっていたことを思い出した。

例の、フリーメイソンのシンボルマークのようなエッチングが入っていた額だ。あの額を昨日、迦羅守と伊万里が塩月聡太郎の家を訪ねた後に何者かが盗んでいった。

犯人はなぜ、あんな物をわざわざ盗んでいったのだろうか。まだあの額の中に、いま迦羅守の手元にある暗号文と地図のようなものが隠されていると思ったのか。

いや、違う。もしかしたら……。

迦羅守は、自分がとんでもないミスを犯していたことに気が付いた。エッチングの額の中には、古い朝日新聞が一枚入っていた。新聞の日付は、一九四六年四月二〇日――。

なぜあの日付を見た時に、おかしいと思わなかったのか。

迦羅守は暗号文一式を金庫に仕舞い、部屋を飛び出していった。

東京大学本郷キャンパスには、学内でも最大の『東京大学総合図書館』がある。

大正一二年には一度、関東大震災で廃墟《はいきょ》となった。その後の昭和三年、内田祥三工学部教授の設計により再建。「南葵《なんき》文庫」（紀州徳川《きしゅうとくがわ》家が設立した私設図書館の蔵書）をはじめ「青洲《せいしゅう》文庫」、「鷗外《おうがい》文庫」、「田中《たなか》文庫」、海外三十数カ国からの寄贈図書など一二五万冊以上（二〇一五年三月現在）を蔵書。他にも様々な雑誌や電子化資料も所蔵し、東京大学附属図書館における機能の中心的な役割を果たしている。

東大の総合図書館に来れば、ない資料はない――。

学内外からの評価は、国立国会図書館と並び称されるほど高い。

東大の特任教授である浅野迦羅守は、この総合図書館を日常的に利用している。古く伝統的なゴシック様式の建物に、歴史的な書物、さらに近代的な電子化資料やコンピューターを使った管理システムが混在する奇妙な空間だ。ここにいると、なぜか心が落ち着き脳が活性化される。

備え付けのコンピューターの前に座り、〈――1946年4月20日　朝日新聞――〉とキーワードを入力して検索すると、やはり出てきた。当日の朝日新聞は紙面が一枚二面のみ。過去にすでにマイクロフィルムに落とされ、現在は電子化されて保存されていた。その紙面を何枚かに分けて拡大してプリントアウトし、研究室に持ち帰った。

デスクに戻り、新聞に目を通す。やはり、あった。一度、マイクロフィルムに落としてあるので読みにくいが、何とか判読は可能だった。

〈――芝浦沖に金塊百三個　米海軍引揚ぐ――〉。
米海軍潜水夫の一隊は十九日東京商船学校敷地に近接する東京湾芝浦沖の海中から八十ポンド金塊百三本を引揚げた。価格にして六万一千八百ドルではあるが、第二騎兵旅団の語るところによれば、最初東京湾には二億ドルの価値ある金銀プラチナなどが埋められてゐたといふ予想は誇張されてをり、現在までにはプラチナや銀は一本も発見されず、また銀がどのくらゐ海中に埋没されてゐるか予想の限りではないといふことである――〉

これか……。

いわゆる東京湾の月島《つきしま》近海の海底に沈められたとされる、旧日本陸軍の金塊に関する記事だ。太平洋戦争の終戦直後、深川区越中島の糧秣廠に隠退蔵物資として保管されていた莫大な金、銀、プラチナのインゴットが、間もなく進駐してくる米軍の摘発《てきはつ》を恐れて近くの岸壁から投棄《とうき》された。

当初は旧陸軍の上層部や政府、旧大蔵省の一部の人間が知るだけの〝噂〟にすぎなかったが、後にこれが米軍――GHQの関係者――の知るところとなり、実際にその一部が引き揚げられ、既成事実となった。さらに後年はその金塊が〝M〟資金のもとになったともいわれ、もはや通説となっている。

朝日新聞の記事はごく短い囲み記事だが、当時の事実関係を正確に、脚色することなく伝えている。新聞が発行されたのが一九四六年四月、終戦からまだ八カ月しか経っていないころだ。新聞の記事はすべてGHQ――特に米軍――の検閲《けんえつ》を受けていた時代でもある。おそらく、AP通信あたりが配信した記事をそのまま朝日新聞が転載したのだろう。つまり、この記事の内容は、ある一定の信頼がおけるものと判断していいだろう。

興味深いのは、引き揚げられた金塊の〝一〇三本〟という量だ。記事中の〝八十ポンド金塊〟という記述を信用するならば、金塊一本は約三六・三キロ。これが一〇三本ということは、約三・七四トン。二〇一五年九月現在の金の取引価格をグラム当たり約四五〇〇円とすると、総額約一六八億三〇〇〇万円ということになる。

だが、記事にはこうも書いてある。

〈――当初東京湾には二億ドルの価値ある金銀プラチナなどが埋められてゐた――〉

二億ドルといえば、当時の固定レート一ドル三六〇円で換算すると、約七二〇億円。現在の貨幣《かへい》価値に直すと、約四〇倍としても二兆八八〇〇億円。とてつもない金額になる。

ただし記事には、このような記述もある。

〈――現在まではプラチナや銀は一本も発見されず――〉

この記述がもし本当だとしたら、いったいプラチナや銀のインゴットはどこに消えてしまったのか――。

いずれにしても後の〝M〟資金の一部が芝浦沖に沈められた金塊であったことは、想像に難くない。これは迦羅守としても、むしろ想定の範囲内だった。問題は越中島の糧秣廠に隠退蔵物資として保管されていた金や銀、プラチナのインゴットが、元はといえばどこから来たものだったのか、その出処だ。

迦羅守は口元に、密《ひそ》やかな笑いを浮かべた。

やはり、想像していたとおりだ。〝M〟資金の裏には、〝ライカビル〟の連中が絡んでいるらしい……。

息を吐き、体を伸ばした。椅子から立ち、キャビネットの上に置いてある電気ポットでコーヒーを淹れた。愛用のノリタケのカップで熱いコーヒーをすすりながら、腕のオメガの時計を見た。

いつの間にか、午後二時を過ぎていた。

そういえば、小笠原伊万里から何も連絡がない。朝、赤坂の事務所から出ていく時には、昼ごろまでに東大の研究室に来るようなことをいっていたはずだったが。

彼女は、どうしたのだろう……。

その時、ポケットの中のｉＰｈｏｎｅが振動した。ディスプレイの、発信者を確認する。伊万里からだった。

「はい、浅野だ。遅かったな……」

だが、電話からは聞き馴れない男の声が聞こえてきた。

――浅野迦羅守さんですね――。

瞬間、何かあったな、と思った。

「そうです。あなたは……」

――私は杉並《すぎなみ》警察署の、加藤《かとう》と申します。実は少し、小笠原伊万里さんのことで伺いたいことがありましてね――。

迦羅守はコーヒーをすすりながら、〝加藤〟と名告る刑事の言葉を冷静に聞いた。

14

そのころ小笠原伊万里は、まだ阿佐ヶ谷の自分の部屋にいた。

お気に入りの小さな一人用のソファーに座り、自分の部屋の様子を眺めていた。だが、部屋はまるで台風が吹き荒れたかのように変わり果て、その中を杉並警察署の刑事課の捜査官や鑑識がアリのように忙《せわ》しなく動き回っている。

伊万里の両側にも刑事が二人、座っていた。杉並署の加藤という刑事は、伊万里から取り上げたｉＰｈｏｎｅで浅野迦羅守に電話をしている。左側には、なぜか伊万里の嫌いな武蔵野署の船木もいた。

いったい、誰がこの男を呼んだのよ……。

加藤という刑事が電話を切り、ｉＰｈｏｎｅを伊万里に返した。

「昨夜、あなたが浅野さんの〝部屋〟に泊まったというのは、どうやら本当らしいですね……」

意味深ないい方をした。

「だから、何度もそういったじゃないですか。〝部屋〟じゃなくて、浅野さんの〝事務所〟ですけど……」

刑事たちの話によると、バスルームで死んでいた男の死亡推定時刻は昨日の深夜から今日の未明にかけてくらいらしい。警察に一一〇番通報し、刑事がこの部屋に入ってきた直後から、「昨夜はどこにいたのか」と再三アリバイを訊かれた。

「まあ、いいでしょう。浅野さんには後ほど署の方に来ていただいて、もう一度確認しましょう。それで、バスルームで死んでいた男の件ですがね……」

加藤がそういって、ロングピースに火をつけた。

この男は本当に、よくタバコを吸う。私がタバコの煙を嫌いなことくらい、気が付いているだろうに。もしここが日本ではなくアメリカなら、〝嫌煙権の侵害〟で告訴してやれるのに。

「あの男が、どうしたんですか」

伊万里が、投げ遣《や》りに訊いた。

「小笠原さんは本当に、あの男を知らないんですね」

「知りません。先程から何度も、そういっているじゃありませんか」

どうして刑事は、まるでこちらが犯罪者であるかのように、何度も同じことを訊くのだろう。

「しかし、前に見たことはある。そうでしたね」

また、同じことを訊いた。

「〝見たことがある〟とはいっていません。前に、駅からこのマンションまで誰かに尾けられたことがあって、その男だったかもしれないといっただけです」

「ああ、そうだったね……」加藤がタバコの煙を吐き出しながら、白を切る。「それで、その男の顔は見たんでしたっけ……」

それも、何度もいった。

「私だって、女です。深夜に男の人に尾けられて、その顔をよく見て記憶するほど余裕があるわけないじゃないですか」

武蔵野署の船木は、横で何もいわずに笑っている。この男の態度は、いつも伊万里の心を逆撫でする。

「すると、男の身元はわからないわけですね」

「わかりません。何度もそういったはずです」

「あなたの恋人とか、元恋人とかではないんですか」

「違います。だから、見たこともない人だといってるじゃありませんか」

だんだん、怒りを抑《おさ》えられなくなってきた。

「しかし、おかしいな……。何で小笠原さんの知らない人が、この部屋で〝裸で〟死んでいたんですかね……」

加藤が、〝裸で〟というところを強調したように聞こえた。

「そんなこと、私にわかるわけがないでしょう。それを調べるのが、警察の仕事なんじゃないですか」

だが、伊万里も不思議だった。

なぜあの男が、自分の部屋で死んでいたのだろう。しかも男の服や身元を証明するようなものは、この部屋で何も見付かっていない。現在のところは、頭に鈍器状のもので殴られたような傷があること以外は何もわかっていない。

玄関の方から、何かを運び込むような音が聞こえてきた。青い制服を着た警察官がさらに何人かリビングに入ってきて、伊万里の目の前で台車付の担架《たんか》のようなものを組み立てはじめた。バスルームの中からゴムシートに包まれた男の死体が運ばれ、担架に乗せられて部屋を出ていった。

伊万里はそのある意味で異様な、それでいてこの世にいかにもありがちな悲劇の光景を眺めながら、ぼんやりと考える。

誰かがあの男を別の場所で殺し、わざわざこの部屋まで運んできて、裸にして置いていった。しかし、誰が、いったい何のためにそんなことをしたのだろう……。

「さて、我々もそろそろ署の方に引き上げますか。小笠原さんも、ご同行ください」

このまま簡単には、帰してもらえそうもない。

杉並署に移動しても、伊万里はさらに尋問《じんもん》に近いような聴取を受けた。どうやら今回の男の頭に残っていた傷は、父の塩月聡太郎の致命傷ときわめて似ているらしい。同じ犯人が、同じ凶器を使って殺害した可能性もある。だからというわけなのか、いまになって、父が殺された八月八日の深夜のアリバイについても問い質《ただ》された。

そんな一カ月以上も前の夜のことなど、急に思い出せるわけがない。台風が来ていたのだとしたら、おそらく早く帰ってこの部屋で一人で本でも読んでいたのだろう。アリバイなど、証明できるわけがない。

もしかしたら、自分は本当に容疑者なのだろうか。これは、仲間の弁護士に連絡を取った方がいいかもしれない。そう思いはじめたころになって、いきなり「帰っていい……」といわれた。

取調べ室を出て、船木に付き添われて一階まで下りていくと、受付の前で浅野迦羅守が待っていた。

自分でも気付かなかったが、それまでかなり緊張していたようだ。浅野の顔を見たら急に体じゅうの力が抜け、柄《がら》にもなく涙がこぼれそうになった。

「すみません、私のためにこんなところまで……」

そこまでいって、言葉に詰まった。

「別に、かまわないさ。君のアリバイについて少し訊かれただけだ。行こうか」

「はい……」

浅野が、伊万里のスーツケースを持った。

「荷物は、これだけかな」

「そうです……。警察の人がいたので、これだけしか持ち出せませんでした……。でも、とりあえずの着替えには困らないと思います……」

警察署を出て、浅野が車を駐めてある青梅街道沿いのコインパーキングまで歩いた。車に乗るまで、二人はしばらくの間、何も話さなかった。スーツケースを引きながら無言で歩く浅野の後ろ姿は、何かを考えることに集中しているように見えた。

荷台にスーツケースを積み、車の流れの多い青梅街道に走り出した。時間は五時を過ぎていたが、あたりはまだ明るい。伊万里はしばらく脱力した体を助手席に預けながら、長かった一日の出来事をぼんやりと振り返った。

「警察の人から、話は聞きましたか」

しばらくして何気なく、訊いた。

「ある程度は。部屋のバスタブの中に、男の死体があったそうだね」

浅野が車の流れを縫《ぬ》うように車を操りながら、まるで世間話でもするように答える。それに加え、運転が上手《うま》い人の車の助手席に乗っていると、奇妙な安心感がある。

「いったい誰が、何のためにあんなことをしたんだろう……」

先ほどから何度も頭に思い浮かんだ疑問が、ごく自然に口から出てきた。

「〝殺《や》った〟のは、君のお父さんを殺したのと同じ人間だろう。目的は、例の〝M〟資金から手を引け、という警告だろうね」

やはり、そうとしか思えない。伊万里も、同じようなことを考えていた。

「それならあの〝死体〟は、誰だと思いますか」

伊万里は訊いた。

「それは、わからないな。むしろぼくは、君が知っていると思ったのだが……」

浅野が運転しながら、少し怪訝そうに首を傾げた。

だが、本当だった。伊万里にはまったく、心当たりがない。今回の〝M〟資金の地図のことを話したのも、いまのところは浅野迦羅守一人だけだ。

「もしかしたら……」

唐突に、伊万里の頭にある〝可能性〟が思い浮かんだ。

「何だい。いってみてくれ」

「これはただの直感なんですけど、今日の男……。殺されたのは昨日、三菱銀行の前で私たちから封筒を奪っていった男じゃないかしら……」

浅野はしばらく、黙って考えていた。そして、訊いた。

「根拠は。顔が似ていたのか」

「いえ、顔はわかりません。昨日の男はサングラスを掛けていたし、今日の死体もよく顔を見ませんでしたから……」

恐くて、顔を確認するどころではなかった。

「もし昨日の男と今日の死体が同一人物だとしたら、殺された理由は？」

「はい。昨日、私たちから盗んでいった封筒の中身が、贋物だったから。それで制裁を受けて、殺された……」

浅野が、頷いた。

「あり得るかもしれない。〝小説的〟には面白い推理だ。制裁か。もしくは秘密保持のためか。それにしても相手は、やり方が大胆だな」

確かに、そうだ。正直なところ、伊万里は恐ろしかった。次に殺されるのは、もしかしたら自分かもしれない。

だが、そう思い込んで臆病《おくびょう》になれば、相手の思う壺《つぼ》だ。

気持ちを切り替え、浅野に訊いた。

「ところで、そちらの方はどうでしたか。何か、収穫はありましたか」

車は杉並区役所前の交差点を右折して中杉通りに入り、伊万里のマンションの前を通って早稲田《わせだ》通りからまた都心の方向に走っていた。

「ひとつ、あった」

「どんなこと？」

伊万里が、運転席の浅野の横顔を見た。

「例の〝M〟資金の、出処がわかった。金額も、ある程度は推理できるかもしれない」

「どういうことなの。まさか、あの暗号が解けたんじゃあ……」

だが浅野は、口元に笑みを浮かべながら首を横に振った。

「そうじゃない。あの暗号は、そう簡単には解けない。まったく違うところから、〝M〟資金に関する興味深い情報を見つけた。昨日、君のお父さんの家に行った時、書斎にあった例のフリーメイソンのシンボルマークの額の中に、古新聞が挟まっていたのを覚えていないか」

やはり、あの額か……。

「でもあの古新聞は、額の中に残してきたはずよ。そして、誰かに盗まれた……」

浅野が、頷く。

「そうだ。あの時はそんなに重要なものだとは思わなかったので、残してきてしまった。迂闊だった」

「それなら、どうして……」

「新聞の日付を、覚えていたんだ。一九四六年の四月二〇日、朝日新聞であることもね。我々小説家は日常的に資料を読む癖がついているので、それほど意識しなくても簡単な数字くらいは記憶してしまう」

新聞の日付をいわれて、思い出した。伊万里もあの新聞を見て、ずいぶんと古い新聞だなと思ったことがあった。

「その新聞に、何かが書いてあったのね」

「そうだ。東大の図書館に、同じ新聞が電子化されて保存されていた。これだ」

浅野がポケットから折り畳んだコピー用紙を出し、伊万里に渡した。紙を、開く。すぐに〈——芝浦沖に金塊百三個——〉という見出しが目に飛び込んできた。

「いったい、これは……」

伊万里はマップランプをつけ、記事を読んだ。父の聡太郎の言葉を疑っていたわけではないが、こうして実際に〝M〟資金の根拠となる記事を突き付けられると、呆然とするしかなかった。

「どうやら例の地図と暗号に示されている〝M〟資金というのは、その芝浦沖に沈められた旧日本陸軍の隠退蔵物資の金塊のことらしい。だとすれば、信憑性はある」

「ここに書かれている、八〇ポンド金塊が一〇三本というのは……」

「その数字も、ある程度は信用していいと思う。当時の新聞記事はすべてGHQの検閲を受けているので、でたらめは書けない。GHQ、つまりアメリカ側も、それだけの金塊が引き揚げられたことは承知しているということになる」

「金額にすると……」

伊万里がｉＰｈｏｎｅの計算機のアプリを開いた。

「もう、計算したよ。現在の金の価格、一グラム四五〇〇円で計算すると総額一六八億円ほどになる」

一六八億円……。

その金額を聞いて伊万里は腰が抜けそうになった。

「でも、その金塊はアメリカの海軍が引き揚げたんですよね……」記事には確かに、そう書いてある。「ということは、この一〇三本の金塊はアメリカに没収されてしまったんじゃないの……」

だとすれば、金塊は一本も残っていない。

「そうかもしれない。しかし、金塊は日本軍が戦時中に強奪《ごうだつ》したアジアの国々に返還されたとする説もあるし、日本政府の所有権が認められて一部は日銀に入ったとする噂もあった。このあたりはもう少し、資料を掘り起こして調べてみないとわからないがね」

伊万里は、溜息をついた。どうやら一六八億円分の金塊が、そのまま残っているわけではないようだ。

浅野が続けた。

「しかし、問題はその発見された一〇三本の金塊の方ではないんだ。その記事にも書いてあるだろう。当初、東京湾には、約二億ドルの金、銀、プラチナなどが沈められていた。その銀とプラチナのインゴットは、一本も発見されていない」

「どういうことなんだろう……」

「これも、さらに調べてみなくてはわからない。旧日本軍の上層部が、銀とプラチナのインゴットだけを別の場所に隠したのかもしれない。もしそうだとすれば、金塊一〇三本はただの囮だったのかもしれない」

一六八億円分の金塊が、ただの囮……。

また、腰が抜けそうになった。

「それならいったい、その銀やプラチナのインゴットというのは総額でどのくらいあったんですか……」

「それはまだ、わからない。ただ、その新聞に書いてある〝二億ドルの価値〟というのを信用するならば、当時のレートや物価などを考えると単純計算で二兆八〇〇〇億円くらいかな。ここ半世紀以上の銀やプラチナ相場の値上がり率を加味すると、さらにその一〇倍近くになるかもしれない」

二兆八〇〇〇億円の一〇倍以上というと、約三〇兆円……。

今度は完全に、腰が抜けた。

「どうしよう……。そんなに沢山《たくさん》、お金が入ってきちゃったら……」

「まだわからないさ。実際に〝M〟資金が見つかるかどうか決まったわけではないし、もし発見できたとしてもプラチナや銀のインゴットがそのまますべてそこにあるかどうかもわからないんだから。もしかしたら、その中の一部だけを誰かが隠したのかもしれないだろう」

「そうですね……。ほんの一部だけなのかもしれない……」

それでも、天文学的な金額になるような気がした。

「そこで、どうだろう。ひとつ、提案があるんだが」

「何でしょう」

「昨日、今回の〝M〟資金の分け前を五分五分にすると約束したが、お互いにもう少し取り分を減らす気はないかな。その分を〝M〟資金の発見に投資して、確実に手に入れる方法を考えるべきだと思うんだ」

どうせ〝M〟資金を発見すれば、一生掛かっても使い切れないお金が手に入る。

「私はかまわないわ。〝M〟資金が手に入るならば。でも、何に投資するのかしら」

「例の地図の暗号を解読するには、プロの力が必要だ。それにプラチナや銀のインゴットを発見しても、我々二人だけでは運び出すこともできない。いずれにしても、あと何人かは信頼できる仲間が必要だ……」

浅野が、静かにいった。

15

男は黒縁《くろぶち》の眼鏡を指で押し上げ、テーブルの上のカードを見つめた。

ディーラーのカードの一枚はダイヤの7。もう一枚は、伏せられている。

自分のカードを見る。一枚はスペードのクイーン。もう一枚はハートの6。絵札はすべて10として計算するので、合計16ということになる。

〝ブラックジャック〟は、手持ちのカードの合計が21に近い方が勝つという単純なカードゲームだ。エースは1、または11と計算し、絵札の10と合わせて21になれば無条件で勝ちとなる。

だが、それ以外の場合には無数のカードの組み合わせによって勝率も変わる。

ディーラーが7を引いた場合には、合計が17以上になる確率は七四パーセント。17に達していればこれ以上カードは引かず、バスト（21をオーバーすること）する確率はゼロなので、こちらの勝率は二六パーセント以下ということになる。

もし、自分がもう一枚カードを引いたらどうなるのか。〝グランチョ〟の確率表によると、手持ちのカードの合計が16の場合、バストせずにこれよりも数字が高くなる確率は三八・四六パーセント。けっして良い確率ではないが、少なくとも現状の二六パーセント以下よりはいくらかはましになる。

さらに男は自らの記憶力を駆使《くし》し、カードカウンティング（それまでに出たカードを数える）を行なった。スペード、ダイヤ、クラブ、ハートの10からキングまで、10にカウントされるカードの合計は一六枚。勝負はディーラーが五二枚のカードをシャッフルしてから七順目に入り、いまテーブルに配られている四枚を加えてすでに三九枚が使われている。残り、一三枚。

だが、今回はシャッフルしてからの前半戦で、絵札がかなり偏《かたよ》って出ていた。残りはスペードの10、同じくスペードのキング、あとはダイヤのキングの三枚だけだ。8と9も、八枚中七枚がすでに出ている。

いまテーブルの上にあるディーラーの伏せられているカード一枚はわからないが、バストする確率はそれほど高くない。おそらく、四六パーセント以下だろう。2から5までのカードを引けば、自分が勝つ。それならば、もう一枚カードを引かない手はない。

男はそれだけの計算を、頭の中で瞬時に行なった。

「ヒット（もう一枚）……」

ディーラーがカードの一番上をめくり、男に投げた。

ハートの、4。これで、20になった。

「スタンド」

男は手元に置いてあるグラスからマッカランのオン・ザ・ロックスを口に含み、葉巻をくゆらせた。口元に、笑いを浮かべる。

これでディーラーは、もう一枚引かなければならなくなった。一番上のカードを捲り、自分の手の上に置いた。スペードのキング、バストだ。

男は葉巻を口に銜《くわ》え、ディーラーが投げたチップを受け取って自分の山の上に重ねた。

ブラックジャックは、単純なカードゲームだ。IQの高い者、記憶力のいい者、冷静な者が勝つ。コンピューターではなく、生身の人間がカードを配る上質な闇カジノを見つければ、数字のプロなら食っていくくらいの金は稼《かせ》ぐことができる。

ディーラーがここで一度カードをシャッフルし、次の手を配りはじめた。その時、突然肩を叩かれた。後ろに、麻のジャケットを着た背の高い男が立っていた。

「何だ、迦羅守じゃないか。よくここがわかったな」

「簡単だ。インターネットの裏情報で、六本木か麻布《あざぶ》あたりの一番景気のいい闇カジノを探せばいい」

浅野迦羅守がいった。

「お前も遊んでいけよ。このテーブルはレートが高いんで、他の奴は誰も座ろうとしないんだ」

「いや、いまは時間がない。それよりも、〝仕事〟がある。すぐにここを出て、ぼくと一緒に来てくれ」

「よしてくれ。こんなに勝ってるんだぜ」

男は自分の前に積まれたチップの山を、指さした。だが、ゲームに戻ろうとして、もう一度振り向いた。

「その〝仕事〟というのは、いったい幾らくらいになるんだ」

男が、訊いた。

「お前が政府に潰されたIT会社の借金を、一〇〇回は返済できるくらいだ。それでも、釣りが来るかもしれない」

男はテーブルの上に配られた自分の手を見て、考えた。ハートの5と、スペードの8。最低の手だ。

「おれはここで、ゲームを下りる。残ったチップを、金に換えてくれ」

男はゲーム一回分のチップをテーブルに投げ、椅子を立った。

「ちょっとここで、待っててくれ。金を受け取って、すぐに戻る」

男がそういって、キャッシャーに向かった。

「いまの人、誰なの……」

迦羅守の後ろに立っていた伊万里が、不思議そうに訊いた。

「ぼくの東大時代の同期生だよ。理学部で、当時は数学の天才といわれた男だ」

「そんな人が、なぜこんなところでギャンブルをやってるの」

「あいつは二年前まで、IT企業の社長をやっていた。それが、あるシステムを開発したために政府に圧力を掛けられて会社を潰された」

「〝あるシステム〟って……」

「選挙結果を正確かつ公正、迅速《じんそく》に計算するシステムだ」

「あら、それじゃあ政府の怒りを買うわけね。それで、彼の名前は？」

「とりあえず〝ギャンブラー〟と呼んでくれ。それが奴の、ニックネームだ」

迦羅守がそういって、片目を閉じた。

16

翌日、浅野迦羅守は、朝早くから東大本郷キャンパスの図書館に詰めていた。

ゴシック様式の天井の高い広大な部屋に、アーチ状の大きな窓から穏やかな初秋の陽光が射し込む。膨大《ぼうだい》な書籍や資料を収納する棚が何重もの壁のように聳え、その手前のフロアには八人掛けの長いテーブルが何列にも並んでいる。テーブルの両側の古いオーク材の椅子には学生たちが座り、グリーンのランプシェイドの光の下で静かに本や資料、自分のタブレットのディスプレイに見入っていた。

東大の学生は誰もが、この図書館で過ごすことが好きだ。それはこの空間が単に静かで、落ち着けるからだけではない。おそらく、この古いゴシック様式の建物には、無数の書物やかつてこの空間で学んだ学生たちから発せられた学問の〝気〟のようなものが宿っているのだろう。

浅野も学生たちの中で、図書館に保存されていた古い新聞記事を読んでいた。いまも目の前に、マイクロフィルムからコピーされた一九四九年一〇月一三日の朝日新聞朝刊の記事が置かれている。

〈――16億円で社会事業
　　金銀塊引揚の情報提供者
〔横浜発〕終戦後東京港芝浦沖から米軍の手で七十七億円相当の金、銀塊が引揚げられ、米国の慣習に従えば、その二割に相当する約十六億円が情報提供者に渡されることになっているがこの情報提供者である東京都港区二本榎《にほんえのき》西町二医師吉見圭佑《よしみけいすけ》氏（五八）は、もしもらえるものならこの金の性質上有益に使いたいからと、素晴らしい社会事業の計画を進めている――〉（原文ママ）

前の〈――芝浦沖に金塊百三個　米海軍引揚ぐ――〉という記事から三年六カ月後の続報だ。記事は誤植らしき部分もあって読みにくい。だが、少なくとも芝浦沖の金塊の記事が単発的な誤報ではなかったことがわかる。

興味深いのはこの時点で、引き揚げられたのが〝金銀塊〟に変わっていること。前回の記事には、〈――プラチナや銀は一本も発見されず――〉と書かれていたはずだ。さらにその総額が〈――七十七億円相当――〉と見積もられていることも興味深い。

文中の医師〝吉見圭佑〟とは何者なのか。〝情報提供者〟とは、誰に、どのような情報を提供したのか。

そしてもうひとつ、浅野には気になることがあった。

この新聞の日付が一九四九年一〇月一三日――。

〝昭和史最大の謎〟といわれた〝下山事件〟が起きたのがその三カ月前の一九四九年七月五日――。

さらに盗まれた〝フリーメイソン〟のシンボルマークの銅板のエッチングの裏に彫られていた日付が二カ月後、同じ一九四九年の一二月七日――。

これは、単なる偶然なのだろうか。

殺された塩月聡太郎の父――小笠原伊万里の祖父――の塩月興輝は、戦後間もない当時、秘密結社〝亜細亜産業〟の社員だった。その〝亜細亜産業〟が〝下山事件〟の裏で暗《あん》躍《やく》していたことは最早《もはや》、歴史的な既成事実だ。そしてもし、芝浦沖に沈められた金塊の最初の出処が〝亜細亜産業〟だとしたら……。

三つの事例は〝亜細亜産業〟というキーワードで完全に繋がっていることになる。

記事は、さらにこう続いている。

〈――この話を聞いて早くも各方面から金を貸せ、投資を頼むなどの申込みがあるというが、吉見氏は友人の京浜《けいひん》急行電鉄専務上田甲午郎《うえだこうごろう》氏に相談を持ちかけられ、上田氏も五島《ごとう》慶太《けいた》氏などに相談した結果、この金の使途の試案が上田氏によりまとまったので、先ごろG・H・Qに提出されたが、同氏の試案は大体次のようなものである

◇財団法人を作って、養老院と結核療養所を主とした社会事業施設に投資する、場所としては三浦《みうら》半島の神奈川県有地十万坪が予定され、松本《まつもと》副知事も大喜びしている（中略）

松本副知事談　私の見ているところで試案に署名がされたのだから、この話には間違いない、そもそもの話は、日本中から集めた金銀製品を一まとめにして、海の中へほうり込んだのを同氏が通報、米国の習慣に従ってその二割を贈られることになる（後略）

――〉

なるほど、それで納得できた。

つまり、記事の中に出てきた〝吉見圭佑〟という医師が、何らかの理由で芝浦沖に金塊が沈められていることを知り、その情報を米軍――GHQの関係者――に通報した。米陸軍の第二騎兵旅団が引き揚げた〈――金塊百三個――〉とは、つまりその金塊だ。文中に東京急行電鉄の五島慶太や神奈川県の副知事のコメントまで出てくるところを見ると、少なくともこの記事の信憑性に疑う余地はない。

だが、迦羅守が最も目を引き付けられたのは、松本副知事の談話の中にある〈――日本中から集めた金銀製品を一まとめにして、海の中へほうり込んだ――〉の部分だった。

〝日本中から集めた金銀製品〟――。

〝M〟資金の正体は、やはり〝あれ〟だったのか……。

「迦羅守さん、何を笑ってるんですか」

声を掛けられて振り返ると、小笠原伊万里が立っていた。

「ああ、君か。ぼくが、笑ってたって?」

「ええ、笑ってましたよ。まるで何かいいことでもあったみたいに」

いわれてみると、確かに笑っていたような気もする。

「それで、何か見つかったか」

「はい、これ。たぶん、いま読んでいた記事の続報だと思います……」

伊万里がそういって、新聞記事のコピーを迦羅守の前に置いた。
日付は一九四九年一〇月一五日——。
迦羅守が読んでいた記事の二日後、やはり朝日新聞の朝刊だった。

〈——もめる〝情報提供〟
　金銀塊引揚げ　賞金は皮算用か
既報＝終戦直後芝浦沖から七十七億円見当の金銀塊が引揚げられ、その情報提供者吉見圭佑氏（港区芝二本榎町、既報医師とあるはキュウ術師の誤り）斉藤正弘《さいとうまさひろ》氏（浦和《うらわ》市本太《もとぶと》町）らがその報奨金を目当にすばらしい社会事業計画を進めている——という話題は、その後拾得《しゆうとく》権は自分にあると主張する江本栄次郎《えもとえいじろう》氏（中央《ちゆうおう》区木挽《こびき》町）が現われる一方、その金銀の性格にも疑いがあり、皮算用の分け前（約十六億円と吉見氏はいう）も今のところ果して渡されるかどうかむずかしい問題となつてきた——〉

　たった二日の差で、記事の論調がかなり変わってきている。最初に出てきた〝吉見圭佑〟という灸術師《きゆうじゆつし》に加え、新たに金塊の拾得権を主張する〝江本栄次郎〟という人物が登場してきた。記事には、その〝江本栄次郎〟の談話も載っている。

〈――私が最初に発見した
江本栄次郎氏談＝はじめに発見したのは私だ、吉見君や斉藤君がいかにも自分達だけで発見したようにいつているのはおかしい、私は終戦直後月島の堀割に金銀塊がたくさん沈められており、干潮時には一部が露出しかねない状態にあることを知つて、時の書記官長楢《なら》橋渡《はしわたる》氏と大蔵省渉外係に申出たところ、相手にされなかつたので他の関係当局へ申出、最初の白金塊一本を引揚げた時も私の費用で私が立会つた――〉

これはいったい、どういうことだ？

一九四六年の第一報には〈――現在まではプラチナや銀は一本も発見されず――〉と書かれていたのに、この〝江本栄次郎〟という人物は同じ場所から〈――白金（プラチナ）塊一本を引揚げた――〉と証言している。

「どうかしたんですか」

横で黙って見守っていた伊万里が訊いた。

「うん、この部分だ……。米軍はプラチナや銀は発見していないはずなのに、この拾得権を主張する人物は〝白金塊一本を引揚げた〟といってるんだ……」

「本当だ。どういうことなんでしょう……」

「わからないな……」

プラチナや銀は、確かにあったのだ。ところがそれが、消えてしまった。いったい、誰が、どこに隠したのか……。

続く、〝吉見圭佑〟の〝代理人〟を名告る人物の談話も興味深い。

〈――拾得料は当然

吉見氏らの交渉代理人談

吉見氏らの交渉代理人北野《きたの》三津夫《みつお》氏（千代田区丸の内北野法律事務所内）は語る。

私は吉見氏と斉藤氏から報奨金取得の交渉の代理を頼まれている、二人が述《の》べた事情によると二十年十一月吉見氏は潜水夫から金銀塊が月島の堀割下水内にあることを聞き、斉藤氏と当局に申出た、はじめは信用されなかったが、二十一年四月六日係官立会の下に十二貫目《かんめ》の白金塊一個を引揚げてから引揚げは本格化した、当時斉藤氏の名で石橋《いしばし》蔵相に「引揚貴金属処置願」を二通出し、また両氏の名で地元の京橋《きようばし》区役所に沈没品拾得届を出した、その時の細目表には金塊（十二貫目のもの）一千本白金塊（同じ目方）二百本となっている、時価五百億円ぐらいと考える（後略）――〉

やはり、白金――プラチナ――は、あったのだ。そして驚くのは、提出された〝沈没品拾得届〟に書かれていたとされる金塊を含むその量だ。

プラチナのインゴットが一本一二貫目——約四五キロ——を二〇〇本。重さ約九トン。現在の相場だと、グラム当たり四二〇〇円として約三七八億円……。

金塊が一本四五キロで、これが一〇〇〇本として約四五トン。これも時価にすると、グラム当たり四五〇〇円として約二〇二五億円……。

文中の〝石橋蔵相〟というのは、後に首相にもなる石橋湛山《たんざん》のことだ。もしその石橋蔵相に〝北野三津夫〟という代理人が本当に〝引揚貴金属処置願〟を出していたのであれば、京橋区役所に提出された〝沈没品拾得届〟の細目表に記載された数字もある程度は信憑性があると考えるべきだろう。わからないのは米軍が引き揚げた金塊が一〇三本であったはずなのに、ここでは一〇〇〇本に増えていること。当初は一本も発見されなかったはずのプラチナが、ここでは二〇〇本と記載されていることだ。

やはり、莫大な量の金塊やプラチナが〝消えている〟ということか……。

だが、それにしても〝二〇〇〇億円〟か。もっとも金額もここまで大きくなると、一桁《ひとけた》くらい狂っても大差ないような気がしてくるから不思議だ。

「どうしたんですか。また、笑ってますよ……」

伊万里の声で我に返った。

「いや、別に。それより、そろそろ昼になる。食事にしよう」

車で赤坂に向かい、事務所に戻った。出掛けにギャンブラーに暗号が記された〝地図のようなもの〟二枚と、〈——MMM——〉と記された一枚、計三枚のコピーを預けてきたが、どうなっただろう。

五階に上がり、505号室のドアノブを回すと、鍵が掛かっていなかった。仕方のない奴だ。あれだけ用心のために、鍵を掛けておけといったのだが。

部屋の明かりが、消えていた。

「どこかに出掛けたのかな」

そう思って部屋に入っていくと、奥から大きな鼾《いびき》が聞こえてきた。リビングを覗く。ソファーの上で、迦羅守が貸したスウェットの上下を着たギャンブラーが、オランウータンのように両手を頭上に伸ばして眠っていた。

「おい、起きろ。昼飯を食いに行くぞ」

迦羅守が体を揺すると鼾が止まり、目が開いた。そして機械仕掛けの人形のように、体が起き上がった。

「昼飯か……。よし、行こう。腹が減った……」

ギャンブラーが大きなあくびをして、頭を掻いた。まったく、マイペースな男だ。渡しておいた暗号のコピーは、コーヒーテーブルの上に放り出してある。

「ところで、この暗号の方はどうなったんだ。少しは、解読が進んだのか」

迦羅守が、コピーを手にして訊いた。コピーには、これも解読不能なまるで象形《しょうけい》文字のようなメモが書き込まれている。

「ああ、それか。その暗号なら、もう解けたよ」

ギャンブラーが、また大きなあくびをしながらいった。

迦羅守と伊万里が、立ったまま顔を見合わせた。

「いま、何ていったんだ……」

「だから、暗号はもう解読できたといったんだ。それより、飯を食いに行こう。腹が減って、死にそうだ……」

ギャンブラーがソファーから立ち上がり、頭を掻きながらバスルームに向かった。

17

東京都監察医務院——。

武蔵野警察署刑事課の船木徳郎警部がこのコンクリートの巨大な墓所のような建物に来るのは、この一カ月余りの内に二度目のことだった。これは殺人事件を扱う刑事課の刑事としても、かなり高い確率だ。

最初に来たのは八月一〇日、武蔵野市中町の自宅で殺された塩月聡太郎の司法解剖に立ち会った時だ。そしていまも、地下の解剖室のステンレスの台の上には杉並区阿佐ヶ谷の小笠原伊万里という女のマンションで死んでいた男の死体が横たわっていた。

男はバスルームのバスタブの中で、全裸で死んでいた。そのまま死後硬直し、さらに丸一日遺体安置室の中でいわゆる〝チルド〟の状態に半冷凍されていたので、手足を縮めた奇妙な形に固まってしまっている。

船木は、思う。自分がもし死んだとしても、こんな恰好は他人に絶対に見られたくはない……。

男の年齢は三十代後半から四十代前半。身長一七〇センチ前後。体重は死亡確認時点で六九キログラム。顔に無精髭《ぶしょうひげ》を生やし、何かスポーツをやっていたような引き締まった体型をしていた。だが、現時点ではまだ、身元は判明していない。

頭部に、鈍器状のもので殴られたような傷がひとつ。塩月聡太郎の頭に残っていた傷と、よく似ている。他にも体の数カ所に、生活反応が残る皮下出血の跡などが残っている。

「では、始めますよ」

白衣にマスクをした諸井《もろい》という監察医が、両手にラテックスの医療用手袋をはめながらいった。

「まず、その頭の傷から見てもらえますか」

船木の向かいに立っていた杉並署の加藤が指示を出す。仕方がない。今回の〝殺し〟

は、杉並署の管轄《かんかつ》だ。

助手が諸井にメスを渡し、執刀《しっとう》が開始された。まずもう一人の助手が頭部の傷の周囲の毛髪を剃刀《かみそり》で剃《そ》り落とし、アルコールで洗う。そこに諸井がメスを当て、まだ半分凍った頭皮と肉を力まかせに削《そ》ぎ落としていく。

船木は司法解剖に立ち会うと、いつも思う。人間の死体をただの〝物体〟として見られることは、ひとつの才能だ……。

傷の周囲の肉を大方削ぎ落とし終えると、下に白い頭頂骨が見えてきた。頭頂骨には、ぽっかりと四角い穴が開いているのがわかる。助手がカメラのストロボを光らせて写真を撮り、諸井がメスをノギスに持ち換えて傷口の大きさを計る。

「頭頂骨中央部……頭頂骨中央に陥没《かんぼつ》骨折……。上底約二・九センチ……。高さ約二・六センチ……。下底約三・二センチの台形状……。頭骨の断面はやや鋭く、かなり硬度の高い物体による作用と思われる……」

助手が、諸井の言葉をバインダーに挟んだカルテに記録する。船木も、自分の警察手帳に図とメモを取った。監察医はこの時点ではまだ、〝凶器〟という言葉は使わない。

だが、やはり同じだ。この男の頭部の傷は、塩月聡太郎のものに酷似《こくじ》している。

「諸井さん、やはりその傷が〝致命傷〟ですかね」

杉並署の加藤が、傷口を覗き込みながら訊いた。

「それはまだ、わからないな……。とりあえず、死体が凍っているうちに頭を開いてみようかね……」

諸井が助手の一人に命じ、バッテリー式のディスクグラインダーを用意させた。助手が両手で保持し、電源を入れる。丸いダイヤモンドディスクの刃が、かん高いモーター音と共に高速で回転をはじめる。

刃を、死体の頭部に当てる。刃を入れると、肉片と骨片、脳漿《のうしょう》が霧のように飛び散る。船木は一歩下がり、ハンカチで口と鼻を押さえながらその様子を見守った。

最初は額の中央付近から左耳の上を通り、後頭部まで。一度、刃を外し、二本目の切口は額から頭を縦に割るように傷の中心を通って後頭部まで。スイカの四分の一を切り取るように、切断する。

「いいかい。外すよ」

切断した部分を、外した。脳はまだ凍っていて、本当にスイカのようだった。

「傷口の断面がよくわかるね……」

諸井が、ノギスで計る。

「深さ、約八・五センチ……。傷口からやや、後頭部側に湾曲……。先端の方が、鳥の嘴《くちばし》状に細くなっているようだね……。この深さからすると、やはりこの傷が致命傷と考えていいかもしれないね……」

船木は、諸井の言葉をメモに取りながら頷いた。

やはり、塩月聡太郎の傷とまったく同じだ。船木が調べたところ、これまでに塩月聡太郎の傷と完全に一致する凶器はただひとつ。鉱物採集用の、ピックハンマーだ——。

携帯が、ポケットの中で振動した。船木は黙ってその場を外し、廊下に出た。

「船木だ……」

電話は、武蔵野署の鑑識の山本からだった。

——やあ、徳さん。そっちはどうだい——。

まるで出張先の天気でも訊くような、のんびりとした口調だった。

「いま、まだ〝被害者〟の解剖中だ。やはり頭の傷が、致命傷だな。傷も完全に、塩月聡太郎のものと一致している」

——やはりな。同じ凶器か——。

つまり、同一犯ということでもある。

「どうもそうらしいな。それで、そちらの方はどうだい。何かわかったか」

すでに小笠原伊万里のマンションで発見された男の死体からは指紋が採取され、毛髪などのサンプルも〝科捜研〟に送られてＤＮＡ鑑定が行なわれている。

——いま〝科捜研〟の方から連絡があって、ＤＮＡの方は終わったよ——。

「それで、結果は」

——塩月聡太郎の〝現場〟から採取された遺留物とは、どれも一致していないな——。

だが、それも船木の想定の範囲内だった。塩月聡太郎の家から遺留物が採取されたのは遺体が発見された八月九日から、三日間だけだ。

「山さん、ひとつ頼まれてくれないか」

——何だい——。

「もう一度、塩月の家で遺留物の採取をやってくれないか。指紋も、頼む。特に、盗まれたフリーメイソンの額が掛けてあったあたりを念入りにやってほしいんだ……」

山本は、それだけで船木の考えていることを理解したようだった。

——わかった。やってみよう。それで、徳さんは——。

「これから、署の方に戻る」

電話を、切った。

死体の解剖には、もう興味はない。船木はそのまま、コンクリートの巨大な墓所の出口へと向かった。

18

昼は赤坂の『室町《むろまち》砂場《すなば》』で蕎麦を食った。

そういえば一昨日の昼も蕎麦だったような気がする。だが、午後に頭を使う予定のある日の昼食は、蕎麦くらいで軽くすませておいた方がいい。

迦羅守の前では、ギャンブラーが店の名物の天もりを掻き込んでいた。ひと息つき、今度はカレーうどんに噛《かぶ》り付く。それを交互に繰り返す。

体は小さいくせに、昔からよく食う男だ。だが、いくら蕎麦でも、そんなに食ったら頭が働かなくなりそうなものだが。

「おい、ギャンブラー。本当に、あの暗号が解読できたのか」

迦羅守が、ざる蕎麦を食いながらいった。ギャンブラーが蕎麦を喉《のど》に詰まらせ、それを茶で流し込んで胸を叩いた。

「おい、迦羅守……。蕎麦くらいゆっくり食わせろよ……。終わったら、ちゃんと教えてやるからさ……」

「わかった。ゆっくり食ってくれ」

迦羅守はまた、ざる蕎麦を食いはじめた。

伊万里は二人のやりとりに耳を傾けながら、黙って蕎麦を食べていた。

前日に頭を割られた男の死体を見たばかりなので、しばらくはトマトソースのパスタは食べる気にはならない。でも、蕎麦だったらまだ少しは喉を通る。

それにしても、この二人はいったい何なのだろう……。

昨夜から三人で一緒にいるが、とても大人の男の人とは思えない。まるで、学生同士の掛け合いのようだ。この二人に〝M〟資金のことをまかせておいて、本当にだいじょうぶなのだろうか。

だが、すでに乗り掛かった船だ。

伊万里は溜息をつき、また少しずつ自分の蕎麦を食べはじめた。

ギャンブラーが天もりとカレーうどんを平らげて膨《ふく》らんだ腹をさするのを待って、迦羅守がもう一度、訊いた。

「本当に、あの暗号を解読できたのか」

「ああ、解読できた。割と、簡単だった」

ギャンブラーが楊枝《ようじ》を銜えながら、おっとりと答える。

「それなら、教えろ」

「ここでか。それは無理だ。その前にひとつ、見せてもらいたいものがある」

「何をだ」

「例の暗号文の原本だよ。コピーでは、わからないことがあるんだ。原本を見て、自分の解読方法が正しいかどうかを確認したいんだ」

「事務所には、置いていない」

「それなら、どこにある」

「東大の研究室の、金庫の中にある」

食事を終え、店を出た。一度、事務所に寄り、三人でミニ・クロスオーバーに乗って東大の本郷キャンパスに向かった。

いつもの教職員駐車場に車を入れ、駐めた。ギャンブラーは先に車から降りると、さっさと安田講堂の方角に歩いていく。後ろから、迦羅守と伊万里が付いていった。

「あの人、東大の中に詳しいんですね……」

伊万里が歩きながら、感心したようにいった。

「いっただろう。奴は東大の理学部の、同期生だったんだ」

「でも、迦羅守さんの研究室の場所もわかってるんですか」

「ああ、知ってるよ。会社を潰して、金がない時に住んでいたマンションを追い出されてから、しばらくぼくの研究室に寝泊りしていたことがあるんだ……」

二人が話しているうちに、ギャンブラーはさっさと先を歩いていき、キャンパスの森の中の道に姿が見えなくなってしまった。

安田講堂から銀杏並木を正門に向かうと、間もなく左手に〝内田ゴシック〟の古い建物が見えてきた。迦羅守は無意識のうちに、姿勢を正した。大学を卒業し、何年経っても、この建物を〝神聖な場所〟と思う気持ちは変わらない。

〝法文二号館〟の建物の中は、いつものように静かだった。どこかの教室から、かすかに講義の声が聞こえてくる。

階段を、三階まで上がる。暗い廊下の先の迦羅守の研究室のドアの前に、ギャンブラーが手持ち無沙汰な様子で待っていた。

「遅かったな」

「お前がせっかちなだけだ。いま、開けるよ」

迦羅守がポケットから鍵の束を出し、古く重いドアを開けた。

ギャンブラーが真っ先に部屋に入り、デスクの脇の金庫に向かった。落ち着きのない男だ。どうやらこの男も口では余裕をほのめかしているが、今回のことに夢中になりはじめているらしい。

「いま開けるから、後ろを向いていろ」

いくら仲間でも、この金庫の鍵の番号を教えるわけにはいかない。

「わかったよ……」

ギャンブラーが渋々、後ろを向く。迦羅守は古い鋼鉄の金庫の前に屈《かが》み、ダイヤル式の鍵を回した。

――右三回、30……。左二回、15……。右四回、45――。

最後に鍵の束の中の鍵を鍵穴に挿して回し、重い扉が開いた。

「これが、例の暗号の原本だ」

迦羅守が金庫の中から茶封筒を取り、コーヒーテーブルの上に置いた。三人で、ソファーに座る。封筒を開け、三枚の黄ばんだ古い紙を出した。

「これか……。やはり、コピーとはかなり雰囲気が違うな……」

ギャンブラーが、手に取った。だがギャンブラーは暗号のような文章が刷られた二枚の紙は閉じてその場に置き、残る〈――MMM――〉と書かれたものだけを開いてそれを見つめた。

「やっぱりな……。思ったとおりだ……」

「何が、思ったとおりなんだ」

迦羅守と伊万里が、ギャンブラーの手元を覗き込んだ。何も、見落としてはいないはずだが。

「迦羅守、お前はこれを〝MMM〟と書いてあるといったな」

昨夜、あの三枚のコピーを渡した時に確かにそういった。

「違うのか？」

「違うの？」

迦羅守と伊万里が訊いた。

「ああ、違うよ。これは、こう見るんだ」

ギャンブラーが紙を二人の前に置き、それを上下逆にした。

「どういうことだ」

「まだ、わからないのか。これは〝MMM〟じゃなくて、〝WWW〟と書かれてるんだ。そう考えると、すべての謎が解ける」

迦羅守は隣に座る伊万里と顔を見合わせ、首を傾げた。

「なぜこれが〝M〟じゃなくて〝W〟なんだ。ぼくには、〝M〟に見えるが……」

字の形からすれば、〝M〟だ。

「それを、原本で確かめたかったんだ。おそらく万年筆の手書きの文字なので癖があるが、この部分を見てくれ」ギャンブラーはそういって、〝W〟の左上の部分を指さした。

「ここにインクが溜まっているだろう。つまり、この部分から書き出した。だから、〝M〟ではなくて〝W〟なんだ」

あっ……。

思わず、声が出そうになった。

この文書に関しては最初から、〝M〟資金に関するものだという思い込みがあった。だから、〝M〟にしか見えなかった。迂闊だった。

「だけど、これが〝M〟じゃなくて〝W〟だとしたら、いったい何がわかるの……」

伊万里が不思議そうに訊いた。

「簡単さ。つまり、こういうことなんだ。おれは最初にこの奇妙な文章……」ギャンブラーが上着のポケットからコピーを取り出し、広げた。「たとえばこの〝カイガイシク持ッ君ノソノ右ノテヲ見テイルト〟……という文章を読んだ瞬間に、これは何らかの数字による規則性を文字の配列に当てはめただけの単純な暗号だと気が付いたんだ……」

迦羅守は、なるほどと思った。

「それで、キーワードが〝M〟だったら辻褄が合わないわけだな」

「そうなんだ。〝M〟では暗号が解けないんだ。それで、もしかしたら〝W〟じゃないかと思ったわけさ」

伊万里はそれでも、理解できないようだった。

「いったい、どういうことなの。〝数字による規則性〟っていったって、数字なんてどこにも出てこないじゃない……」

「この〝W〟が数字なんだよ。この暗号が〝フリーメイソン〟の額の中に入っていたと聞いて、ぴんときたんだ。つまり、こういうことなんだ……」

ギャンブラーがそう前置きをして、説明をはじめた。

〝フリーメイソン〟は一六世紀後半から一七世紀初頭にスコットランドに発祥したとされる秘密結社だ。その起源については諸説あるが、前身は中世ヨーロッパに存在した石工《いしく》組合ともいわれる。またキリスト教の聖地エルサレムが回復されて以降、ソロモン神殿の丘を守るためにカトリック修道士によって創設された〝騎士修道会〟――テンプル騎士団――こそが、フリーメイソンの起源とする説もある。

そのフリーメイソンが、〝聖なる数字〟として崇拝《すうはい》する三桁の数字がある。新約聖書では、これを〝獣の数字〟ともいう。

「迦羅守、君は新約聖書を読んだことがあるかい」

「いや、読んでいない」

「私は、読んだことがあるわ。父が、クリスチャンだったから……」

伊万里がいった。

「それなら、ヨハネ黙示録一三章一八節に、こんな文章があるのを知っているかな」

ギャンブラーがテーブルの上のペン立てからボールペンを取り、メモ用紙に次のような文章を書いた。

〈――ここに知恵が必要である。思慮《しりょ》のある者は、獣の数字を解くがよい。その数字とは、人間をさすものである。そして、その数字は６６６である――〉

「獣の数字か……」

迦羅守は思わず、感嘆の息を洩らした。

そして殺された塩月聡太郎の書斎に、ヨハネ黙示録の第一三章にブックマークの紐が挟まっていた新約聖書の原書が落ちていたことを思い出した。塩月聡太郎が読んでいたのは第一三章の冒頭の文章ではなく、一八節だったのだ。

「そういうことさ。新約聖書は、ヘブライのことを書いている。ヘブライ語では数をアルファベットで書く。数学をやる者なら、誰でも知っていることなんだけどね。1はA、2はB、3はC、4はD、5はH、6はVもしくはW。つまり〝WWW〟は、〝666〟の〝獣の数字〟になるわけさ……」

しかもヨハネは、〝ここには知恵が必要である〟とまでいっている。〝獣の数字を解くがよい〟とも——。

暗号文を解くための知恵として、相応《ふさわ》しいキーワードだ。

「でも……」伊万里が首を傾げる。「〝MMM〟が本当は〝WWW〟で、それが獣の数字の〝666〟だということまではわかったけれど、どうしてそれでこの暗号文を解読できるの……」

「それも、簡単さ。最初にこの文章は、何らかの数字による規則性を文字の配列に当てはめただけの暗号だといっただろう。たとえばこの文章だと……」

ギャンブラーがコピーを開き、実際に文章を解読してみせた。たとえば〈——カイガイ

シク持ツ君ノソノ右ノテヲ見テイルト睦マジキ我ラノ仁愛ノ徳ヲ今モ大イニ喜ビテ――〉

という記述に〝666〟という数字を当てはめる。これを冒頭の〝カ〟を起点として〝6番目、6番目、6番目〟と解釈して文字を拾っていくと、次のようになる。

〈――㋕イガイシク(持)ツ君ノソノ㊨ノテヲ見テ㋑ルト睦マジ㋖我ラノ仁愛㋨徳ヲ――〉

これを繋げると――。

〈――カ持右イキノ……〉

まったく文章にならない。だが、これを〝6文字空け、6文字空け、6文字空け〟と解釈すると――。

〈――㋕イガイシク持㋡君ノソノ右ノ㋢ヲ見テイルト(睦)マジキ我ラノ(仁)愛ノ徳ヲ今モ(大)イニ喜ビテ天(帝)ニ感謝スルモ㋨ナリ。――〉

抜き出した文字を繋げてみると、次のような文章が浮かび上がってきた。

〈――カツテ睦仁《むつひと》大帝ノ御親閲《ごしんえつ》ノ地ソノ聖蹟《せいせき》ノ碑《ひ》ノ見守ラル海ニ我ラ日本金銀運営会ハ苦汁ノ末ニ帝國復興ノ資金ヲ沈メタルモノナリ。不幸ニモ是内通者ノ謀反《むほん》ニヨリ敵対スル米進駐軍ノ知ル所トナリ略取サルルモ一部ノ黄金塊ノ他ハ白金塊銀塊共ニ守ルコトニ成功セリ。コノ文書ハ我ラ帝國復興ノ資金ヲ後世ノ正統ナル継承者ニ伝エルモノナリ。――〉

文字を拾い出して書き出した文章を読むうちに、高揚《こうよう》で体が震えてきた。

やはり、〝M〟資金は存在したのだ。そしてその正体は、迦羅守の思っていたとおり『日本金銀運営会』に関係する金だった――。

「この〝睦仁大帝〟っていうのは……」

伊万里が、迦羅守が書き出した文章を指さした。

「明治天皇のことだ。その下の〝御親閲ノ聖蹟ノ碑〟というのは、天皇行幸《ぎょうこう》の跡に建てられた碑という意味だ」

「それじゃあ、〝碑ノ見守ラル海〟というのは……」

「おそらく、芝浦の海のことだろう。旧日本陸軍の隠退蔵物資が沈められたとされる旧深川区の越中島の近くに、この〝御親閲ノ聖蹟ノ碑〟に該当するものが建っているんだろう」

「だけど迦羅守……」今度はギャンブラーが、解読した文章を指さした。「ここには旧陸軍の隠退蔵物資ではなくて、〝我ラ日本金銀運営会ノ帝國復興ノ資金〟と書いてあるぜ。これは、どういう意味なんだ」

「正確には、そうだ。芝浦沖に沈められた金塊は、旧日本陸軍のものじゃない。ここに書かれているとおり、〝日本金銀運営会〟のものだということだ」

迦羅守がいった。

「それなら訊くが、この〝日本金銀運営会〟というのは、いったい何なんだ」

ギャンブラーが疑問に思うのは、むしろ当然だ。昭和史によほど詳しい者でなければ、〝日本金銀運営会〟など聞いたこともないだろう。日本の昭和史の暗部として闇に葬《ほうむ》られ、現在では資料すらほとんど残されていない組織だ。

「〝日本金銀運営会〟のことを説明すると、ちょっと長くなる。それは後回しにしよう。それよりもいまは、この暗号文の謎を解くことが先決だ」

「そうだな。同感だ」

「私もそう思うわ」

ギャンブラーと伊万里がいった。

「よし、暗号文の残りを読んでみよう」

一枚目の文書の後半は、次のように続いている。

〈――本文書ナルハ、来タルベキ時ニハ忠義ヲ持チテ我ラノ天帝ニ此ラノ意思ヲ賜《タマハ》ルガゴトク誓イヲ守レバコレ恐レルニ足ラズ。天帝ハ常日頃カラ國ヲ思イテ強ク復位ヲ願イテハ興國ヲ望ミコレノ実現コソガ師資相承ト信ジテ金言ヲ生ム。己ハ常ニ忠誠コソ聖ナルモノト奇蹟ヲ信ジテ天帝ノ復古興國ノ建碑ヲ願イ友ニハヨロシク伝エタリ。シカモ天ヲ仰ギタルハ此遮ギルモノ無クシテ青朗ナル空ヲ三羽ノ鷹ガ舞イ百羽ノ雀ヲ追イ二羽ヲ仕留メテ十分デハナク再度空ニ雀ヲ追イ、雲ヲ散ラシテ三度飛ベバ一〇粁《キロ》先ノ尾根ノ巣ノ向コウマデ遠大ニ先ヲ見通シ円ヲ描キテ我子ノ元ニ戻レル途中デ鷹ハ何処カニ雀ヲ落シテハ有ル限リ更ニ有ルガ上ノ力デ飛ベバ尾根ノ巣ニキット帰リツクモノト祈リ我々ノ成スベキコトナレド思イヲ巡リテ心ヲ閉ザス。君子ハ是危ウシト知リツツモカッテハ近寄リシコトモアレバ大イニ学ビ全テ円滑ニ運ブコトノ大事ヲ知リ暗中模索ヲシタルモ此無駄ニセズ安阿弥《アンアミ》ヲ敬イテ全テ悟レバキット父上様ト母上ハ祖先ヨリ長ク云《ツタ》ワル幾多ノ教エヲ授ケレバ自ズト道ハ開ケテ我々ノ役目ヲ知ラシメタルコトコソ天帝ニ報イレバ良シトシ此ヲモッテ家屋ヲ移シタレバ、マスマス夢幻泡影。更ニ時過レバ移ロウ人生モ二転三転シテハ此先ハ知レズニ時ハ過ギテ更ナル大キナ志ト夫婦円満ヲ支エ此ラヲ我人生ノ真ヲ守ル座右ノ銘ナルモノトシ一天四海ヲ越エテ学頭トナリ秋日和《ビヨリ》ノアル日徒然ニ獅子ハ自ラノ我子ヲ千尋《センジン》ノ谷底ニ落スト聞クガ尋《タズ》ネル者モアラネバ自分デ考エヨ――〉

迦羅守は暗号文からさらに文字を抜き出し、文章の続きをメモ用紙に書き留めた。

〈——本来ハ我ラガ守ル帝國復興ノ資金ハ聖蹟ノ碑ヨリ仰ギテ三百二十度、三粁ノ大円ノ中ニ有ルベキモノナリ。シカシ大円ノ中モ安全トハ云ヘズ我ラコレヲ移ス。移転先ハ大円ヲ守ル四頭ノ獅子ニ尋ネヨ——〉

「何だ、これは……」

三人は暗号文の中から浮かび上がった文章を読み、顔を見合わせた。

「暗号の原文よりはまともな日本語になっているが、それでもまだ難解だな……」

「この 〝聖蹟ノ碑ヨリ仰ギテ三百二十度〟 って、どういう意味なのかしら……」

「この 〝大円ノ中ニ有ルベキ〟 の 〝大円〟 って、何のことだ……」

「それよりもその前の文章にあった、〝正統ナル継承者〟 っていうのは、いったい誰のことを指してるんだ……」

やっと暗号を解読したのに、前にも増して謎だらけだ。

「しかし、どうやらこれが 〝M〟 資金の謎解きの一枚目らしいな……」他に書いてあるものは、地図のような図形の四分の一に当たる部分だけだ。「ともかく先に、もう一枚の暗号を解読してみよう……」

迦羅守はもう一枚の原本の〈――長旅ノ末行キツケル処ハ翌年ノ春ハ四月ノ中頃ニ――〉という書き出しで始まる暗号文に〈――666――〉のキーワードを当てはめてみた。すると、次のような文章になった。

〈――長ケ春ニラ饅モ々メエ子ウ処前ト――〉

まったく文章になっていない。

「どうする」

「どうするの」

二人が、迦羅守を見た。

「ともかく、ここにいても何も解決しない。現地に行って、明治天皇の〝聖蹟ノ碑〟というのを探してみようじゃないか」

迦羅守はそういって、ソファーから立った。

19

東京都江東区《こうとう》の深川地域に浮かぶ越中島の風景は、この七〇年近くの間に大きく変わってしまった。

いまはもう、旧日本軍の糧秣廠や陸軍第一管区高射砲連隊は、その痕跡《こんせき》を探すことさえ難しい。広大な中洲には越中島公園や中の島公園、『東京海洋大学』越中島キャンパスの豊かな緑が広がり、周囲には高層マンション群が林立している。

だが、越中島キャンパスの前を流れる広大な豊洲《とよす》運河の周辺には、まだ当時の面影《おもかげ》が僅《わず》かに残っていた。古い石積みの護岸や、戦時中の煉瓦の壁の一部がひっそりと佇《たたず》む。水辺にはまだ船着き場があり、いまは水上バスのバス停になっていた。

迦羅守と伊万里、ギャンブラーの三人は、夕暮れ時の越中島の船着き場に立った。石積みの護岸壁は、思ったよりも高さがある。およそ七〇年前の終戦直後――おそらく深夜に――旧日本軍もしくは日本金銀運営会の〝何者か〟がここから大量の莫大な金塊を投げ込んだのかと思うと、感慨《かんがい》深いものがあった。

「運河の底を探したら、まだ一本くらい残ってるのかもしれないな。それを資金にしてマカオかモナコのカジノに行けば……」

ギャンブラーが、何やら楽しそうに薄笑いを浮かべながらいった。

「米軍の潜水夫がさんざん探したんだ。もう一本も残っていないさ」

事実、米軍が引き揚げた後も何人もの人間がここに潜り、金塊を探したという伝聞や記録が残っている。だが、その後、金塊は一本も見つかっていない。

「それにしても、誰がこんな所に金塊を投げ込んだのかしら……」

伊万里が不思議そうに、首を傾げる。

「以前から芝浦沖の金塊の話はけっこう知られてはいたんだ。通説では越中島にあった日本軍の糧秣廠の隠退蔵物資だった金塊を、終戦直後にこの船着き場の上にあった陸軍の高射砲連隊の隊員が三〇人ほど駆り出されて沈めた、といわれている……」

「その隊員たちは、どこに行っちゃったの。もしその話が本当ならば、まだ誰か生き残ってるかもしれない……」

「いや、無駄だろう」

「どうして」

「これも〝噂〟だが、金塊の投棄に係わった者は全員が進駐軍のMPに逮捕され、巣鴨プリズンや中野刑務所に投獄されたらしい……」

「その後、その人たちはどうなったの」

伊万里が訊いた。

「ほとんど全員が、拷問死したというのが定説だ」

「つまり、口封じか」

ギャンブラーがいった。

「そういうことだろうな……」

だが、あくまでも〝噂〟だ。調べてみる価値はあるかもしれない。

対岸の佃島《つくだじま》あたりに聳えるビル群が、黄昏の光にゆっくりと染まりはじめていた。現在の越中島の風景は、半世紀以上も前にそんなおどろおどろしい出来事の舞台になったとはとても思えないほど静かで、平穏だ。

「ところで例の明治天皇の〝聖蹟ノ碑〟というのは、どこにあるんだろうな」

「これだけ風景が変わっちゃうと、もうないのかもしれないわね」

「いや、そんなことはない。いくら時代が変わっても、天皇の碑をそう簡単に取り壊したりはしないはずだ。探してみよう」

〝睦仁大帝ノ御親閲ノ聖蹟ノ碑〟は、意外と簡単に見つかった。

東京海洋大学キャンパスを出て豊洲運河を渡る相生橋《あいおいばし》の方に向かうと、橋の袂《たもと》にこんもりとした植込みがある。その中に背の高い石碑が一本、つくねんと建っていた。

「あった。これだな……」

正式な碑名を『明治天皇聖蹟の碑』という。どうりで〈――睦仁大帝　御親閲　聖蹟ノ碑――〉でいくら検索しても、何も引っ掛からなかったわけだ。
碑には、次のような碑文が記されていた。

〈――明治天皇聖蹟の碑
明治三年九月八日調練 御親閲の為當越中島に 行幸遊はさる猶明治五年九月十五日近衛三兵の操練を 天覧の為同六年十二月九日陸軍練兵 天覧の為同八年六月七日海軍大砲試験 天覧の為 行幸あらせらる
紀元二千六百年記念建設
昭和十八年十一月三日竣成（後略）――〉

明治天皇は一八六七年一月九日より一九一二年七月三〇日まで在位。明治大帝、明治聖帝、睦仁大帝とも呼ばれ、一八八二年一月の『軍人勅諭《ちよくゆ》』（明治天皇が陸海軍の軍人に下《か》賜《し》した勅諭）により設立間もない軍部に精神的支柱を確立した軍神としても知られる。その明治天皇が幾度となく軍の調練や操練を親閲した越中島の地は、戦中戦後の日本の軍部にとっても神聖な場所だったのだろう。この碑が最後の天覧から七〇年以上を経て、まだ戦時中の昭和一八年（一九四三年）に竣成されたことでもそれがわかる。
「この碑文も、暗号の解読の何かのヒントになってるのかしら……」

伊万里が、碑を見上げながらいった。

「いや、そうではないような気がするな。あの暗号文にも書いてあったとおり、ただこの碑に見守ってほしいという意味でここに金塊を投棄したんじゃないかな……」

「それにしても、わからないな。〝聖蹟ノ碑ヨリ仰ギテ三百二十度〟って、どういうことなんだろう……」ギャンブラーがそういいながら、暗号文に書かれていたとおりに星が光りだした空を仰いだ。「〝三粁ノ大円〟っていうのは、この場所を中心とした半径三キロの大きな円という意味なのかな……」

だとしたら、すぐ目の前にある船着き場の下の海中もそれに含まれる。だが、それでは矛盾《むじゅん》が生じる。暗号文では、その後で〈――シカシ大円ノ中モ安全トハ云ヘズ我ラコレヲ移ス――〉ともいっている。

「私は、違うと思うわ……」伊万里がいった。「ここから半径三キロのどこかに、きっと大きな〝円〟があるのよ。それは公園だったかもしれないし、何かの建物だったかもしれないし、池か島のようなものであったのかもしれないけれど……」

「もしそうだとしたら、例の暗号文が書かれた当時の古い地図が必要になるな……」

あの暗号文が書かれたのは、おそらく一九四九年だ。もう、七〇年近くも前になる。終戦後間もないころと現在とでは、建物や道路、川や埋め立てられた中洲の形まで変わってしまっている。もし〝円〟が公園や小さな建物、池のようなものだとしたら、すでになくなってしまった可能性もある。

その時、迦羅守の頭に、ひとつの着想が閃いた。

「そうだ、地図だよ……」

「迦羅守、どうしたんだ。何か、わかったのか」

「だから、〝地図〟なんだよ。こうしてここに立って空を仰いだって、何も起こらない。〝三百二十度〟の意味もわからない。だけどあの暗号文が、地図を見ながら読むことを前提として書かれていたとしたら……」

「あっ、そうか！」

ギャンブラーが親指を立てた。

「どういうことなの。私にも教えて……」

「簡単な、比喩《ひゆ》だよ。〝仰ギテ〟というのは、〝上を見る〟ということだ。地図で〝上〟というのは、何を意味する？」

「あっ、わかったわ！」

つまり、こういうことだ。地図の〝上〟は〝N〟、すなわち〝北〟を意味する。

「そうさ。あの暗号文は、この聖蹟の碑に立って北を向き、三二〇度の方向に三キロ行った所に大きな〝円〟があり、そこを守る〝四頭ノ獅子〟に金塊の移転先を尋ねよ、といっているんだ」

三人が、顔を見合わせた。思わず、笑みがこぼれた。

「やはり、地図が必要だな。二万五〇〇〇分の一くらいの、縮尺の小さいものがいい」

「他に、コンパスが必要だね。東西南北だけでなく、度数で正確に角度が測れる登山用か軍用のものだ」

「それから、前祝用にビールとシャンパンも必要だわ」

伊万里が少し戯《おど》けたようにいった。

「とにかく、今日はもう日も暮れた。車に戻ろう。赤坂の事務所に帰って作戦を練ろう」

「賛成。それで明日、出直しましょう」

そうだ。七〇年近く眠っていた〝M〟資金を探すのに、いまさら慌てることはない。

三人は碑に一礼し、暗い植え込みを出て、豊洲運河に沿った遊歩道を戻っていった。

周囲の風景から急速に、黄昏の光が奪われていく。

運河の暗い水面には遠いビルの窓の明かりや相生橋の上を走る車のライトが映り、きらきらと輝いていた。

遊歩道の暗がりの中を、一人の男が歩いていた。男は前を行く三人と、しばらく一定の間隔《かんかく》を保っていた。だが、やがて歩く速度を緩め、少しずつ距離が離れていった。

男――〝ランスロット〟――は、歩きながら考えた。

さすがは、浅野迦羅守だ。あの暗号文を手に入れてから、これだけの短時間で明治天皇の聖蹟の碑に辿り着こうとは。つまり、現時点で、もうひとつの暗号文も解読を終えているということになる。

問題は、ここから先だ。奴らは〝四頭ノ獅子〟に辿り着くことができるのか。そして〝四頭ノ獅子〟の謎を解き、さらに先に進むことができるのか——。

これから先は、未知の領域だ。あの〝M〟の黄金が封印されてから、誰も足を踏み入れた者はいない。奴らが本当に、先駆者《せんくしゃ》となるのかどうか。ここはひとつ、お手並拝見といこうではないか。

男は、次第《しだい》に前を行く三人と離れていった。

やがて三人の影が見えなくなると、男は遊歩道を外れ、闇の中に消えた。

20

阿佐ヶ谷の小笠原伊万里のマンションで死んでいた男の正体が、判明した。

決め手となったのは遺体の指から直接、採取した指紋だった。

警視庁の最新のデータベースでは確認されなかったのだが、全国の所轄にまで手を広げて照合作業を進めると、大阪府の曽根崎《そねざき》警察署の古い記録に引っ掛かった。

男の名は大里浩次、四三歳。本籍地は大阪市北区《きた》天神橋《てんじんばし》三丁目×××。平成一〇年（一九九八年）一月に、地元で窃盗《せっとう》の〝前科〟が一件あった。

翌平成一一年四月、上京。現在は東京都新宿区大久保《おおくぼ》×××に在住。平成二三年九月に、所轄の新宿警察署の生活安全課に私立探偵開業の届け出がなされていた。

さらに八月八日に起きた塩月聡太郎殺害事件の〝現場〟からも、新たな発見があった。ドアノブに一カ所、さらに九月一四日に盗難にあったと思われるフリーメイソンの額が掛けてあった壁の下のドアの桟《さん》からも大里の指紋が検出された。これは塩月が殺された直後の〝現場〟からは、採取されていなかったものだ。

つまり、一連の事実が示すものは明らかだ。もし小笠原伊万里があのフリーメイソンの額を持ち出したのでないとすれば、盗み出したのは大里という私立探偵だったということになる。

問題は、誰があの男を雇ったのか。男を殺したのは〝誰か〟ということだ。そしてその〝誰か〟が、塩月聡太郎を殺害した犯人である可能性が高い。

武蔵野警察署の船木徳郎は杉並警察署と連携し、大里浩次の自宅兼事務所の〝捜査《ガサ》令状《ジョウ》〟を取った。〝令状〟とはいっても大里は独身だし、家族もいない。親族は大阪市北区天神橋の実家に住んでいる歳老いた母親と、兄夫婦だけだ。

弟が東京で死んだことを兄に連絡し、「殺人事件の捜査……」の名目で一応の了承を取って大里の部屋に入った。〝捜査〟とはいっても、大久保にある古いマンションの1DKの狭い部屋だ。武蔵野署からは船木一人、杉並署から四人、現地所轄の新宿署からも二人が立ち会ったが、とても全員が中に入れるような広さではなかった。

ドアには、鍵が掛かっていた。マンションの管理会社の担当者が立ち会い、鍵を開けた。1DKの部屋には二人掛けの小さなソファーと、ガラスの安物のテーブルがひとつ。奥の部屋にシングルのベッドがひとつ。テーブルの周囲にはスポーツ紙やマンガ、カップ麵の容器などが散乱し、ベッドの上は寝起きのままのように乱れていた。

他に、小さなパソコンデスクがひとつ。デスクの周囲には探偵の商売道具のカメラ機材が、乱雑に積まれていた。だが、そこにあるはずのコンピューターがなくなっていた。

「船木さん、これをどう思いますか……」

杉並署の加藤が、パソコンから引き抜かれたジャックを手にして首を傾げた。

「まあ、パソコンに〝犯人〟にとって都合の悪い〝何か〟が入っていたということなんでしょうね……」

船木が答えた。

だとしたら、大里の私立探偵業の関係者、もしくは顧客の中に〝犯人〟がいるということか。パソコンがなくなっていても、携帯の通話記録やメールの交信記録で相手が特定できる可能性はあるかもしれない。大里の遺体の周辺からは携帯もその他の所持品と共に発見されていないが、名前と住所から照会すれば契約している通信会社は特定できるだろう。

〝捜査入れ〟は、二時間ほどで終わった。クローゼットや、デスクの引出しの中。それほど本の入っていない本棚。旅行用のバッグやバスルーム、トイレの中に至るまで、1DKの狭い部屋の隅々《すみずみ》まで見るのにそれほど時間は掛からなかった。

だが、船木は部屋のすべてを見終えても、まだひとつのものを探していた。

〝あれ〟がなくなっている。

「船木さん、何を探しているんですか……」

加藤が吸っていたタバコの灰を、携帯灰皿に落としながら訊いた。この男は本当に、タバコをよく吸う。

「いや、探しているというほどではないんですが、小さな額があるんじゃないかと……」

船木はフリーメイソンの額のことを、まだ加藤には話していない。

「額……ですか。なぜそんなものを、大里が持っていると……」

加藤が怪訝そうに、首を傾げる。

「いや、大したものじゃないんですがね。もしかしたら、塩月聡太郎の家からなくなったものがここにあるんじゃないかと思ったものですから。どうやら、思い過ごしだったようです……」

船木はそうとぼけて、他の捜査員よりもひと足早く部屋を出た。外で待たせてあった武蔵野署の車に乗り、若い運転係の警察官に行き先を告《つ》げた。

「署に戻ってくれ……」

車が走り出すと同時に、溜息が洩れた。

いったい、何が起きているのか……。

船木は、今回の二つの〝事件〟を頭の中で順を追って整理した。日本における聖書の研究者として知られていた塩月聡太郎が、武蔵野市中町の自宅で殺害されたのが八月八日。さらに九月一四日になって塩月聡太郎の家からフリーメイソンの額が消え、その翌日に被害者の娘の小笠原伊万里の部屋から私立探偵大里浩次の全裸死体が発見された。

二つの遺体に共通するのは、二点。まず、死因となった頭部の傷が一致すること。もうひとつは、二人の被害者の家に当然あるべきパソコンが消えていたこと。

もうひとつ、気になることがある。おそらく塩月の家からフリーメイソンの額を盗んだのは、大里だということだ。さらに大里は、阿佐ヶ谷の小笠原伊万里の部屋にも忍び込んで家探しをしている。

大里の目的は、何だったのか。あのフリーメイソンの額だけではなかったのか。そして二人を殺し、おそらくあのフリーメイソンの額を手に入れたのは、何者なのか……。

知っているとすれば、小笠原伊万里だ。そして小説家の、浅野迦羅守。やはりあいつらは、何か重要なことを隠している。

　船木は、携帯を広げた。アドレス帳から、小笠原伊万里の電話番号を探す。そして〝発信〟をクリックしようとして、その指を止めた。

　待てよ……。

　いま、いくらあの女を突《つ》いても、おそらく何も話さないだろう。特に、浅野迦羅守だ。あの男が、小笠原伊万里を裏でコントロールしているとしてもおかしくはない。

　船木は携帯の電源を切り、ポケットに仕舞った。

「悪いが、途中で杉並署に寄ってくれ」

　運転する若い警察官にいった。

21

　小笠原伊万里は遅い朝食を終えて、ギャンブラーと二人で赤坂の浅野迦羅守の事務所を出た。

　ギャンブラーは浅草《あさくさ》にある実家に着替えのために戻り、伊万里は駅で別れて新宿に向かった。

　午前一〇時の開店を待って、『紀伊國屋《きのくにや》書店』新宿本店に入る。そのまま階段で地下一階にある地図売り場に下りた。浅野から渡されたメモを見て国土地理院発行の二万五〇〇〇分の一〝東京首部〟NI―54―25―2―4（東京2号―4）と、一万分の一〝日本橋《にほんばし》〟（東京2―4―4）の地図を探し、買った。

紀伊國屋を出て、もう一度メモを確認する。今度は『世界堂《せかいどう》』の新宿本店に向かい、L字形の定規と三角定規、分度器とコンパスなどを買い揃える。さらにタイムズスクエアビルに向かい、『東急《とうきゅう》ハンズ』新宿店で登山用と軍用の二種類の方位コンパスを買った。

時間はまだ、一二時になっていなかった。南口の『老辺餃子館《ろうべんぎょうざかん》』で五目刀削麺《ごもくとうしょうめん》と餃子セイロのランチをゆっくりと味わう。今日の午前中も迦羅守は原稿を書く仕事があるので、約束した午後二時までに東大の研究室に行けばいい。

だが、街を歩いていても食事をしていても、どこか落ち着かなかった。常に、誰かに見張られているような視線を感じた。いや、錯覚ではなく、事実なのか……。

例えばいま自分の斜め後《ななうし》ろで一人でランチを食べている、中年の男だ。背は高いが顔が青白く、どことなく死神のような雰囲気を持っている。まだ残暑が厳しいこの季節に、黒いコートという服装も少し変だ。

いや、思い過ごしだろう。継父《けいふ》の塩月聡太郎が殺され、自分の部屋が荒らされて死体が残されていたりと最近はいろいろあった。疑心暗鬼になっているのかもしれない。

ランチを終えてまた街に出た。自分の部屋に忘れ物を取りに行きたかったが、とてもそんな気にはならなかった。あの部屋にはもう、二度と入りたくない。

新しい部屋でも探そうか……。

そう思って目の前にあったカフェに入り、カプチーノを注文してiPhoneでマンションの賃貸《ちんがし》物件を検索しはじめた時だった。電話が、鳴った。知らない番号からの電話だった。

席を立って、電話に出た。

「はい、小笠原です……」

一拍、奇妙な間があり、タバコで喉を潰したような男の声が聞こえてきた。

――加藤ですが――。

〝加藤〟と聞いても一瞬、誰のことかわからなかった。

「どちらの加藤様でしょう……」

――杉並署の加藤です――。

そういわれてやっと、名前と顔が一致した。あのタバコが好きな、刑事か……。

「何の用ですか。私、今日は忙しいんですが……」

だが、加藤は伊万里の言葉を無視するように話しはじめた。

――実は、あれから捜査の方がかなり進展してましてね。やっと、小笠原さんの部屋で死んでいた男の身元がわかったんですよ。その件でお話ししたいことがあるんですが、これから署の方に来ていただけませんか――。

伊万里は、腕のGショックを見た。署に来いといわれても、もう午後の一時を過ぎている。杉並署に行けば、迦羅守との約束に間に合わない。

「しかし……」

――捜査に協力願います。では、お待ちしてますよ――。

有無をいわさぬ口調でいって、電話が切れた。刑事というのは誰も横暴だ。伊万里は仕方なく、迦羅守に〈――杉並署に寄るので少し遅れる――〉というメールを入れ、地下鉄丸ノ内線に乗って南阿佐ケ谷駅に向かった。

杉並署に着いて受付で加藤を呼び出すと、前回と同じ狭い取調べ室に通された。まるで、犯人扱いだ。だが取調べ室では加藤がタバコを吸わないので、それだけは助かった。椅子に向かい合って座り、冷めたお茶――本当に最初から冷めていた――をひと口すると、加藤が伊万里のトートバッグを見て場違いなことをいった。

「ずいぶんいろいろな物が入っているようですが、それは何ですか」

丸めた地図や定規のことらしい。だが、まさか本当のことを刑事に説明するわけにもいかない。

「私の、個人的なものです。今回の事件には関係ありません。それで、話したいことって何ですか」

伊万里がいうと、加藤は苦笑いを浮かべながら溜息をついた。

「わかりました。では、本題に移りますか……。まず、殺されていた男の身元です。本名、大里浩次。〝浩次〟はサンズイに告げるの〝浩《コウ》〟に〝次《つぎ》〟と書きます。年齢四三歳、大阪市北区出身。現在は新宿区大久保在住。職業は、私立探偵。この男のことを、知りませんか……」

加藤がそういって、冷めたお茶の載った机の上に男の顔写真を出した。

伊万里は、息を呑んだ。

この男を、知っている……。

「どうしたんですか。この男、知ってるんですね」

加藤がいった。

「いえ、知っているというほどではありません。以前、駅からマンションまで尾けられたことがあったんですが……。その時の男に、似ているような気がしたんです……」

伊万里は咄嗟《とっさ》に、嘘をついた。

そうじゃない。この男のことは、もっとよく知っていた。先日まで伊万里が勤務していた、西新宿の『アレックス・マエダ法律事務所』に、契約の調査員として出入りしていた私立探偵だ……。

確か、「変装が得意だ……」と聞いたことはあった。だから駅から尾けられた時も、三菱銀行の前で書類を奪われた時にも気付かなかったのか……。

「小笠原さん、どうかしましたか。何か、気になることでも?」

加藤が訊いた。

「いえ、別に……」

伊万里は思わず、加藤から視線を逸らした。

武蔵野署の船木徳郎警部は、取調べ室の隣の小部屋にいた。

ガラスの小窓から、小笠原伊万里の様子を覗く。耳に入れたイヤホンから、加藤との会話も聞こえてくる。だが、取調べ室の側は窓が鏡になり、壁も防音なので、向こうにはこちらの様子はわからない。

小笠原伊万里の様子は、どこか落ち着きがなかった。警察に出頭した被疑者は往々にしてこうなるが、彼女は犯罪を疑われているわけではない。だとすれば、〝何か〟を隠している証拠だ。

それに、あの手荷物は何だ?

あのトートバッグから飛び出しているのは、明らかに大きな定規だ。丸めてある紀伊國屋の包みの筒のようなものは、ポスターか地図か。いや、おそらく地図だろう。いったい何をやらかすつもりなんだ?

イヤホンから、小笠原伊万里の声が聞こえてきた。

——いえ、知っているというほどではありません。以前、駅からマンションまで尾けられたことがあったんですが——。

船木の長年の刑事としての経験は、小笠原伊万里の微妙な声の変化を察知した。

〝嘘〟をついている。小笠原伊万里は、死んだあの男のことを知っている。だが、どこに大里浩次との接点があったのか。

そうか……。

大里浩次は私立探偵だ。そして小笠原伊万里は確か弁護士事務所に勤める弁護士だったはずだ……。

そう考えれば、謎の一端のほころびが見えてきたような気がした。

船木は、取調べ室の隣の暗い小さな部屋の中で、口元にかすかな笑いを浮かべた。

22

東大の研究室のテーブルの上に、浅野迦羅守は国土地理院発行の二万五〇〇〇分の一〝東京首部〟(東京2号—4)の地図を広げた。

周囲では小笠原伊万里と、ギャンブラーが見守る。三人でまず、金塊が沈められた越中

馬喰町
神田
竹橋
浜町
日本橋三越
大手町
東京
日本橋
水天宮前
旧三菱銀行本店
東京海洋大学
越中島キャンパス
有楽町
八丁堀
越中島公園
霞ケ関
銀座
築地
中の島公園
越中島
相生橋
新橋
3km
月島
汐留
明治天皇
聖蹟の碑
浜離宮
恩賜庭園
勝どき
豊洲運河
豊洲

島の場所を探した。隅田川《すみだがわ》を、両国橋《りようごくばし》のあたりから下へと辿っていく。

「あった、これだわ……」

伊万里が、地図の豊洲水門の近くを指さした。越中島はそのすぐ右上、地図の中央より少し左の一番下にあった。金塊が沈められた船着き場の位置も、はっきりとわかる。

「すると、明治天皇の聖蹟の碑は月島に渡る相生橋の袂のあたりにあったから、ここだな……」

ギャンブラーが、長方形の越中島の左上の角を指さした。

「よし。とりあえずここに、マークを付けておこう……」

迦羅守が越中島全体をマーカーペンで囲み、聖蹟の碑の場所にボールペンで×印を書いた。

「例の暗号文だと、〝聖蹟ノ碑ヨリ仰ギテ三百二十度〟……。つまり、この地点から三二〇度の方向に三キロの大円の中に金塊があるべきだったといっているわけね」

「そうだ。それを、〝四頭ノ獅子ニ尋ネヨ〟といっている」

「よし、ともかくやってみよう」

迦羅守はそういって、伊万里が買ってきたコンパスの封を切った。二万五〇〇〇分の一の地図では一キロが四センチなので、コンパスの幅を三キロの一二センチに合わせる。ピンを越中島の聖蹟の碑の印の上に刺し、地図上に半径三キロの半円を描いた。

「地図の下に、円の半分がはみ出しちゃったわ……」

伊万里が不満そうにいった。

「だいじょうぶだ。もし〝碑ヨリ仰ギテ三百二十度〟というのが方角を意味するのなら、北の方……つまり、地図の上の方ということになる……」

迦羅守が今度は登山用の磁石を取り、それを地図の上に置いた。磁石の中心と聖蹟の碑の印を合わせ、針の〝N〟と地図の〝北〟が合うように方角を調整する。暗号文が示すように、地図上の約三二〇度の位置に印を付け、磁石を外す。さらに聖蹟の碑から三二〇度の印の上に定規を置き、鉛筆でその延長線上まで線を引いた。

「やはり、な……」

迦羅守が、呟くようにいった。

「何が〝やはり〟なんだ」

ギャンブラーが訊いた。

「ここだよ……」迦羅守が、コンパスの円と定規の直線が交差する〝点〟のすぐ内側を指さした。「近くに、〝日本橋室町《むろまち》〟の交差点がある……」

「〝日本橋室町〟に、どんな意味があるの?」

伊万里が訊いた。

「亡くなった塩月聡太郎さんの父、君のお祖父さんの塩月興輝氏が〝勤めていた〟という

〝亜細亜産業〟だよ。亜細亜産業はこの日本橋室町の交差点に近い、室町三丁目のライカビルの二階にあったんだ」

そして〝日本金銀運営会〟は、その同じライカビルの四階に入っていた。

「つまり……どういうことなんだ」

ギャンブラーが、首を傾げる。

「例の暗号文に、こう書いてある……」迦羅守がそういって、暗号の解読文が書かれた紙を広げた。「〝本来ハ我ラガ守ル帝國復興ノ資金ハ聖蹟ノ碑ヨリ仰ギテ三百二十度、三粁ノ大円ノ中ニ有ルベキモノナリ。シカシ大円ノ中モ安全トハ云ヘズ我ラコレヲ移ス〟。つまり、この〝大円〟というのが亜細亜産業、いや、ライカビルを指しているのかもしれない……」

「もうひとつ、縮尺の小さな地図があるわ。これで確認してみましょう」

伊万里がそういって、日本橋の一万分の一の地図を広げた。三人で、日本橋室町のあたりを探す。

「日本橋の室町は、ここね」

「室町三丁目の交差点は、ここだ」

「亜細亜産業のあったライカビルは三越《みつこし》前から室町三丁目の交差点を日本橋本町《ほんちょう》方面に入ってすぐ左側のビルだから、このあたりだ」

迦羅守がそういって、ライカビルがあった場所に赤いボールペンで×印を付けた。

「そのライカビルというのは、いまもあるのか」

ギャンブラーが訊いた。

「確か、〝下山事件〟のアジトだったという噂が立って、二〇〇四年の六月に取り壊されたはずだ。いまは、他のビルが建っていると思う」

迦羅守は答える。

「でもこの暗号文には、〝大円ヲ守ル四頭ノ獅子ニ尋ネヨ〟と書いてあるわ。ライカビルに、〝四頭ノ獅子〟なんてあったのかしら……」

「わからない。前に行った時には、そんなものを見た記憶はないけれどな……」

迦羅守が、首を傾げる。

「とにかく、行ってみないか。そのライカビルがあった場所に」

「そうよ。行かなければ、わからないわ」

だが迦羅守は、壁に掛かっている古い時計を見た。今日は、伊万里が杉並警察署の事情聴取で手間取り、予定がすべて遅れている。時間はすでに、午後六時を過ぎていた。

「いや、今日はやめよう。その前に二人に、話しておきたいことがあるんだ。ここを出て、ゆっくり話せる場所に移ろう」

迦羅守がそういって、ソファーから立った。

23

地図や暗号文を金庫に仕舞い、三人は東大の研究室を出た。

迦羅守がドアに鍵を掛け、ノブを回して施錠《せじょう》されていることを確認する。不安はあるが、それでもここが一番安全だ。

三人で車に乗り、赤坂に戻った。そのまま事務所には寄らず、夜の街に出た。迷路のような裏通りを歩き、迦羅守は『澤乃《さわの》』と書かれた小さな看板が出ている料理屋に入っていった。

「おい、迦羅守。ここは料亭じゃないか。だいじょうぶなのか……」

「高そう……」

ギャンブラーと伊万里が入口で立ち止まり、中に入ってこない。

「ああ、だいじょうぶだ。入ってこいよ」

迦羅守は門を潜《くぐ》り、小ぢんまりとした築山《つきやま》池泉《ちせん》の庭を横切った。二人も、恐るおそる後を付いてくる。ここが赤坂の街中とは思えないほど、閑静《かんせい》な空間だ。

玄関を入って鈴が鳴ると、和服を着た上品な老女将《おかみ》が奥から顔を出した。

「やあ、女将。これから三人、上がらしてもらえるかな」

「あら、迦羅守お坊っちゃま。お久し振り。かまいませんけど、急にいらしてもたいしたお料理はできませんよ」

女将がいった。

「ああ、何でもいいですよ。板さんに、適当に出してくれといってください」

框《かまち》を上がり、奥の部屋に通された。静かな廊下を歩きながら、ギャンブラーが小声で訊いた。

「〝坊っちゃま〟って、いったいどういうことなんだ」

「ああ、ここの女将は藤子《ふじこ》さんといって、ぼくが子供のころから知ってるんだ」

迦羅守も、小声で答える。

「なぜ、知ってたの」

伊万里が訊いた。

「うん。藤子さんは、うちの爺《じい》さんのお妾《めかけ》さんだったんだよ」

「いったい、どんな爺さんだったんだよ……」

通された部屋は、中庭に面した床《とこ》の間のある八畳間だった。座卓には、すでに四人分の箸《はし》とグラスが出ていた。

「今夜は、他のお客は？」

迦羅守が訊いた。

「〝ソーリ〟の御一行様だけですよ」

女将がそういって、一人分の箸を片付けて部屋から下がった。

「〝ソーリ〟ってのは、まさか……」

ギャンブラーが、怒ったようにいった。

「まあ、いまはいいじゃないか。もし例の金塊が手に入れば、いくらでも見返してやれるだろう」

その場の雰囲気で、迦羅守が何となく床の間を背にして座らされた。まあ、高そうな店だからお前が払え、という意味だろう。

最初に仲居がビールと突出しを運んできて、その後も次々と料理が出てきた。

「たいした料理はないとかいって、ずいぶん豪勢じゃないか……」

ギャンブラーが出てきた料理を見て、呟いた。

「いつも、こんなものさ。たぶん〝ソーリ〟御一行様の余り物だろう」だが、さすがに『澤乃』の料理は、いつ食べても旨《うま》い。「ところで伊万里、今日の杉並署の聴取は、いったいどんなことだったんだ」

伊万里が東大の研究室に戻ってから、地図の謎解きに夢中になっていてまだ何も聞いていなかった。

「うん……それが、奇妙なの……」

伊万里が自分のグラスを手にしたまま、首を傾げる。

「何が、奇妙なんだ」

「私の部屋で死んでいた男のことよ。身元がわかったので、確認させたかったらしいんだけど……」

伊万里の話は、確かに奇妙だった。

部屋で死んでいた男は大里浩次、四三歳。職業は、私立探偵。伊万里の知っている男で、以前勤めていた西新宿の法律事務所の調査員だった。

「なぜその調査員が、伊万里の部屋で死んでたんだろうな。実はその男はストーカーで、下着を盗むために全裸で君の部屋に潜入したとか……」

ギャンブラーが、真面目《まじめ》な顔でいった。

「馬鹿なこと、いわないで。私は、真剣に怖いんだから……」

伊万里が、溜息をつく。

「その大里という男の顔は、よく知っているんだろう」

迦羅守が訊いた。

「ええ、知ってるわ。事務所で何回か顔を合わせたこともあるし……」

「それなら、前に駅から尾けられた時や、この前の三菱銀行の前で茶封筒を引ったくった男と同一人物かどうかはわからないのか」

伊万里が少し、考える。

「同じことを警察でも訊かれたわ。でも、法律事務所の調査員てちょっとした変装くらいはやるんだけど、大里は特に上手かったの。だから少なくとも尾行された時や茶封筒を盗られた日にもまさか大里だとは思わなかったし、いまでも同一人物かどうかははっきりわからない……」

「でも、似ていたのか」

迦羅守が訊くと、伊万里が頷いた。

「顔はともかく、背恰好は似ていたと思う。別人だとも、断言はできないくらい……」

おそらく、同一人物だったのだろう。

「もし大里だとすれば、誰がその私立探偵を雇ったのかだな……」

ギャンブラーが腕を組み、考える。

「最も可能性が高いのは、伊万里が前に勤めていた法律事務所の人間だな。所長は、どんな人間なんだ」

迦羅守がいった。

「アレックス・マエダという日系アメリカ人の弁護士よ。でも、それはあり得ないわ。彼は私がアメリカに留学している時からの知り合いで、とても信用できる人なの……」

「その、アレックス・マエダという所長に、今回の金塊のことは話してないのか」

伊万里がふと、息を吐く。

「法律的なことは、少し相談したことがあるわ。もし大量の金塊を探し当てて、持ち主が現れなかったらどうなるのかって……。でも〝M〟資金とはひと言もいっていないし、私がアレックスに相談したのは父の塩月聡太郎が殺された後だから……」

伊万里のいわんとしていることは、わかる。もし一連の事件の黒幕をアレックス・マエダという弁護士と仮定するなら、塩月聡太郎が殺される前に金塊のことを知っていなくてはおかしい。

料理がまた、運ばれてきた。今度は、『澤乃』の名物の海老《えび》の糝薯《しんじょ》だった。これを食べに、この料亭に通った政財界の歴史上の人物も多いだろう。

「これ、めちゃくちゃ旨いな……。ところで迦羅守、話があるとかいってたけど、何なんだよ……」

ギャンブラーが、海老の糝薯を頰張りながらいった。

「そうだったな。実は二人に、提案があるんだ。特に、伊万里にだ。決定権は、君にある問題なんだが……」

伊万里が少し驚いたように、箸を止めた。

「私に決定権がある問題って、何……」

「我々の、チームの問題だよ。いまのところ常に三人で行動し、それなりにうまくはいっている。しかし、〝組織〟としては、欠落している要素も多い……」

「どういう意味だ。そんな回りくどい説明はいいから、はっきりいってくれ」

ギャンブラーがいった。

「わかった。はっきりいおう。今回の〝M〟資金を確実に手に入れるためには、この三人では無理だ。もう一人、〝情報〟のプロを仲間に入れたい」

迦羅守は自分の考えていることを、二人に説明した。

今回の件は、調べれば調べるほど謎が深まってくる。たとえば、古い新聞記事に出てくる人名だ。米軍に芝浦沖に沈む金塊の情報を提供したとされる、吉見圭佑という東京都港区の灸術師。同じく、浦和市本太町の斉藤正弘という人物。さらに金塊の「拾得権は自分にある……」と主張した中央区木挽町の江本栄次郎と、吉見の代理人を名告る千代田区丸の内の北野三津夫という弁護士。彼らはその後、まったく歴史の表舞台に顔を出すことなく素姓《すじょう》がわからなくなっている。

それだけではない。芝浦沖に実際に莫大な金塊を投棄したとされる越中島の陸軍第一管区高射砲連隊の二〇人とも三〇人ともいわれる隊員は、その後どうなったのか。風説で現在に伝わるように、本当に中野刑務所や巣鴨プリズンに監禁されて口封じのために獄死させられたのか――。

身近なところでは、小笠原伊万里の父親の塩月聡太郎と祖父の塩月興輝は、何者だったのか。なぜ塩月の家に、〝M〟資金の埋蔵場所を示した暗号と地図の一部が残されていたのか。そして塩月家とフリーメイソンの関係は、どこにあるのか――。

さらに、新しい謎がある。伊万里の部屋で死んでいた大里浩次という私立探偵は、何者だったのか。誰が何のためにあの男を雇い、そして殺したのか――。

迦羅守が話し終えるのを待って、伊万里がゆっくりと口を開いた。

「そうね……。父や祖父とは血の繋がりがあるわけではないし、私自身が塩月の家のことを何も知らない。できれば、知りたいと思う……」

「それで〝情報〟のプロを仲間に入れたいというわけか。おれは、かまわないぜ。最初から、降って湧《わ》いたような話なんだから」

「私も、かまわない。とにかく金塊を見つければ、小さな国がひとつ買えるくらいのお金が入ってくるんだし……」

伊万里のいったことは、けっして大袈裟《おおげさ》ではないかもしれない。

「わかった。しかし、まさか我々も私立探偵を雇おうという訳じゃないだろうね」

ギャンブラーがいった。

「まさか。私立探偵など雇うわけがないだろう」

今回の件は、素人《しろうと》には無理だ。下手に動き回れば、大里という私立探偵のように殺されるのが落ちだ。

「誰か、当てはあるの」

伊万里が訊いた。

「一応はね」

迦羅守がそういって、手を叩いた。足音がして、襖《ふすま》が開き、担当の仲居が顔を出した。

「御用でございますか」

「すみませんが、藤子さんを呼んでいただけませんか」

「はい、伝えてまいります」

仲居が下がってしばらくすると、女将が部屋に入ってきた。

「坊っちゃま、何でございますか」

ギャンブラーと伊万里が、声を殺して笑った。

「藤子さん、どうかその〝坊っちゃま〟というのは止めてくださいよ。ぼくも、もう四〇を過ぎたんだから……」

「はい、迦羅守坊っちゃま。それで、御用というのは？」

まあ、仕方ないか。

「最近、正宗《まさむね》君はどうしてますか」

「正宗でございますか。元気のようですよ。相変わらず何をやっているのかわからない子ですけれど」

「そうですか。実は正宗君に用があるのですが、迦羅守が会いたがっていると伝えてくれませんか。連絡がほしいと」

「はい、承知しました。でも迦羅守坊っちゃま、正宗をまた悪いことに誘わないでくださいましよ」

女将が下がるのを待って、ギャンブラーが訊いた。

「その〝マサムネ〟っていうのは、誰なんだ」

「正宗は、〝正しい〟に宗教の〝宗〟と書くんだ。藤子さんの、お孫さんだよ。ぼくと血の繋がりがあるのかどうかはわからないが、一応は従兄弟《いとこ》同士みたいな関係になるのかな。しばらく会っていないんだが……」

「その正宗という人が、情報のプロなの？」

伊万里が訊いた。

「そうなんだ。正宗は大学時代にハーバードに留学していて、一時はアメリカ国務省の外《がい》郭《かく》団体にいたこともある。いまは日本で企業コンサルタントのような仕事をしているはずなんだが、ぼくも昔、小説を書く時に情報収集で協力してもらったことがあるんだ」

「迦羅守の親族って、変な奴ばかりだな。だいたい〝正宗〟なんて、日本刀の名前じゃないか」ギャンブラーがそういって、座布団《ざぶとん》から立った。「ちょっと、トイレに行ってくる」

ギャンブラーが部屋を出ていくと、伊万里がまた溜息をついた。そして、いった。

「〝正宗〟って、本当に日本刀の名前なの？」

「そうだ。有名な刀工だよ。そういえば、ぼくの〝迦羅守〟も、桃山《ももやま》時代に豊臣棄丸《とよとみすてまる》が所用した〝倶利迦羅竜守刀《くりからりゆう》〟から取られた名前だと聞かされたことがある……」

倶利迦羅竜王は、不動明王《ふどうみようおう》の化身《けしん》としての竜王である。〝迦羅守〟とは、その〝倶利迦羅竜王を守る刀〟を意味する。祖父がそう付けたらしいが、考えてみれば奇妙な名前ではある。

「どっちにしても、面白い名前ね。ところでギャンブラーは、何で渾名《あだな》で呼ばれるの。彼の本名は、まだ聞いてないけど……」

「奴が、自分の名前で呼ばれると怒るからさ」

「なぜ、怒るの。ギャンブラーの本名って、何ていうの？」

「知りたいか」

「それは知りたいわ。私たちは〝同志〟なんだから……」

伊万里は、〝同志〟という言葉を使った。

「ギャンブラーにはいうなよ。奴の名前は、武田菊千代《たけだきくちよ》っていうんだ……」

「キクチヨ……」

そういいかけた瞬間、伊万里は飲もうとしていたビールをグラスの中に噴き出した。

24

赤坂界隈の裏通りを、先程から一人の老人が歩いていた。

歳のころは七十代の半《なか》ばから、八〇といったところだろうか。まだ朝夕にやっと秋の気配が感じられはじめた時季だというのに黒いマントのようなコートを羽織《はお》り、ツイードの帽子《ぼうし》を被っていた。顔には白い髭を生やし、長身を少し折り曲げるように杖を突いて歩いていた。

男は、〝ランスロット〟だった。年齢はまだ若いが、誰の目にも老人にしか見えない。服装や付け髭などの変装だけでなく、歩き方やちょっとした動作と表情まで老人そのものだった。

ランスロットは赤坂二丁目の浅野迦羅守の事務所から三人を尾行し、裏通りで『澤乃』という料亭に入るのを見届けると、そのまま前を通り過ぎた。そして赤坂見附《みつけ》駅の近くまで行って引き返し、裏通りに入ってまた『澤乃』の前を通る。さらに迦羅守の事務所の近くまで行って戻り、もう一度『澤乃』の前を通った。先程から何度も、同じ道を行き来していた。

歩きながら、考える。

あの三人の中のいったい誰が、『澤乃』に伝《つて》があるんだ……。

一見《いちげん》の客では絶対に、暖簾《のれん》を潜らせてはもらえない店だ。いや、そもそも暖簾を下げるような安い店ではない。客筋も、政界や財界の大物、役人や右翼の大物などに限られているはずだ。

小笠原伊万里の父親の塩月聡太郎なら、一度や二度はこの店の框に上がったことくらいはあるだろう。祖父の塩月興輝しかり。だからといって、あの小娘が上がれるような店ではない。

もしくは、浅野迦羅守か。いったいあの男は、何者なのか。〝浅野氏〟といえば本来は清和源氏の流れをくむ名家だが、あの男も直系の末裔なのか――。

それとも、最近あのメンバーに加わった眼鏡を掛けた小柄《こがら》な男か。あの男に関しては、まだ名前もわかっていない。いったい、何者なのか――。

ともかく、今夜のところはここまでだ。浅野迦羅守とあの眼鏡の男に関しては、もう少し調べてみた方がいい。

ランスロットは何度目かに『澤乃』の前を通り過ぎた後に、駅とは反対の方に足を向けた。

走ってきたタクシーを停め、夜の街に走り去った。

25

翌日、三人は日本橋の室町に向かった。

空は、どんよりと曇っていた。

戦中戦後の一時期に〝都電《とでん》通り〟と呼ばれていた三越前の中央通りに、いまは都電の線路はない。片側二車線の広い道路の両側に新旧様々なビルが軒《のき》を並べて狭い空に聳え、その下をタクシーやバス、高級車が整然と走り抜けていく。

浅野迦羅守にとっては思い出深い風景だった。もう一〇年以上も前、ある小説を書くためによく通った場所だ。その時に取材したのが昭和史の影の枢軸《すうじく》といわれた『亜細亜産業』という秘密結社であり、その事務所が入る通称〝ライカビル〟だった。

「ライカビルは、この先だ……」

迦羅守は伊万里とギャンブラーを連れ、中央通りの『三越』の前から室町三丁目の交差点を日本橋本町方面へと曲がった。間もなく左手に、かつてのライカビルの跡地が見えてきた。

だが、迦羅守が最後にこの場所を訪れた時とは風景が大きく変わっていた。四階建ての古い煉瓦造のライカビルは二〇〇四年に取り壊され、隣の建物の敷地と合わせて一つの新

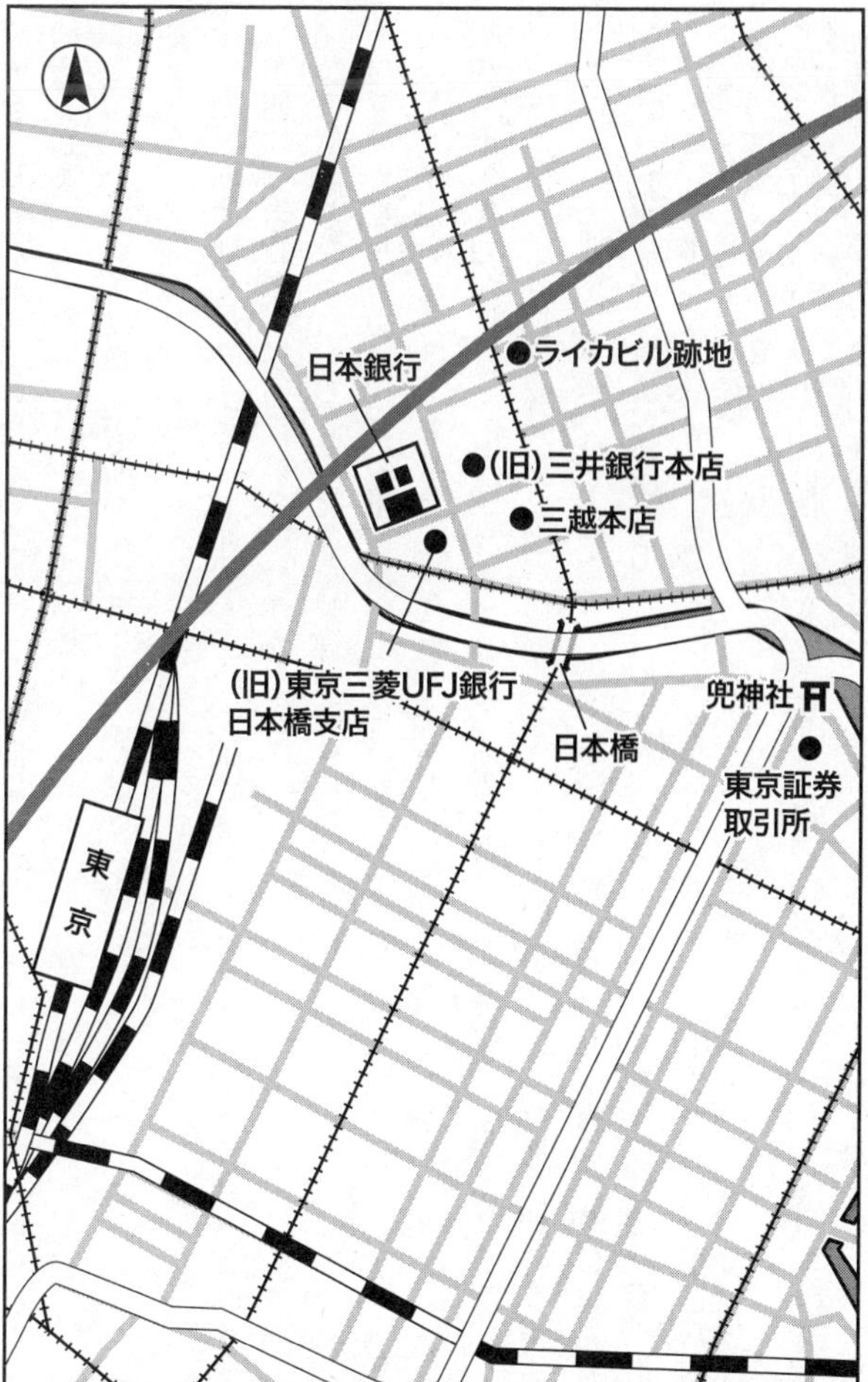
ライカビル跡地
日本銀行
(旧)三井銀行本店
三越本店
(旧)東京三菱UFJ銀行
日本橋支店
日本橋
兜神社
東京証券
取引所
東
京

しい大きなビルが建っていた。いまは、当時の面影もない。歴史の舞台は、時の流れの中に消えてしまっていた。

「ここに、そのライカビルがあったのね……」

伊万里が、感慨深げにいった。

「そうだ。四階建ての、小さなビルだった。正面の奥に蛇腹《じやばら》式の古いエレベーターがあって、右側に御影石《みかげいし》の手摺《てすり》の付いた階段があった……」

迦羅守は話しながら、当時の記憶を映像のように思い浮かべる。

「そのライカビルの中に、私の祖父がいた亜細亜産業もあったのね」

「そうだ。亜細亜産業は、二階と三階に事務所が入っていた……」

昭和二十年代の記録によると、ライカビルの所有者は『野田醬油《のだしようゆ》』（現・キッコーマン）で、一階にはライカ社のカメラなどを扱う『シュミット商会』という貿易会社の事務所が入っていた。『亜細亜産業』はその上の二階と三階に事務所を持ち、特に三階には〝サロン〟と呼ばれる秘密連絡事務所があった。この〝サロン〟は、GHQのG2（参謀第二部）に所属する通称〝キャノン機関〟のジャック・Y・キャノン中佐（当時）が日常的に出入りしていたことでも知られている。

さらに四階には鈴木貫太郎内閣（昭和二〇年四月〜二〇年八月）で内閣書記官長を務めた迫田久光《さこたひさみつ》が創設した『日本金銀運営会』が本部を置き、同じ階には日本の〝影の大統領〟ともいわれた右翼の三浦義一《みうらぎいち》が政治団体『国策社』の事務所を置いていた。

「その〝亜細亜産業〟というのは、いったいどんな〝会社〟だったんだ」

ギャンブラーが、まだ真新しいビルを見上げながら訊いた。

「戦時中の大陸で陸軍特務機関員だった八板玄士《やいたくろし》という男が昭和一八年くらいに創設した〝会社〟だ。表向きは貿易会社、もしくはパルプ会社や鉄工所を配下に置く一種のコンツエルンのような組織だったらしいが、戦後はむしろGHQ所属の特務機関としても知られていた。昭和二四年七月五日に起きた〝下山事件〟でも犯人グループのアジトとして疑われていたし、元大陸浪人や陸軍中野学校の出身者なども出入りしていた。まあ、ある種の〝秘密結社〟のようなものといえばわかりやすいかもしれない……」

「〝日本金銀運営会〟というのは？」

伊万里が訊いた。

「簡単にいってしまえば、当時の大蔵省の外郭団体だよ。太平洋戦争中に、軍や政府が国民から金や銀、ダイヤモンドなどの莫大な貴金属をタダ同然で供出させたことは知っているだろう」

「知っているわ。確か、〝金属類回収令〟とかいう法律ね」

さすがは、弁護士だ。

〝金属類回収令〟とは太平洋戦争の戦局悪化と共に資金不足に至った日本政府が、官民所有の貴金属類を回収することを目的に制定した勅令《ちょくれい》（天皇の大権により発令した法令）である。近衛文麿《このえふみまろ》内閣時代の昭和一六年八月に公布され、陸軍大将だった東条英機内閣時代の昭和一八年八月に改正。日本国内に止《とど》まらず、外地の朝鮮、台湾、満州《まんしゅう》、樺太《からふと》、南洋群島からも天文学的な量の貴金属が回収され、国庫に入った。

「そうだ。集めた貴金属は宝石と金属に分けられ、さらに金、銀、プラチナ、アルミニウムに選別された。それをすべて溶《と》かしてインゴットを作り、〝日本金銀運営会〟が管理運営したんだ」

「この場所にあった、小さなビルの四階の事務所でか」

　ギャンブラーが訊いた。

「そうだ。〝管理〟したというのは、〝事務的〟に運用していたという意味だけではないんだよ。実際にその事務所の中に、莫大な量の金やプラチナのインゴットが保管してあったんだ……」

　実際に昭和二〇年ごろに亜細亜産業の社員だった女性事務員が、こう証言している。

　――四階に上がると床下の一面に、金の延《の》べ棒が敷き詰めてあった――。

「信じられないような話だな……」ギャンブラーがいった。「貴金属を供出させたのはまだ理解できるが、なぜそれを日銀で管理しなかったんだ」

「確かに、そうだ。なぜ日銀に入れなかったのかについては諸説あるけど、当時の内閣の関係者やその裏で実権を握る右翼組織が、その莫大な量の金やプラチナのインゴットを私物化しようとした結果だという説もある……」

中でも最も実権を握っていたのが、当時〝影の大統領〟と呼ばれた右翼の大物、三浦義一だった。三浦は戦後も供出された金、銀、ダイヤモンドを使い、昭和二十年代に誕生したすべての内閣に強大な影響力を維持、行使したとされている。だが、昭和史における一般論では供出された黄金は戦後、ＧＨＱ——特にアメリカ——に接収されたとされ、うやむやにされてしまった。

「つまり、その〝日本金銀運営会〟にあった黄金が、今回の越中島に投棄された金塊だと考えているわけだな」

「そうだ。旧日本軍の財宝に関しては東南アジア諸国や中国から奪ってきたものだとか様々な伝聞があるが、確実に莫大な黄金が確認されているのは、〝金属類回収令〟で国民が供出した貴金属、つまり、〝日本金銀運営会〟の床下にあった黄金やプラチナのインゴットだけなんだ」

『日本金銀運営会』が管理していた金塊が何らかの理由により越中島の糧秣廠に移され、戦後間もなく芝浦沖に投棄された。それを、進駐軍が発見した。そう推理するのが、最も妥当《だとう》だ。

「だけど、もしそうだとしたらおかしなことがあるわ……」

伊万里がいった。

「何がだ」

「もし〝日本金銀運営会〟にあった金塊がGHQに接収されたのだとしたら、その三浦義一という右翼がその後の内閣に影響力を行使したお金はどこから出たのかしら。矛盾しているわ……」

伊万里のいうとおりだ。確かに、矛盾している。

「そのあたりのことも、これからさらに調べてみなくてはならないな」

迦羅守が、いった。

「さて、〝四頭ノ獅子〟か……」

「そうね、〝四頭ノ獅子〟を探さないと……」

そうだ。〝四頭ノ獅子〟だ。暗号文には、確かに〈――移転先ハ大円ヲ守ル四頭ノ獅子ニ尋ネヨ――〉と書かれている。だが、この場所にあったライカビルはすでに、一〇年以上も前に取り壊されてしまっている。

「迦羅守、そのライカビルを実際に見たことがあるのは、この三人の中では君だけだ。ビルの中やその周辺で、〝四頭ノ獅子〟にあたる物を見た覚えはないか」

迦羅守は、記憶を辿った。一二年前にこの場所に来た時に、確かにライカビルの中に入った記憶はある。

一階にはすでにシュミット商会の事務所はなく、二階にはアイリッシュパブが入っていた。三階は何かの会社か団体の事務所で、『日本金銀運営会』があった四階は麻雀《マージャン》屋になっていた。

二階のパブには入ってみたが、三階の事務所や麻雀屋の中はわからない。少なくとも迦羅守が知っている範囲では、〝四頭ノ獅子〟と解釈できるようなものを見た覚えはなかった。

「どうした、迦羅守。思い出せないのか」

ギャンブラーが急《せ》かした。

「うるさいな。いま、考えてるんだから、しばらく黙っていてくれ……」

歩道で長いこと立ち話をしている三人を、周囲の歩行者が怪訝そうに見ていく。

しばらくして、迦羅守がいった。

「ライカビルの中には、〝四頭ノ獅子〟を意味するものは何もなかったはずだ。しかしこの近くに、もしかしたらそうかもしれないと思うものがある……」

「それは、どこなの」

伊万里が訊いた。

「君たちもよく知っているものだ。行ってみよう……」

迦羅守が歩き出した。また、室町三丁目の交差点の方に戻っていく。中央通りに出ると信号が青に変わるのを待って横断歩道を渡り、左に曲がった。

三越本店の古い建物に沿って、歩く。しばらくして迦羅守は、三越の正面玄関の前で立ち止まった。

「これだ……」

確かに正面玄関の両側に、ほぼ実物大の大きなライオン像があった。

「これなら誰だって知っているさ。おれだって、何度もここに来ている」

「いまGoogleで調べたら、このライオン像は一九一四年に作られたそうだから、あの暗号文が書かれた一九四九年にはすでにここにあったことは事実だけど……」

伊万里がiPhoneのディスプレイを見ながらいった。

確かに、そうなのだ。だが、三越にあるライオン像は〝二頭〟だけだ。〝四頭ノ獅子〟ではない。

「どうする」

「わからない。他に何か解釈の仕方があるのかどうか、考えてみよう……」

迦羅守は、目の前にあるライオン像に語り掛けた。黄金は、どこにあるのか。

だが二頭のライオンは口を固く閉ざしたまま、何も答えなかった。

ライオン像の前に立つ三人の後ろを、大きなサングラスを掛けた背の高い〝女〟が通り過ぎていった。

〝女〟は、〝ランスロット〟だった。

ランスロットは歩きながら、心の中で呟いた。

――お前たちもやっと、この場所まで辿り着いたか。さすがだ。しかし、ここにあるライオン像は、暗号に記された〝四頭ノ獅子〟ではない。ここから先は、前人《ぜんじん》未踏《みとう》の未知の領域だ。お前たちに、あの暗号の謎が解けるのか、お手並拝見といこう。

ランスロットは口元に笑いを浮かべ、地下鉄の駅の階段を下りていった。

第二章　清和源氏《せいわげんじ》の謎

1

『アレックス・マエダ法律事務所』は、新宿区西新宿六丁目にある『新宿アイランドタワー』の二〇階にあった。

武蔵野警察署の船木徳郎は、抜けるような青空に聳《そび》える摩天楼《まてんろう》を見上げた。そして、溜息をついた。

どんな〝商売〟をやったら、こんな豪華なビルの二〇階に事務所が持てるのか……。

本来、弁護士とは、〝正義〟の側に立つ者という観念がある。もしそれが事実だとしたら、〝金〟にも縁があるべきではないと思えるのだが。逆説的にいえば、あえて〝悪徳弁護士〟などという言葉が存在すること自体、ある種の矛盾のような気すらしてくる。

パブリックアートというのだろうか、奇妙なオブジェが至る所に配置されている敷地内を横切り、ビルの中に入る。そこから法律事務所の事務員にインターフォンで指示を受けながら、何重ものセキュリティを潜り抜ける。高速エレベーターで二〇階まで上り、オフィスの豪華なドアの前まで辿り着いた時には、すでに相手のペースに嵌《は》められているような敗北感があった。

最後のセキュリティが解除され、ドアが開く。正面にカウンターがあり、〝美女〟が

――他の言葉が思い当たらなかった――頭を下げる。これで完全に、やられた。

まるでアメリカ映画に出てくるようなオフィスの中を案内され、奥の所長室に通された。所長のマエダという男は刑事が一生縁がないようなイタリア製の高級スーツを着た、二枚目の背の高い男だった。

船木が部屋に入っていくと席を立ってマホガニーの大きなデスクを回りこみ、右手を力強く握った。

「武蔵野警察署の船木さんですね。お会いできて光栄です。私が、所長のアレックス・マエダです」

その欧米人のような堂々とした態度。人を魅了する笑顔。この男には、何ひとつかなわないような気がした。

だが船木は、この時、奇妙なことに気が付いた。これだけ高級なオフィスビルの事務所なのに、この所長室にだけあまりエアコンが利いていない。秋とはいえ天気がいいので、少し暑い。

船木は上着を脱いで応接セットの革張りのソファーに腰を下ろし、背筋を伸ばして息を整えた。

「エアコンが、壊れてるんですか」

「いや、そうではありません。私が、あまりエアコンを好きじゃないんですよ。それで、ご用件というのは」

「実は、お訊きしたいことというのはこの事務所に出入りしていた、大里浩次という私立探偵の……」

だが、アレックス・マエダは、船木の言葉を途中で遮《さえぎ》った。

「その前に、コーヒーを持ってこさせましょう。うちの事務所のコーヒーはキリマンジャロを挽《ひ》いてすぐに淹《い》れるので、美味しいですよ」

「はあ……」

また、向こうのペースに持っていかれてしまった。

アレックス・マエダが内線でコーヒーを注文する。間もなくモデルのような事務員が入ってきて、高そうなカップに入ったコーヒーを二つとクッキーの入った皿を置いていった。

船木は仕方なく、自分もコーヒーの香りを嗅ぎ、ひと口すすり、マエダが満足そうに頷く。この男は目の前に座る船木のことなど、まるで眼中にないかのようだった。

初めてアレックス・マエダに連絡を取ってから、もう二週間以上になる。ところが最初は〝多忙〟を理由に躱《かわ》され、二度目に電話した時にはアメリカに〝出張中〟といわれてまた逃げられた。電話口に出たのはいずれも女性事務員だったので、船木がマエダと話すのは今日が初めてだった。

元来、刑事は、〝弁護士〟という人種が苦手だった。こちらが強く出れば、法律を盾《たて》に遣り込められる。大人しく出れば、これ幸いと丸め込まれる。

さて、どう切り崩すべきか……。

そう思っていたところで突然、マエダの方から話を切り出した。

「ところで、用件というのは私立探偵の大里浩次さんのことでしたね。秘書から聞きましたが、亡くなったとか……」

拍子《ひょうし》抜けしてしまった。

「そうです。九月一五日に、都内某所のマンションの一室で遺体が発見されました……」

船木は、情況を説明した。遺体は全裸で、殺害された痕跡が残っていたこと。現場に被害者の衣服が残っていなかったことから、他の場所で殺害された遺体が遺棄《いき》された可能性も捨て切れないこと。説明しながら、アレックス・マエダの表情の変化を観察した。

「そうですか。大里さんは、殺されたんですか……」

大里の事件に関しては〝変死〟として報道はされているが、〝殺人〟という言葉はまだ外部には洩れていない。マエダが〝殺人〟と認識していなくても、特に不思議なことではない。

「そうです。〝殺人〟と断言してよいと思います。被害者の頭頂骨にハンマーのようなもので殴られた深い陥没痕があり、おそらく直接の死因は脳挫傷《のうざしょう》かと思われますな……」

船木はそういって、テーブルの上のコーヒーをすすった。ここのコーヒーは、マエダが自慢するだけあって本当に旨い。

「誰が、大里さんを殺したんですか」

マエダが訊いた。

「それはまだ、わかりません。いま捜査中です……」

船木は少し、ペースを自分の方に引き寄せたような気がした。

「ところで、大里さんはどこで死んでいたんですか。その都内某所のマンション、というのは……」

当然、そう来るだろう。船木としても、想定の範囲内の展開だった。

船木は、少し迷った。ここでカードを晒《さら》すべきか。それとも、まだ伏せておくべきか。いや、勝負をかけるなら、ここだ。

「この事務所に以前、小笠原伊万里さんという弁護士が在籍していましたね」

「はい、つい一カ月ほど前までうちのチームにいましたが、彼女が何か……」

マエダが、怪訝そうな顔をした。

「そうなんです。大里浩次さんは、小笠原さんの部屋で発見されたんですよ。しかも、全裸で」

「何ですって……」

マエダが、それまでの余裕が消し飛ぶような驚いた顔をした。芝居かどうかはわからないが、もしその表情を信じるならば、マエダは何も知らなかった、ということか。船木は上等なコーヒーと共に、小さな優越感を味わった。

船木はマエダに少し考える時間を与え、今度はこちらから訊いた。

「大里浩次というのは、どのような男だったんですか」

だがマエダはコーヒーカップを持った手を止め、首を傾げた。

「実は、私は彼のことをあまりよく知らないんです。うちの事務所の調査員の一人であったことは事実なのですが、それぞれの案件に関しては担当者も別々だったので、大里さんとも数回顔を合わせたことがある程度なんです……」

やはり、そうきたか。

「ここには、何人くらいの弁護士がいるんですか」

マエダはふと視線を天井に向け、指を折る。アメリカ流なのか、それとも何か意味があるのか、どうもわざとらしい。

「いま、四人ですね。私を含めれば、五人……」

「大里浩次を調査員として使っていたのは？」

「四人のうちの何人かは使っていたと思いますが……」

「小笠原伊万里も、その中の一人だった？」

「さあ、どうでしょう。私は部下の一人ひとりが、どの調査員を使うかをすべて把握《はあく》しているわけではありませんので。小笠原君本人は、何といっているんですか」

うまく、切り返された。

「小笠原さんは、知っているというほどではない……といっていましたね。以前、最寄《もより》の駅から自宅のマンションまで尾けられたことがあるくらいだとか……」

船木はまた一枚、カードを晒した。そしてマエダの表情を探る。

「大里さんが、小笠原君の跡を尾けていたんですか」

やはり、反応があった。

「そうです。尾けていたようです。大里浩次は小笠原さんと、どのような〝関係〟だったのですか」

さらに、突っ込んだ。

「〝関係〟と、いうと?」

マエダが、首を傾げる。本当にわからないのか、それともとぼけているのか。

「たとえば、〝男女関係〟とかです」

船木がいうと、マエダは力が抜けたように笑った。

「まさか。小笠原君と大里さんが、男と女としてお似合いだと思いますか。小笠原君が、興味を持つ訳がない……」

確かに、そうだ。あの小笠原伊万里という女はこの事務所にいる他の女性所員と同じように、腹が立つほどの美人だった。

「大里の方が、一方的に思いを寄せていたということは？」

何しろ大里は、小笠原伊万里の部屋のバスルームで全裸で死んでいたのだ。だが、マエダは、首を横に振って笑った。

「ノー・ウェイ……あり得ないと思いますけれどね」

「なぜです」

「大里さんは、ゲイのはずですよ。我々は少なくとも、そう認識していますが」

船木は一瞬、言葉に詰まった。

いわれてみれば、思い当たる節はあった。大里浩次の部屋からは、独身男ならば当然、持っているはずのアダルトＤＶＤや女性のヌード写真の類がまったく出てこなかった。コンピューターも消えていた。つまり、大里を殺した何者かが、処分したということか――。

「なるほど。そういうことでしたか……」

「そうです。そういうことです。私がお話しできるのは、ここまでですね。今日はこの後も予定が詰まっていますので、これで……」

つまり、〝任意〟で話せるのはここまでだ、という意味だ。これ以上、訊きたければ、

〝令状〟を持ってこいという意味でもある。これだから弁護士は、やりにくい。

船木は追われるように、事務所を出た。別世界から現実の世界に戻り、冷静に考える。

そうか、ゲイか……。

だとすれば意外と簡単に、〝犯人〟が割れるかもしれない。

刑事が帰った後も、アレックス・マエダはしばらくソファーに座っていた。

アシスタントにもう一杯、新しいコーヒーを持ってこさせ、それをゆっくりとすすった。途中でiPhoneを手にして電源を入れ、電話を一本掛けた。

「ああ、アレックスだ。元気かね……。そうだ。今日、武蔵野署の船木という刑事に会ったよ。いま、帰ったところだ……。そうだ、彼はなぜか、大里がうちの調査員の一人だったことを知っていたよ。君は、話していなかったんだろう……。君のことについては、何も話さなかった。例の〝M〟資金のことに関しても、何も訊かれなかった……。安心しなさい……。何かあったら、いつでも相談に乗るよ。それでは、気を付けて」

電話を切り、コーヒーの残りをゆっくりと飲んだ。

2

月末に重なる連載小説の締切りと週二回の東大文学部の特別講義に追われ、浅野迦羅守はしばらく手が離せなかった。

小笠原伊万里が持ち込んだ例の謎の文書に関しても日本橋室町のあたりまで辿り着いたところで行き止まりになり、それからは進展していない。それでも忙しい時間の合間を縫って、〝M〟資金と日本軍絡みの金塊については調べ続けていた。

目に付く資料を片っ端《かたぱし》から読み漁《あさ》っているうちに、興味深いものがいくつかあった。アメリカのスターリング・シーグレーブ＆ペギー・シーグレーブ夫妻が書いた『ＧＯＬＤ ＷＡＲＲＩＯＲＳ』（金の戦士達）という著作もそのひとつだった。現在出版されているのは英文のＫｉｎｄｌｅ版だけだが、その中に次のような記述を見付けた。

〈――アンジェルトン（注・戦後、ＣＩＡ防諜局の局長だったジェームズ・ジーザス・アンジェルトン）がイタリアで干渉していたように、戦後の日本では（日本軍が海外から）盗んだ財宝と基金をもとにＳＣＡＰ（連合国軍最高司令官総司令部）とＣＩＡが政治活動の基金を設立していた。かなりの部分はサンタ・ロマーナの回収した財宝だった――〉

文中の〝サンタ・ロマーナ〟というのはGHQ・G2（参謀第二部）のチャールズ・ウィロビー少将の部下だったフィリピン系アメリカ人のセベリノ・ガルシア・ディアス・サンタ・ロマーナという人物を指す。ロマーナはフィリピンの洞窟《どうくつ》で旧日本軍の金塊、数十億ドル分を発見し、ダグラス・マッカーサーに報告。これが世界じゅうの銀行で運用され、マッカーサーによって〝M〟資金――マッカーサー基金――が設立されたと主張している。その金塊の一部を横領して隠匿、後にそれを政治資金としてフィリピンの大統領になったのが、フェルディナンド・マルコスである。

さらにシーグレーブ夫妻は、こうも書いている。

〈――M資金の設立時の規模は、あまり知られていない。だが、幾つかの情報を分析することにより、約二〇億ドルと推理することができる。そしてその金額は、すぐにその何倍にも膨らんでいった。（中略）

ロバート・ホワイティング（アメリカの作家・ジャーナリスト）は、こういっている。

「日本政府は一九四五年の六月初旬、敗戦を予測し、備蓄してあった膨大な量の金、プラチナ、銀、銅を隠蔽《いんぺい》した。そして戦後、それを世界の闇市場で売った」――〉

戦後間もなく越中島から投棄された莫大な金塊も、その一部だったということか。だが、奇妙なことに、シーグレーブ夫妻の著書の中には〝金属類回収令〟によって国民に供出させた金、銀、プラチナの話は出てこない。このあたりはどうも、眉唾《まゆつば》物のような気がしなくもない。

多くの歴史研究家によると、〝M〟資金は次の三つに大別されることが定説となっている。

①GHQのウィリアム・マーカット経済科学局長が管理していた旧日本陸軍の隠退蔵物資と旧財閥解体後の没収資産。本来ならば越中島の海中に投棄されたとされる金塊も、この中に含まれる。

②GHQ・G2のウィロビー少将が反共計画のために集めたとされる通称〝四谷《よつや》資金〟。この資金に関しては諜報活動を通じて日本の右翼関係者などから集めたとされるが、謎の部分が多い。ライカビルの『日本金銀運営会』の金塊も、かなりの量がこの〝四谷資金〟に流れた可能性がある。

③アメリカが援助物資、もしくは日本の戦後復興資金として貸与した〝見返り資金〟。だが、〝貸与〟とはいっても資金の大半は、旧日本軍から没収した金塊やダイヤモンドの売却益などがもとになっている。つまり、アメリカから見れば、「日本の金を利子を取って日本に貸した」ことになる。

一九五二年四月二八日、サンフランシスコ講和条約発効――。

GHQによる占領時代が終わり、日本が主権を回復すると、この三つの資金は一つにまとめられて〝M〟資金となった。そして六〇年安保の直前、一九五〇年代の末ごろに、当時のニクソン副大統領より日本の岸信介《きしのぶすけ》首相に管理が移管された。

ノーバート・A・シュレイ（アメリカの元司法長官補佐・弁護士）は、一九九一年に発表した備忘録の中に、〝M〟資金について次のように書いている。

〈――（前略）戦後初期、マッカーサーは日本に民主制度を確立し、荒廃《こうはい》した経済を立て直すためには資金援助が必要だと考えた。民主勢力に幸先《さいさき》の良いスタートを切らせるには、政治活動資金として秘密資金の準備が不可欠だとマッカーサーは確信したのだ。

こうして、戦時中に日本軍が所有していた金や貴金属を使ってそのための資金が用意された。（中略）この新しい資金は、主に吉田茂首相から出される助言的な情報に基《もと》づいて、GHQが管理していた。そして、この資金の内情に詳しい人々の間では、その創設と初期の運用に関与していたマーカット少将にちなんで「M資金」あるいはマーカット資金として知られるようになった。また吉田茂首相の関与から、「吉田資金」と呼ばれることもある――〉

こうして〝M〟資金は、日本の代々の有力な保守系の首相に管理が受け継がれて現在に至っている。ところが戦後間もなく、後に〝M〟資金に組み込まれるはずだった資金の一部が消えた――。

それを証明する資料がある。昭和二七年五月二七日、第一三回国会『大蔵委員会』第七七号の議事録もそのひとつだ。

〈――夏堀《なつぼり》委員・（中略）新聞の伝えるところでは、いわゆる管理中と申しますか、あるいは接収中のどさくさまぎれと申しますか、（中略）いろいろな事情によって失われたものがある。（中略）これは占領上の措置によって没収されたものであると承知してよろしいものであるかどうか、お伺いいたします。

石田《いしだ》政府委員・お話のございました新聞の記事といいますのは、日本銀行の持っておりました金について、四十五トン現物がなくなっておるとか、（中略）そういう記事の問題ではないかと思うのでございますが、（中略）報告を集計いたしました結果、現物とこれを対照いたしまして、そうして減っているものがあるかないかということにつきましては、はっきり申し上げかねる。やってみなければわからない（後略）――〉

議事録の中の〝夏堀委員〟とは当時の夏堀源三郎《げんざぶろう》衆院大蔵委員長、〝石田政府委員〟とは石田正《ただし》大蔵事務官（理財局長）を指す。内容は、日銀から消えたとされる四五トンの金塊に関してのやり取りだ。それにしても四五トンとは、とてつもない量だ。

さらに当日の『大蔵委員会』の議事録の中に、次のようなやり取りも記述されている。

〈――深澤《ふかざわ》委員・そこでその海外の略奪の金並びに銀等の貴金属のことですが、これはフイリッピンからも略奪の金を一トン返せというようなことも、われわれは聞いております。さらにオランダも略奪の貴金属の返還の要求、あるいはそれに関連する日本の占領軍当局のスキャンダルの問題を、オランダの新聞等が書いておる事実があるのであります。

（中略）

石田政府委員・先ほど私答弁申しましたオランダの件でございますが、この機会に若干《じやつかん》補正をさしておいていただきたいと思います。金については一トンばかり、銀について二百二トンばかり返した事実はございます。しかしこれは非常にはつきりしておる部分に相当するものでありまして（後略）――〉

議事録の〝深澤委員〟とは日本共産党の深澤義守《よしもり》衆議院議員（当時）のことだ。深澤が戦時中に略奪した貴金属のフィリピンやオランダへの返還について質問したのに対し、石田はオランダに「金について一トンばかり、銀について二百二トンばかり返した……」と答弁している。

一九四二年に日本軍は当時の東インド一帯に侵攻。それまでオランダの殖民地支配を受けていたインドネシアを大日本帝国領とし、後に同国の大統領となるスカルノやハッタなど幽閉《ゆうへい》されていた民族主義活動家を解放。〝インドネシア〟という呼称使用を解禁した。

この時、現地から撤退《てったい》するオランダ人から日本軍が莫大な資金を接収したことは、すでに歴史的な定説である。戦後、その一部はインドネシアの独立戦争に使われ、スカルノ政権樹立の資金となった。だが、大半は第二氷川丸《ひかわまる》（オランダからの接収船）などで日本国内に運ばれて旧日本軍の軍資金として使われた。

実際に外務省大臣官房文書課には、石田正政府委員の『大蔵委員会』における答弁を裏付ける記録が残っている。

記録によると外務省は昭和二三年八月二三日、日本銀行本店より銀塊五三三三本、大阪造幣局《ぞうへい》より銀塊一七七七本の計七一一〇本を連合国K・M・レビィ高級副官立ち会いの下にオランダに返還。銀塊は横須賀《よこすか》港からオランダ船リジレスカーフ号に積み込まれ、本国に運ばれたとされている。

ところがこの返還されたはずの銀塊を追ってみると、奇妙な事実が浮上してくる。当事国であるオランダ政府は、「戦後、日本からは、銀塊などの資産は一切返還されていない……」と主張しているのだ。もしこの主張が正しいとするならば、少なくとも七一一〇本

――もしくは金一トン、銀二〇二トン――の銀は、どこにいってしまったのか。

昭和二三年から二七年といえば、ほとんどが吉田茂内閣の時代だった。つまり、吉田茂政権下で、それだけの金銀塊が消えた。いったいこれは、何を意味するのか――。

ノーバート・A・シュレイは、この〝不可解な事実〟を示唆《しさ》するかのように、意味深長な言葉を備忘録に書き残している。

〈――当初、M資金は完全に米国が管理し、日本の関わりは純粋に助言的なものに限られていた。しかし、その後M資金の管理が日本人の手に移り、そこからM資金の濫用《らんよう》が始まった。以来、このM資金は明らかに日米両国の利益に反する目的に利用されている――〉

文中の〈――M資金の管理が日本人の手に移り――〉の部分に関しては、解釈は容易だ。管理した日本人に関しても、いまは明らかになっている。前述の岸信介である。

問題は〈――M資金の濫用――〉の部分だ。〈――日米両国の利益に反する目的――〉とは、具体的に何を意味するのか。日中国交正常化に伴い、〝M〟資金の中から中国に支払われた天文学的な経済援助を意味するのだろうか。いずれにしてもシュレイ亡きいまとなっては、あらゆる仮説も憶測の域を出るものではない。

だが、それでもシュレイの備忘録は、長年にわたって謎とされてきた〝M〟資金の真相の多くを明らかにした。ひとつは、〝M〟資金の用途だ。シュレイは備忘録の中に、こう書いている。

〈——（前略）現在の自衛隊の前身である警察予備隊が組織されることになったが、（中略）日本政府には新しい兵力を組織する費用の用意がまったくなかった。そこでマッカーサーは、その費用としてM資金から二兆円を拠出した——〉

日本に自衛隊の前身である警察予備隊が設置されたのは、昭和二五年八月だった。しかもその場所は、金塊が投棄された江東区越中島の駐屯地《ちゆうとんち》だった。それだけでも、何やら因縁《いんねん》めいたものを感じる。

さらにシュレイは、〝M〟資金とニクソン副大統領（当時）、岸信介首相との関係と経緯《いきさつ》も備忘録の中で明らかにしている。

〈——一九五〇年代の後半、日本側は一九五二年の安全保障条約に不満を示し、改正を要求した。それに応じてアイゼンハワー大統領は改正の交渉を進めるため、特使としてニクソン副大統領を日本に送った。ニクソンと岸首相の間で広範囲にわたる交渉が行われた後、安保改正が決定。衆議院本会議で強行採決後、一九六〇年六月二三日に成立した。

安保改正とともに、ニクソン副大統領はM資金の管理を日本にすべて任せることに合意した。ニクソンのこの行動は腐敗した政治的駆け引きの一部だったのではないかといわれている――〉

この一文は、いわゆる〝六〇年安保〟は「アメリカが金――〝M〟資金――によって日本から買ったもの……」とも読める。そう考えれば、なぜ当時の岸首相が衆議院本会議で強行採決を行なったのかも理解できる。

迦羅守は仕事の合間を縫って、〝M〟資金関連の資料を読み漁った。これまでも昭和史の研究家としてある程度の知識は持っていたつもりだが、知れば知るほど奥が深い。一流の経済人や政治家の多くが〝M〟資金の魔性に翻弄《ほんろう》され、自らの人生までも滅ぼした理由が理解できるような気がした。

「迦羅守、何を読んでるの」

後ろから突然、伊万里に腕を回されて、我に返った。

振り返ると、目の前に伊万里の顔があった。唇が、軽く触れる。

「〝M〟資金関連の資料だよ。なかなか、面白い」

伊万里が迦羅守に顔を寄せ、デスクの上の資料を覗き込む。

二人はいつの間にか、ごく自然に男と女の関係になっていた。それほど広くない部屋の中で二週間以上も一緒に暮らしていればそれが自然の成り行きだったし、お互いに拒《こば》む理由もなかった。

「何か、わかった？」

伊万里が耳元で訊いた。

「いろいろとね。もし〝M〟資金の一部がどこかに隠されているとすれば……。もしかしたら、その大半は、金塊ではなく銀塊かもしれない……」

「なぜ、そう思うの」

迦羅守は資料を捲り、自分で傍線を引いた箇所《かしょ》を指さしながら説明した。

「これは昭和二七年の第一三回国会の議事録なんだが、石田正という大蔵事務官がこういってるんだ。オランダに金を一トン、銀を二〇二トン返還したと……」

「事実なの？」

迦羅守が、頷く。

「それを証明する記録も、出ている。外務省は昭和二三年八月に、日銀から銀塊五三三三本、大阪造幣局から銀塊一七七七本、計七一一〇本をオランダの船に積み込んだという書類を持っている……」

「銀塊二〇二トンていったら、いくらくらいになるのかしら……」

伊万里が、おっとりといった。

「現在の相場、グラム当たり六〇円で計算すると、約一二〇億円ほどになるな……」

迦羅守が素早く、デスクの上の電卓で計算した。これに金一トン分を加えると、約一七〇億円といったところだろうか。

「でも、その銀塊はオランダ政府に返しちゃったんでしょう」

「そうだ。少なくとも日本の当時の大蔵省は、そういっている」

「違うの」

「そこが、奇妙なんだ。当事者のオランダ政府の方では、銀塊が返された事実はないといっているんだ……」

おそらく外務省に残っているとされる書類――インボイスの写し――は、日本国内で消えた銀塊の辻褄を合わせるために、偽造されたものだろう。

「誰かが二〇二トンもの銀塊を〝盗んじゃった〟わけね。いったい、誰が……」

「考えれば、わかるだろう」

伊万里が、ちょっと首を傾げる。

「そうね。考えなくても、わかるわ。その時代に大蔵省や外務省まで巻き込んでそんな大嘘をつける人間は、日本に一人しかいなかった……」

「そういうことだ」

シーグレーブ夫妻をはじめ、特にアメリカの歴史研究者の多くは、初期の〝M〟資金の規模を約二〇億ドルと仮定している。当時の通貨レート、一ドル三六〇円に換算すると、約七二〇〇億円。金や銀の値上がり率や貨幣価値を計算すれば、現在はその数十倍から一〇〇倍以上になるだろう。正に、天文学的な金額だ。

その内訳を正確に解明することは最早、不可能だ。だが、ある程度は想像できる。おそらく旧日本軍が戦地から略奪してきた金・銀・プラチナ、日本国内や満州国などの国民から供出させた貴金属、さらに元から国庫にあった黄金などが原資になった。

戦争のどさくさに紛れて集めた金なのだから、最初から幾らあったのかなど誰にもわからない。それならば、戦後のどさくさに紛れて窃取《くすね》るのも簡単だ。それをうまくやった奴らが、その後の日本で権力を握り、現在に至っているというわけか。

電話が鳴った。迦羅守のｉＰｈｏｎｅの呼び出し音だった。デスクの上に手を伸ばしてｉＰｈｏｎｅを取り、電話を繋いだ。

迦羅守はしばらく、先方と話していた。親しげに話し、親しげに笑う。しばらくして電話を切った。

「例の、〝正宗〟という人ね」

伊万里が訊いた。

「そうだ。明日、会いに行くことになった。ギャンブラーにも声を掛けよう」

迦羅守がいった。

3

一〇月四日、日曜日――。

迦羅守は伊万里とギャンブラーと共に、車で中央高速を西へ向かった。

空には、重い雲がたれ込めていた。太平洋の南方には台風があり、日本列島に向かって進んでいる。夜半からは、おそらく雨が降り出し、風も強くなるだろう。

日曜日ということもあって高速は所々渋滞したが、八王子《はちおうじ》の料金所を過ぎてからは順調に流れていた。ミニ・クロスオーバーの助手席には伊万里が座り、後部座席ではギャンブラーが小柄な体を丸めて眠っている。どうせ昨夜も、どこかで遅くまで飲み歩いていたのだろう。

「ところで、例の大里という調査員のことはどうなったんだ。君が前に勤めていた法律事務所の方には連絡を取ってみたのか」

迦羅守がステアリングを握りながら、伊万里に訊いた。

「所長のアレックスが、しばらくアメリカに出張していたの。メールを入れておいたんだけど一昨日、彼の方から電話が掛かってきたわ」

伊万里が周囲の山々の風景を眺めながら、答える。

「それで、何といっていた」

「武蔵野警察署の船木という刑事が、会いに来たといっていたわ」

「例の、君のお父さんの事件の担当刑事か」

「そう。大里の死体が私の部屋で発見された時、杉並警察署で会ったでしょう」

「ああ、覚えている」

「でも、なぜあの刑事は、大里がアレックスと繋がりがあるとわかったのかしら……。私は、何も話してなかったのに……」

迦羅守も、少し奇妙だとは思った。

「まあ、大里の口座に事務所からの支払い記録でも残っていたのかもしれないし、そうでなくとも私立探偵と法律事務所を結び付けるのはそれほど難しくはないさ」

「そうね……」

「それで君の元ボスのアレックスは、船木という刑事とどんなことを話したんだ」

「詳しくは訊かなかったけど、アレックスは私のことを何も話さなかったといっていた。今回の〝M〟資金のことも、話題には出なかったらしいわ」

つまり警察は、まだ塩月聡太郎が殺された理由についても何もわかっていないということだ。

「ところで、今日はどこまで行くの」

伊万里が訊いた。

「場所は、わからない。でも正宗から聞いた電話番号をナビに入力したら、車は清里《きよさと》あたりに向かっているようだ……」

時間は間もなく、昼になろうとしていた。どこかで昼食を兼ねて休憩《きゅうけい》を取っても、午後一時ごろには目的地に着くだろう。

ナビの指示どおりに走っていくと高速を小淵沢《こぶちざわ》インターで降り、県道一一号——八ケ岳《やつたけ》高原ライン——を北上し、清里高原へと向かっていく。周囲には霧が出ていたが、時折見える雄大な景色が美しい。

しばらくすると、後部座席でギャンブラーが目を覚まし、大きなあくびをした。

「いま、どこを走ってるんだ……」

頭を掻きながら、訊いた。

「いま、清里のあたりだ。もうすぐ、目的地に着く……」

ナビの指示は清里からさらに野辺山《のべやま》高原の方へと向かい、途中で主要道路を外れて深い森の中に入っていった。途中には所々に別荘らしき家や、カフェや雑貨屋などの瀟洒《しょうしゃ》な建物が佇んでいる。だが、山へと向かう細い砂利道へと折れると、周囲から人家が消えた。

「こんな所に、人が住んでるの……」

伊万里が、不安そうにいった。

「ナビは、そう指示している」

「心配ないさ。道の奥に向かって、電線が通っている。この先に、人家があるということさ……」

ギャンブラーがいった。

道はさらに細くなり、やがて行き止まりになった。ナビも目的地が近付いたことを知らせ、案内を終えた。

迦羅守は車を降り、周囲を見渡した。森の中に、ハンドカットの小さなログハウスが一軒。その庭先の薪《まき》の山の中にアクスを手にした大柄な男が立ち、こちらを見ていた。

「あの熊みたいな髭面《ひげづら》の男が〝正宗〟なのか」

横に立っているギャンブラーが、訊いた。

「そうだ。あの男が、南部《なんぶ》正宗だ」

「迦羅守の友達って、本当に変わった人が多いのね……」

伊万里が、呟く。

迦羅守は伊万里とギャンブラーを連れ、ログハウスに通じる細い道を上った。家のガレージに、軽トラックが一台。迦羅守からすれば、いかにもこの男らしい生活ではあった。

「久し振りだな。元気だったか」

迦羅守が軽く、右手を上げる。

「ああ、おれはいつだって元気さ。それにしても急に、どうしたんだ」

正宗が長いアクスの柄《え》の上に両手を置き、三人を迎える。濃い髭の中で、目が油断なく見据えていた。

「藤子さんから聞いているだろう。今日は、折り入って話があってきた」

迦羅守が右手を差し出すと、正宗は一瞬戸惑い、それを握った。

「まあ、とりあえず、家に上がってくれ」

正宗が手にしていたアクスを薪を割る切り株の台に立て掛け、ログハウスのデッキへと上がった。

家の中には、ダッチウエストの薪ストーブが焚《た》かれていた。正宗はストーブの上で湯気を立てている鉄のケトルを取り、ばらばらのマグカップに四人分のコーヒーを淹れてテーブルの上に置いた。ストーブに薪を焚《く》べ、自分のマグカップを手にして一人掛けの古いウイングバックソファーに座った。

「前に会った時には企業コンサルタントのような仕事をやっているといっていたが、どうしたんだ」

迦羅守が訊くと、正宗はふと笑いを浮かべた。

「あれは、退屈なんだ。いまは若い奴らにまかせて、やらせてるよ」

正宗らしい。以前、アメリカ国務省の外郭団体を辞めた時も、「退屈だった……」といっていたことを思い出した。

「それで、話というのは何なんだ。もったいぶらずに聞かせてくれ」

正宗がいった。

「わかった。まず、ここにいる二人を紹介しよう……」

迦羅守はまず、伊万里とギャンブラーの二人を正宗に紹介した。その上で、これまでの経緯を簡単に説明した。

小笠原伊万里の継父が殺され、〝M〟資金の話が舞い込んできたこと。残された暗号を解読すると、埋蔵された〝M〟資金は『日本金銀運営会』に関係があり、戦後間もなく越中島から投棄された金、銀、プラチナのインゴットの一部である可能性が高いとわかったこと。だが、暗号の解読は亜細亜産業で行き詰まり、現時点ではその先に進めなくなっていること――。

迦羅守はその上で、伊万里の父親が持っていた地図のようなものと、暗号文のコピーを見せた。正宗はしばらく暗号文とその解読文に見入り、首を傾げ、溜息をついた。

「亜細亜産業のことは、覚えているか」

迦羅守が、訊いた。

「もちろんだ。お前の取材に付き合って、何度か行ったことがあったじゃないか。いまはあのビルも、取り壊されたらしいな……」

正宗が、暗号文を見ながらコーヒーをする。

「あのころライカビルの周辺に〝四頭ノ獅子〟に該当するようなものがなかったか、覚えてないか」

だが、正宗は首を傾げる。

「そんなものは、見た覚えがないな……」やはり正宗も、思い当たることはないようだった。「それで、おれに何をやらせようというんだ。まさか、この謎解きを手伝えというわけではないだろう」

正宗がそういって、暗号文のコピーをテーブルの上に置いた。

「その気持ちもないではないが、頼みたいことは別にある。ちょっと、探ってもらいたいことがある。これだ……」

迦羅守がポケットから名簿のようなものを出し、正宗に差し出した。

「これは?」

正宗が、受け取る。

「過去に、特に戦後間もないころに越中島の海中投棄された金塊や〝金銀運営会〟などに係わっていた者たちの名前だ。もしできれば、その後の消息が知りたい。もちろん、誰も生きていないとは思うが……」

「難しいな。もし消息がわかったら、どうするつもりなんだ」

「その人間がどうなったかを知るだけでも、何かがわかるかもしれない。もしかしたら、遺族に何かを残している可能性もある」

正宗は、しばらく腕を組んで考えていた。コーヒーを飲み、小さく頷く。しばらくして、いった。

「面白そうだな。退屈しのぎにはなりそうだ」

「やってくれるか」

「その前に、いくつか条件がある。まず、今回の件でおれの取り分は」

「ここにいる三人と同じだ。もし〝M〟資金の一部が発見されれば、全員で平等に分配する」

迦羅守は横に座る伊万里に、眴《めくば》せを送った。伊万里が無言で、頷く。

「わかった。それで、手を打とう」

「他の条件というのは？」

「簡単なことだ。やるならば、おれのやり方でやらせてもらう。君たちとは別行動で、好きなようにやる。集団行動は苦手なんだ。口出しはしないと約束してくれ」

「わかった。約束しよう……」

それからまた一時間ほど話し合い、三人は正宗の家を出た。車を置いてある場所まで下っていくと、正宗がまたアクスを手にし、深い森の中に薪を割る音が聞こえてきた。

車に乗り、来た道を下りはじめると、伊万里とギャンブラーが溜息をついた。

「本当に、変わった奴だな……」

ギャンブラーがいった。

「あの人、前にアメリカ国務省の外郭団体にいたとか聞いたけど、いったいどんなことをやっていたの」

伊万里が訊いた。

「よくは知らないが、おそらく……CIAの関係だろう……」

迦羅守が、おっとりと答えた。

4

一〇月に入っても、〝四頭ノ獅子〟の謎は解けなかった。

伊万里はそれまで、暇を見つけては日本橋室町の周辺を歩いていた。地図を片手に、特に名所旧跡を訪ね歩く。

中でも代表的なものは、何といっても東海道《とうかいどう》五十三次の起点、日本橋だろう。

日本橋は、日本の中心である。東京都中央区に流れる日本橋川に架かる国道の橋で、東海道だけでなく、日本のすべての道路網の起点でもある。

徳川家康《いえやす》による全国道路網整備計画の一環として、初代の〝日本橋〟が完成したのが一六〇三年（慶長《けいちょう》八年）四月。東海道、日光《にっこう》街道、奥州《おうしゅう》街道、中山道《なかせんどう》、甲州街道の起点に定められた。

以来、度重《たびかさ》なる大火によって焼け落ち、再建され、加修補修を繰り返されて長い日本の歴史を見つめ続けた。歌川広重《うたがわひろしげ》などの浮世絵にも描かれ、それぞれの時代を通じて人々に親しまれてきた。

現在の石造二連アーチの〝日本橋〟は、その一九代目に当たる。米本晋一《よねもとしんいち》の設計により、一九一一年（明治四四年）四月三日に竣工《しゅんこう》。中央には日本国道路元標が埋め込まれ、一〇〇年以上もの長い年月を耐えた証《あかし》として、一九四五年（昭和二〇年）三月一〇日の東京大空襲によって受けた焼夷弾《しょういだん》の跡がいまも残っている。

伊万里は、今日も日本橋を歩く。全長四九メートル、幅二七メートルの山口県産の名石と真壁《まかべ》石によって組まれた橋を渡る。頭上には首都高速の高架が被《おお》い、車道には絶え間なく車が行き来している。それでもこの橋の途中で立ち止まり、一人で考え事をしていると、時間を忘れて自分だけの世界に入り込むことができる。

あの暗号文が示す〝大円〟、そして〝四頭ノ獅子〟は、どこにあるのだろう……。

実はこの日本橋にも、〝獅子〟がある。欄干《らんかん》の四本の親柱の上には銅の獅子像が鎮座して、橋を見守っている。だが、日本橋にモチーフとして使われている獅子は、全三二頭。親柱の上の四頭だけを見ても、向き合ってはいない。

つまり、暗号文のいう〝四頭ノ獅子〟には該当しない。迦羅守も、ギャンブラーもここに来て確認したが、同意見だった。

それでも伊万里は、この〝日本橋〟を諦めきれずにいた。理由のひとつは、ここが五街道の始点であるということだ。これからどこに向かうにせよ、日本橋はその出発点として最も相応しいように思えてならなかった。

二つ目の理由は、暗号に書かれている〝大円〟の意味だ。この日本橋は、二重アーチ橋だ。その二重のアーチをひとつに合わせれば、〝大きな円〟になる……。

いや、違う。二つのアーチを合わせても、完全な〝円〟にはならない。〈――大円ノ中ニ有ルベキモノナリ――〉という言葉の意味も、解くことはできない。

伊万里は親柱の上の獅子像に歩み寄り、心の中で問い掛ける。

〝四頭ノ獅子〟は、どこにいるの……。

あなたたちは、〝四頭ノ獅子〟ではないの……。

だが、銅で造られた獅子像は、ただ黙って橋の往来を見つめるだけだ。

日本橋一丁目から室町の方に向かって、一人の男が背を丸めて渡っていった。

男は年齢が四十代から五十代。汚れた作業着を着て首にタオルを巻き、耳付きの帽子を被っていた。一見して、ホームレスのように見えた。

男は、〝ランスロット〟だった。

ランスロットは欄干の親柱の獅子像を見つめる伊万里の後ろを通り、橋の歩道の階段を下りた。しばらくするとまた室町側から、日本橋を渡った。

伊万里はまだ、獅子像の前にいた。ランスロットには気付いていない。二度目に伊万里の近くを通る時に、ランスロットは小声で話し掛けた。

「お嬢さん、何を見ているのかね」

伊万里が驚いて、こちらを振り返った。

「いえ、何でもありません……」

そういって、慌てて橋を下り、立ち去った。

ランスロットは伊万里の後ろ姿を眺めながら、心の中で笑った。

〝四頭ノ獅子〟のいる場所は、ここではない。他の場所だ。そう、教えてやりたかった。やはり、お前たちには無理だったのか。もし無理ならば、他の方法を考えなくてはならない。場合によっては、強硬な手段も必要になるだろう。

ランスロットは伊万里の後ろ姿が雑踏に消えるのを見届け、日本橋を室町方面に渡った。そして自分も、夕刻の雑踏の中に消えた。

伊万里は足早に歩いていた。

まだ、胸の動悸《どうき》が治まっていない。

あの声を掛けてきたホームレスのような男は、いったい誰なんだろう。本能的に、〝自分を知っている人間〟であるような気がした。

奇妙なことに、つい数分前、あれだけ近くで見たはずの男の顔をまったく思い出せなかった。覚えているのは帽子のつばの下で異様に光っていた、あの双眸《そうぼう》だけだ。

伊万里はまるで逃げるように、目に付いたカフェに飛び込んだ。店の中と前の通りを見渡したが、もうあのホームレスのような男の姿は見えなかった。窓際の席に着いて温かいカフェオレを注文し、それをひと口飲むと、やっと心が落ち着いた。

きっと、気のせいだ。たまたま通り掛かったホームレスが、自分に声を掛けてきただけだ。忘れた方がいい。

カフェオレをすすりながら、伊万里はタブレットを広げた。事件の後、部屋のデスクトップのパソコンはそのままにしてあるので、新しく契約したものだ。

電源を入れ、複雑なパスワードを打ち込み〝M〟というフォルダを開く。この中に、今回の〝M〟資金に関連する資料がすべて入っている。

もう何回も読んだ暗号文を、さらに何度も読み返す。しかし、〝四頭ノ獅子〟に関する記述は難解で、理解できない。

次に日本橋周辺の地図を開き、今日歩いた道をチェックする。さらにストリートビュー。記憶を辿りながらチェックポイントを確認していく。だが、最後に立ち寄った〝日本橋〟以外には、〝大円〟や〝四頭ノ獅子〟に該当しそうな場所は一カ所もなかった。

その時、伊万里はふと、あることを思い付いた。そういえば最近は地図とストリートビューにばかり頼っていて、Ｇｏｏｇｌｅ　Ｅａｒｔｈ《アース》を見ていなかった。視点を変えてみたら、いままで気付かなかったことが見えてくるかもしれない……。

伊万里は早速、Ｇｏｏｇｌｅ　Ｅａｒｔｈのアプリケーションを検索し、それをタブレットにインストールした。

インストールが終わるのを待って、アイコンを開く。画面に、地球の映像が表示される。それを拡大しながら、日本の東京都、さらに日本橋周辺へと寄っていく。

目印になるのは、隅田川だ。その左手に、東京駅もすぐに見つかった。中央に、首都高速の江戸橋《えどばし》ジャンクションがある。日本橋は、そのすぐ左手あたりだ。

その時、伊万里の目にとんでもない画像が飛び込んできた。

日本橋に、〝大円〟……〝大きな円〟……が、あった……。

東京都武蔵野市中町の〝塩月聡太郎殺害事件〟――。

さらに一ヵ月後に杉並区阿佐ヶ谷のマンションの一室で起きた〝大里浩次死体遺棄事件〟――。

5

二つの〝事件〟の捜査は、壁に突き当たっていた。

理由のひとつは、それぞれの〝事件〟が別々の所轄で起きたことにある。いずれの遺体も凶器がほぼ一致し、塩月の殺害現場から大里の指紋が検出されたことなどから合同捜査本部が設置されたのだが、武蔵野署と杉並署の連携がうまくいっていない。どうしても自分の署の管轄の〝事件〟を優先し、お互いに決め手となる情報を無意識のうちに隠そうとする傾向がある。

だが、一〇月五日の夕刻に武蔵野署で招集された合同捜査会議の後で、船木は杉並署主任刑事の加藤に〝未確認情報〟と断わった上で「被害者の大里は、ゲイだった可能性がある……」ことを伝えた。

「ほう……ゲイですか……」

加藤は署の外の喫煙所でいつものようにタバコ――ロングピース――を燻《くゆ》らせながら、

首を傾げた。

「まあ、未確認情報ですけどね」

船木はもう一度、念を押した。

「どこからの〝密告《タレコミ》〟ですか」

「いや、〝密告〟ではありません。三日前、大里が仕事をしていた西新宿の弁護士事務所に行ってみたんですがね。そこの所長のアレックス・マエダという男がそういっていましたね」

加藤が、タバコを燻らせながら考える。

「しかし、よく大里の仕事先がわかりましたね……」

「例の、殺された塩月聡太郎の娘、小笠原伊万里ですよ。彼女が〝事件〟の前まで勤めていたのが、アレックス・マエダ法律事務所でしてね。それで洗ってみたら、大里の名前が出てきたわけです」

船木は適当に、話を作った。いくら合同捜査本部があっても、所轄を差し置いて武蔵野署の船木が大里の線を洗っていたことがわかれば、まずいことになる。

「船木さんは、そちらの方は洗ってみたんですか」

加藤が訊いた。

「いや、まだです。大里の〝事件〟は、元々杉並署の管轄ですからね。加藤さんにおまかせするのが筋でしょう」

一応、加藤を立てるように装《よそお》った。

実のところ船木は、すでにこの件について、自分の配下のゲイの世界に詳しい情報屋を使って探っていた。だが、丸三日が経った今日まで何も引っ掛かってきていない。それならば、杉並署に貸しを作り加藤にまかせた方が話が早い。

「もしそれが事実ならば、同性間の痴情《ちじょう》の縺《もつ》れという線もあるのかもしれないな……」

加藤は船木の意を察しているのか、それともうまく引っ掛かってくれたのか、タバコを吹かしながらそう答えた。

「さあ、どうですかね。大里の周辺からは、それを裏付ける〝証拠《ブツ》〟は何も出てきていませんからね……」

船木はそういいながら、腹の中ではまったく別のことを考えていた。大里の殺害動機が、ゲイ同士の痴情の縺れのわけがない。もしそうだとすれば大里と塩月聡太郎の頭部の傷が一致する理由を説明できないし、塩月の書斎にあったフリーメイソンの額の下のドアの桟に大里の指紋が残っていたことも謎のままだ。合理的な結論を求めるならば、二つの〝事件〟はゲイとはまったく異なる要因で繋がっていると考えるべきだ。

「わかりました。私の方で、少しその線で調べてみましょう。何かあったら、知らせますよ」

加藤が、短くなったタバコを消しながらいった。

「そうしていただければ、助かります。お願いします」

船木は加藤と別れ、武蔵野署を出た。

それが自分の性分なのか。それとも刑事の捜査は足を使うことが基本だという格言を信じているのか。考え事をする時にもひと所でじっとしているより、歩きながらの方が頭も冴《さ》える。

船木にはひとつ、どうしても気になることがあった。〝事件〟の現場、塩月聡太郎の家の書斎に掛けられていたあのフリーメイソンの額だ。いったいあれは、何だったのか。

船木は歩きながら、頭の中の漠然としたイメージを整理した。

塩月聡太郎は、あのフリーメイソンのシンボルマークのために殺されたのではなかったのか。大里浩次も、あのフリーメイソンの額を盗み出したために殺されたのではなかったのか。

そして何者かが、あのフリーメイソンのシンボルマークの額を手に入れた。その何者かが、塩月と大里を殺した――。

わかっているのは、そこまでだ。

船木はJRの三鷹《みたか》駅まで歩き、中央線に乗った。夕刻だったが、上り電車はそれほど混んではいなかった。空《す》いているシートに座り、乗っている間もずっと考え事をしていた。

そうだ。小笠原伊万里だ。あの女は、少なくとも継父の塩月聡太郎が殺された理由を知っているはずだ。それなのに、なぜ、警察にいわないのか――。

船木はほとんど無意識のうちに新宿駅で電車を降り、夕刻の地下街の雑踏を抜け、地下鉄丸ノ内線の池袋《いけぶくろ》方面に乗った。地下鉄は、混んでいた。ドアの近くに立って暗いガラス窓に映る自分の顔を見つめながら物思いにふけり、五つ目の赤坂見附の駅で降りた。

気が付くと船木は、夜の赤坂の裏通りを歩いていた。足は自然と、赤坂二丁目の浅野迦羅守の〝事務所〟があるマンションの方に向いた。

いま、小笠原伊万里は、浅野の部屋で同居している。船木も一応は、報告を受けていた。〝見張り《シキテン》〟というわけではないが、この場所に来るのも初めてではない。

船木は外国人向けの古いマンションの前まで来ると、道を挟んだ向かいのビルとビルの間に身を潜めた。遠くに、東京ミッドタウンの光が見える。

ゆっくりと、視線を移す。浅野の部屋は、最上階――五階――の一番右側だ。窓に明かりが、灯っていた。

〝奴ら〟は今夜も、あの部屋にいる。最近はもう一人、背の低い眼鏡を掛けた男が仲間に加わったことも確認している。いったい、何をこそこそやっているのか……。

船木は、考える。

このまま〝奴ら〟を、泳がせておくべきなのか。それとも、〝任意〟で引っ張って締め上げるべきなのか。締め上げれば、何かがわかるかもしれない。

だが、〝任意〟で引っ張るとはいっても理由がない。小笠原伊万里は〝容疑者《マルヒ》〟ではなく、むしろ〝被害者《ガイシャ》〟の側の人間だ。浅野迦羅守は小笠原伊万里の知人というだけであって、〝事件〟とはまったく無関係だ。

どうするべきか。何か、よい方法はないものだろうか……。

その時、船木の前の道を一人の老人が歩いてきた。老人は船木には気付かず一瞬、立ち止まり、マンションを見上げ、そのまま歩き去っていった。

背の高い老人だった。風体《ふうてい》は確かに老人なのだが、その動きは奇妙なほど若々しく見えた。そして、船木の錯覚でなければ、老人が見上げたのはマンションの五階の浅野迦羅守の部屋の窓のような気がした。

まさか……。

しばらくすると、また老人が戻ってきた。今度は道路の逆側から歩いてきて、最初に来た方に向かっていく。

やはり、立ち止まった。また、マンションを見上げた。間違いない。この老人はやはり、浅野迦羅守の部屋を見ている。

船木は、直感した。この男も、浅野を見張っているのだ。

男が、歩き出した。

船木はビルとビルの間の陰《かげ》から出て、男の跡を尾行した。

6

コーヒーテーブルの上に、タブレットを置いた。

伊万里はＧｏｏｇｌｅ Ｅａｒｔｈのアイコンにタッチし、ページを開いた。間もなくディスプレイの中に、ゆっくりと回転する青い地球が現れる。

「いいかしら。行くわよ……」

指先が画面に触れ、それを広げるように日本列島に寄っていく。本州から、関東。関東から、東京。さらに東京の都心部へと、画像がアップになっていく。

迦羅守とギャンブラーが、その画面に見入る。間もなく画面の中に、都心の東側を蛇行《だこう》しながら縦断する隅田川が見えてきた。その左手が、日本橋だ。

画面がさらにアップになる。建物のひとつひとつ、車の一台一台まで確認できるほどに寄っていく。その時、画像の中に、とんでもないものが飛び込んできた。

「これは……」

「まさか……」

迦羅守とギャンブラーが、同時に声を出した。

日本橋本石町《ほんごくちょう》二丁目あたりのビル群の一角に、巨大な〝円〟の文字が浮かび上がった。それは正しく、謎の文書のいう〝大円〟に他ならなかった。

「何なんだ、この建物は……」

「〝日銀〟だ」

「そう、日本銀行よ……」

伊万里がいった。

『日本銀行』――。

いうまでもない、日本の金融を統轄する〝中央銀行〟である。

一八八二年（明治一五年）、それまで日本の金融の中枢を担《にな》ってきた三井《みつい》銀行の為替方《かわせかた》が廃止され、大蔵卿松方正義《まつかたまさよし》によって創設された国立銀行である。国立銀行条例によって日本政府から独立した法人に位置付けられ、公的資本と民間資本により存立する。主な機能は〝円〟――日本銀行券――の発行と管理、民間銀行間の取引の決済などで、〝銀行の銀行〟の役割を果たす。また一九九八年（平成一〇年）に施行された日本銀行法の改正により、〝物価の安定〟と〝金融システムの安定〟という二つの目的が明確にされた。

現在の日本銀行本店旧館の建物は、一八九六年（明治二九年）三月にそれまでの永代橋《えいたいばし》にあった本店を移転。建築家の辰野金吾《たつのきんご》の設計により建設されたものだ。日本橋が移転先に選ばれた理由は、当時はこの地が日本の道路網――五街道――の起点であったこと、周辺に三井銀行（旧・越後屋《えちごや》）などの金融機関が多かったことなどが挙げられる。

建築はベルギー中央銀行を参考にしたバロック様式にルネッサンス様式を取り入れた〝ネオ・バロック建築〟で、規則正しく並ぶ窓と柱の秩序《ちつじょ》と威厳が特徴となっている。当初は総石造として計画されたが、耐震性を考え、煉瓦積みの上に安山岩《あんざんがん》を貼る二重構造として軽量化を施《ほどこ》した。そのためもあって当初八〇万円と試算されていた建築費は最終的に一一二万円にまで跳《は》ね上がったが、一九二三年（大正一二年）九月一日の関東大震災にも耐えて現在に至っている。

この日銀旧館の建物を上空から見ると、正方形の中央に名物の丸屋根があり、その下半分が中庭になっているのがわかる。その〝コ〟の字形の緑青《ろくしょう》に染まった屋根が漢字の〝円〟と読めることは、昔から知られていた。設計当時は旧字体の圓《えん》が使われていたために偶然だとされてきたが、近年は空海《くうかい》の時代から略字や俗字として〝円〟が用いられてきたことがわかり、辰野金吾の意図的なものであったとする説が有力になっている。

「そうか、〝大円〟というのは日銀のことを指していたのか……」

迦羅守が、顔を顰《しか》めながらいった。

戦後、金塊が遺棄された越中島から相生橋の袂の明治天皇の聖蹟の碑、さらに日本橋近辺へと暗号文を解読しながら辿ってきた時、近くの日本橋室町にライカビル——日本金銀運営会——があったために、そちらの方にばかり気を取られていた。目と鼻の先の日本橋本石町、しかも三越本店の裏に日銀があることを知りながら、迦羅守も伊万里もギャンブラーもまったく目を向けようとしなかった。迂闊だった。

「確かに例の暗号文に書かれていた〝大円〟が〝日銀〟を表すのだとしたら、その前後の〝三糴ノ大円ノ中ニ有ルベキモノナリ〟という文章も理解できるな……」

ギャンブラーがそういって、暗号文を解読した文章を書き留めたメモをタブレットの横に広げた。

「金塊が日銀に〝有ルベキモノ〟なのは当然ね」伊万里がいった。「でも、例の暗号文の〝聖蹟ノ碑ヨリ仰ギテ三百二十度〟という記述には一致するのかしら……」

「明日、東大に行って確認してみよう」

日本橋周辺から越中島までを網羅《もうら》する二万五〇〇〇分の一の〝東京首部〟（東京2号―4）の地図は、東大の迦羅守の研究室に置いてある。

「いや、確認するならば早い方がいい」

「私も、そう思うわ」

迦羅守は一瞬、考えた。

そうだ。確かに、早い方がいい。

「よし、いまから東大に行こう」

三人はタブレットの電源を切り、ソファーから立った。

〝ランスロット〟は、夜の赤坂の裏通りを行き来していた。

まだ、早い時間だった。だが、車がやっとすれ違えるほどのこの路地は、人通りも少なく静かだった。背後には物陰に潜むように尾行する者がいたが、ランスロットは気付いていなかった。

この日、何度目かに浅野迦羅守の住むマンションに差し掛かった時だった。ランスロットはいつもと同じように立ち止まり、五階の部屋の窓を見上げた。

その時、異変に気付いた。浅野迦羅守の部屋の明かりが消えている。どこかに、食事にでも出掛けたのか……。

そう思って、また歩き出した時だった。前方のマンションの地下駐車場の出入口から、一台の白いミニ・クロスオーバーが出てきた。浅野迦羅守の車だった。

車は道路の手前で停まり、左右を確認すると、ランスロットとは反対の方向に走り去った。一瞬だが、助手席にアリス・キテラ――小笠原伊万里――が座っているのも見えた。

しまった……。

奴らがこの時間に車で出掛けるのは、おかしい。何か、動きがあったのだ。

ランスロットは、車を追った。だが白いミニ・クロスオーバーは次の交差点でブレーキランプを点灯させ、右に曲がって消えた。

ランスロットは、歩く速度を緩めた。

まあ、いいだろう。奴らの行き先はわかっている。

少し広い道に出ると、ランスロットは走ってきたタクシーを止めた。そして、初老の運転手に告げた。

「本郷の東京大学まで行ってくれ」

タクシーがゆっくりと、走り出した。

武蔵野署の船木刑事は、前を歩く老人を尾行していた。

男は途中で折り返し、また浅野迦羅守のマンションの前まで戻ってきた。その時に一度、船木とすれ違ったはずだが、尾行されていることにはまったく気付いていない。どうやら、この手のことに関してはプロというわけでもないらしい。

男はやはり浅野のマンションの前で立ち止まり、五階を見上げた。その時、浅野の部屋の明かりが消えていた。

直後に、マンションの地下駐車場から一台の白い車が出てきた。浅野の車だった。男は一瞬、駆けるような機敏《きびん》な動きで車の後を追った。

おかしい。やはりあの男は、老人などではない。いったい、何者なのか。何の目的で、浅野や小笠原伊万里を見張っているのか――。

男を、追った。だが男は次の道に出たところでタクシーを止め、浅野たちと同じ方向に走り去ってしまった。

船木もタクシーを拾おうと思ったが、運悪く走ってこなかった。そんなことをしているうちに、男を見失ってしまった。

まあ、仕方がない。今日のところは、ここまでだ。あの老人に変装した男が何者なのかはわからないが、また小笠原伊万里や浅野迦羅守の周辺を洗っているうちに顔を合わせるだろう。

船木は、赤坂見附の駅に足を向けた。思い出したように、腹が鳴った。

どこかその辺《あた》りの安い居酒屋で一杯ひっかけていこうか。

ふと、そんなことを思った。

7

春日《かすが》通りから龍岡《たつおか》門を抜けて東大の本郷地区キャンパスに入り、安田講堂の裏手奥の職員用駐車場に車を駐めた。

迦羅守と伊万里、ギャンブラーが車から降りる。そこから理学部の七号館と一号館の前を通り、安田講堂を迂回して法文二号館の建物に向かう。

日本の学問の聖地である東大キャンパスは、不夜城の〝街〟だ。夜九時を過ぎたこの時間にも多くの研究室に明かりが灯り、暗い銀杏並木には学生たちが行き来していた。

三人で、法文二号館の建物に入った。建物の中は、静かだった。階段で三階まで上がり、暗い廊下を歩く。

迦羅守は自分の研究室のドアの前に立ち、特に深い理由があるわけでもなくもう一度周囲に人がいないことを確認し、鍵を開けた。

「入ってくれ」

研究室に入り、明かりをつけた。室内は、いつもと何も変わらない。すべて、迦羅守がこの研究室を出た時のままになっていた。

国土地理院発行の二万五〇〇〇分の一の地図も、デスクの上に丸めたままになっていた。その地図と定規、コンパスを持ち、迦羅守は古いソファーに座った。テーブルの上の物を脇に寄せ、その上に地図を広げた。

「さて、始めようか……」

伊万里とギャンブラーも、迦羅守の向かいに座った。

地図には、暗号文の起点となる〝明治天皇の聖蹟の碑〟の位置に赤い印が入っている。その印を中心にコンパスで約三キロ——地図上で一二センチ——の円が描かれている。やはり、思ったとおり、日銀はほぼその円周上に位置していた。

三人が顔を見合わせ、頷く。

「あとは、方角だな……」

迦羅守が磁石を使い、地図の〝N〟を実際の〝北〟と合わせる。次に磁石の中心を起点に合わせて置き、暗号文に書かれていた〈——聖蹟ノ碑ヨリ仰ギテ三百二十度——〉の位置にも赤ペンで印を打つ。さらに起点と新しい印に合わせて定規を置き、三キロの円と交差するように線を引いた。

「やはり、そうか……」

「ほとんど、合ってるわね……」

多少の誤差はあるが、日銀はほぼ円と直線が交差する場所に位置していた。

「これで、決定的だな。暗号文のいう〝大円〟というのは、間違いなく日銀だ……」

迦羅守がいった。

「黄金が〝大円ノ中ニ有ルベキモノナリ〟というのも、当然ね……」

しかし、敗戦により、〈——大円ノ中モ安全トハ云ヘズ——〉という状態になった。それで、〈——我ラコレヲ移ス——〉となったわけだ。

「問題は、次の〝大円ヲ守ル四頭ノ獅子〟の部分だな。日銀に本当に、〝四頭ノ獅子〟なんてあるのか」

ギャンブラーがいった。

さらに次の暗号も、〈――長キ年月ヲ四頭ノ獅子向キ合ウ処ソノ中央ニ壁ヲ背ニシテ立チテ――〉という奇妙な文章で始まっている。

「ちょっと、調べてみよう」

迦羅守はソファーから立ち、研究用のデスクの前に座った。コンピューターの電源を入れる。〈――日銀　獅子――〉というキーワードを打ち込んで検索すると、すぐに様々な項目や画像がヒットした。

「あった、これだな……」

伊万里とギャンブラーが、迦羅守の背後に立つ。一緒に、デスクトップコンピューターのディスプレイを覗き込む。

「何、これ……」

伊万里が画面の中の写真を指さしながら、訊いた。

「日銀の、シンボルマークだよ」

青銅のレリーフの中に、二頭の獅子が後ろ肢で箱のようなものを踏み台にして立っている。二頭の獅子はお互いに向かい合い、両方の前肢で丸い奇妙な図形を支えている。

「このシンボルマークは、見たことがあるな……」ギャンブラーがいった。「獅子が踏み台にしている箱のようなものは、確か千両箱を意味しているんじゃなかったか」

「そうだ。この図案では三個に見えるけど、本当は六個の千両箱を踏み台にしているらしい」

やはり新約聖書の〝獣の数字〟、〝666〟の〝6〟だ。日銀もまた、フリーメイソンと何らかの関係があることを物語っている。

「この二頭の獅子の真ん中にある丸いマークは、何？」

伊万里が、指さす。

「ちょっと待ってくれ」迦羅守が、さらに検索する。「これは、人間の〝目〟を意味するようだ……」

「〝目〟って、まさか……」

「どうやらその、まさかだな。これは〝プロビデンスの目〟……つまり、イルミナティのシンボルマークに描かれている〝目〟だ……」

そういえば殺された塩月聡太郎の書斎に掛けられていたフリーメイソンの額のシンボルマークにも、ピラミッド状の図形の中にプロビデンスの目が描かれていた。まだはっきりとはしないが、塩月聡太郎と日銀、さらに消えた金塊との関係が、おぼろげながら浮かび上がってきた。

「なぜ、日銀のシンボルマークが〝目〟なのかしら……」

伊万里がいった。

「日銀以外にも、銀行や金融機関には〝目〟をモチーフにしたシンボルマークがけっこう多いんだ。たとえば三菱銀行の系列のシンボルマークがそうだし、アメリカの一ドル札の裏側にもプロビデンスの目が描かれているのは有名な話だからな」

　ギャンブラーが答える。

「こう説明すれば、わかりやすいだろう……」迦羅守がそういって、コンピューターのディスプレイに別の画像を出した。「これが何だかわかるかな」

「これは……」

「ロスチャイルドか？」

「そうだ。ロスチャイルド家の紋章だ。獅子が二頭……いや、右側はユニコーンだが、向き合って盾を支える図案は日銀の紋章とそっくりだろう」

「それじゃあ、日銀のシンボルマークは……」

　ロスチャイルド家はドイツのフランクフルト出身のユダヤ系財閥で、世界の銀行のシステムを作った家系として知られている。現在、欧州中央銀行の本部がフランクフルトにあるのもそのためだ。

「定説では日銀旧館を設計した辰野金吾が欧米を視察した時に、各地で見た宮殿や銀行にライオンの紋章が多かったので、これを日銀のシンボルマークにも取り入れたということになっている」

　迦羅守が、説明した。

「違うの？」

「どうかな。しかし日銀の出資額の五五パーセントは日本政府、残り四五パーセントは民間などの一般の資本だ。日銀の民間の出資比率に関しては一切、公表されていない。しかし四五パーセントの大半を天皇家とロスチャイルド家が占めているのは、暗黙の了解だけれどね」

「まあ、〝歴史の謎〟だけれどな」

ギャンブラーが皮肉っぽく笑いを浮かべた。

「でも、日銀の紋章がこうなった理由はともかくとして、おかしいわ……」

「何が、おかしいんだ」

「だってそうでしょう。あの暗号文に書いてあったのは、〝四頭ノ獅子〟よ。この紋章に描かれているのは、どう見たって〝二頭の獅子〟だわ……」

そうなのだ。確かに日銀は、例の暗号文の〈──獅子向キ合ウ処──〉という記述の条件は満たしている。だが、〈──四頭ノ獅子──〉の条件は満たしていない。

「とにかく一度、日銀に行ってみよう。実際に現地を目で見て、確認してみないことにははじまらない……」

その時、廊下の方から小さな物音が聞こえた。ドアの外に、誰かいるのか──。

迦羅守は人さし指を口に当て、二人に眴せを送り、静かに椅子から立った。足音を忍ばせて研究室を横切り、重いオーク材のドアに向かう。息を整えてドアノブを握り、一気に引き開けた。

廊下には、誰もいなかった。人の気配もない。だが、耳を澄ますと、階下からかすかに階段を駆け下りるような靴音が聞こえてきた。

「迦羅守、どうしたんだ。誰か外にいたのか」

ギャンブラーが訊いた。

「どうやら、ネズミが一匹いたらしい。しかし、もう逃げたようだ……」

迦羅守がそういって、ドアを閉めた。

「話を聞かれたかしら」

伊万里が、首をすくめる。

「どうだろうな……」

だが、もし〝日銀〟という言葉を聞かれていたとしたら、少しまずいかもしれない。

「それより、もう一〇時だぜ。何か食いに行かないか」

ギャンブラーが、呑気《のんき》なことをいった。

ランスロットは東大のキャンパスの暗がりを走り抜け、正門から外に出た。

良いことを聞いた。やはり、〝四頭ノ獅子〟は〝日銀〟だったのか――。

本郷通りには、客待ちのタクシーが何台か並んでいた。そのうちの一台に乗り、運転手に行き先を告げた。

「日銀の正門の前までやってくれ」

本郷通りから湯島《ゆしま》聖堂前を通り、万世橋《まんせいばし》を右折して中央通りから神田須田町《すだちょう》、神田駅のガード下を潜って日本橋室町へと入っていく。この時間ならば本郷から日本橋までは二〇分も掛からないのだが、その間が何とももどかしかった。

間もなくタクシーは三越前を右折して日銀に突き当たり、その周囲を一周して旧館の正門前で停まった。

「ここで、ちょっと待っててくれ」

ランスロットはタクシーを降りて、植え込みのある広い車寄せを正門に向かって走った。門の前には守衛がいたが、そんなものは目に入らなかった。

頭上を、見上げた。門の上に、日銀の紋章があった。紋章の中で獅子が二頭、向き合っていた。

その左手の守衛門の上にも、さらにもうひとつ紋章があった。紋章が二つで、獅子が四頭……。〝四頭ノ獅子〟だ……。

いや、違う。右手にもうひとつ、紋章があった。

紋章が三つで、獅子が六頭……。いったい、どういうことだ……???

「何をしているんですか」

気が付くとランスロットのすぐ横に、守衛が立っていた。

「いや、何でもない。見事な建物だと思ってね……」

ランスロットは慌ててその場を立ち去り、タクシーに戻った。

「銀座《ぎんざ》に、行ってくれ……」

タクシーが走り出すと同時に、ランスロットは大きな溜息をついた。

奴らは、間違っている。

〝四頭ノ獅子〟がいる場所は、日銀ではない。

8

一〇月に入っても、まだ秋の気配は浅かった。

埼玉県比企《ひき》郡の小川町《おがわまち》から見る山々も、森の樹木の葉は紅葉することを忘れたかのように青々としていた。

南部正宗は国道二五四号を外れ、兜川《かぶと》の流れに沿った道で車を停めた。周囲には小さな病院や古い写真館、酒店やシャッターが閉まった店舗がひっそりと軒を並べている。

コインパーキングにブルーのプリウスを入れ、降りた。いまは濃い髭を剃り落とし、紺《こん》のスーツを着ている。大柄な体軀《たいく》と服の下の筋肉は隠しようがないが、少なくとも保険の外交員か車のセールスマンくらいには見えるだろう。

正宗は、人気《ひとけ》のない寂《さび》れた街並の中を歩きだした。昭和四十年代の古い電話番号を車のナビに入れてみたが、ピンポイントで場所を示されなかった。だが、記録に残る古い住所は、確かにこのあたりだ。

越中島の海中に金塊を投棄した元陸軍第一管区高射砲連隊の川村信義大尉の存在を突き止めたのは、浅野迦羅守から奇妙な話が持ち込まれた翌日だった。

実は、太平洋戦争中の旧日本軍の軍人名簿を調べることは、そう難しくはない。特に将校（少尉以上）に関しては過去に陸軍省、海軍省が名簿を作成し、その一部はデジタル化されて国立国会図書館でも閲覧《えつらん》することができる。もしくは『近代日本軍事関係名簿類目録』（参考書誌研究・第七四号三五～一七二頁所収）というPDFの資料も存在し、こちらの方では項目別にほとんどの軍事関係者の名簿が収録されている。

川村信義の名前は、『近代日本軍事関係名簿類目録』の中の「Ⅶ・戦犯」の項目にある『戦争裁判関係死亡者名簿』に残っていた。なぜ〝戦犯〟となったのか理由は書かれていなかったが、出身地の住所は残っていた。それが埼玉県比企郡小川町のこの辺りで、少なくとも昭和五十年代の中ごろまで川村信義の弟という人物が住んでいたことまでは確認できていた。

そこまでわかれば、川村の親族を捜すことはそれほど難しくはない。この埼玉県の小さな町から士官学校にまで進んだのだから、比較的大きな家の出身だったのだろう。もしいま親族が残っていないとしても、地元の人間に訊けば何かわかるかもしれない。

一軒目に古い写真館に入ってみたが、空振りだった。主人はこの店の三代目という若い男で、この辺りで〝川村〟という家は知らないといった。だが、二軒目の酒屋で訊いてみると、確かな手応えがあった。

「ああ、〝川村〟という家はあったね。この先の道を曲がっていまちっとまっつぐ行くと、右側に門のある家があってでな。昔は大っきな家だったが、いまは半分アパートになっててよ。誰か、住んでるとは思うがな……」

もう七〇は過ぎているであろう店の主人が、そう教えてくれた。正宗は礼をいって、店を出た。

いわれたとおりに行ってみると、確かに三階建てのアパートの隣に長屋門のある古い家があった。朽ちかけた門柱の表札を、確認する。うっすらと、〝川村〟と書かれているのが読めた。

庭の奥に、古い家が一軒。おそらく昭和の初期ごろに建てられたもので、当時は入母屋《いりもや》造《づくり》のかなり立派な屋敷だったようだが、いまは茅《かや》の屋根にも錆《さ》びたトタン板が張られ、荒れ果てていた。

だが、人の気配はあった。母屋の脇には道具小屋があり、軒下に古い軽トラックが一台駐まっていた。門柱に釘で打ちつけられた郵便受けにも、新聞が入っていた。

誰か、いるかもしれない。正宗は庭に入り、少し傾いた玄関の横の呼び鈴のボタンを押した。

家の中で、チャイムが鳴っているのが聞こえた。だが、誰も出てこない。しばらくしてもう一度、押した。三度目に呼び鈴のボタンを押そうと思った時に家の中で人の気配がして、ひび割れたガラスの格子戸《こうしど》が開いた。

「何か……」

おそらく六十代後半くらいの初老の男が、顔を出した。世代からいえば、川村大尉の甥《おい》くらいだろうか。

「ここは、川村浩次《こうじ》さんのお宅ですか」

試しに、川村信義大尉の弟の名前を出してみた。

「親父は、もうずい分前に亡くなったでがんすが……」

やはり、そうか。正宗は、用意してきた名刺を出した。

「私、こういう者ですが」

名刺には、「厚生労働省・近代日本軍遺族年金調査室・室長」という肩書きと、「長沼満夫《ながぬまみつお》」という偽名が印刷してある。もちろん連絡先も入っているが、もし電話を掛けても正宗の部下が出るだけだ。

「どんな用事だべ……」

名刺を見て、男が怪訝そうに首を傾げる。

「実はお父様の浩次さんのことではなく、今日はそのお兄様の川村信義さんの件で伺ったのですが……」

「伯父《おじ》は、戦犯だか何だかで巣鴨で獄死したつぅんな……」

「はい、それも存じております。しかし戦犯の判決はいわゆる進駐軍の裁判なりなんなりによるものでして、日本政府としては軍人年金、もしくは遺族年金をお支払いする義務があるわけです。調べてみたところ、川村信義元大尉に関しまして、未払い分の年金があることがわかりましてね」

「伯父の年金が、入るんかさぁ？」

〝年金〟と聞いて、男の表情がかすかに和《やわ》らいだ。

「はい。我々は、その正統な遺族といいますか、相続する方を捜しておりまして……」

「それなら、上がって話すべえか」

男がいった。

家の中は、雑然としていた。通されたのは一〇畳間で、正面に古く大きな仏壇が置かれていた。手前に炬燵《こたつ》があり、その周囲は床の間まで古本や着替え、何が入っているのかわからないような段ボール箱で埋まっていた。

男に勧められ、正宗は炬燵の座布団に座った。しばらくそこで待たされ、その間に部屋の中を見渡した。

仏壇の上に、モノクロームの写真が四枚。大きな額に入った男女の老人の写真は、男の父親の川村浩次と母親だろうか。それよりも古い紋付を着た老人の写真は、男の祖父か。他に、軍服を着た若い男の写真が一枚。陸軍の将校用の軍帽を被り、襟《えり》には旧陸軍の大尉の階級章が見える。この若者が、川村信義大尉だろうか。

男が盆を持って、部屋に戻ってきた。「妻がいないから……」といい訳をしながら茶渋で汚れた湯呑みを正宗の前に置き、自分も炬燵に足を入れた。

「あの軍服の写真が、川村信義大尉ですか……」

湯呑みに口を付ける振りをしながら、訊いた。

「そうでがんす……。わしは、会ったことはねえけぇ……」

男がそういって、茶をすする。

「川村大尉のことを、お父様から何か聞いていませんでしたか」

正宗が訊いた。男はしばらく考え、少し迷いながら記憶を辿る。

「こんなことを、話していいかどうだか……。伯父は、旧日本軍の金塊を隠したとかなんとかで、軍の上層部とアメリカ軍に嵌められて殺されたと聞きましたでぇ……」

浅野迦羅守が、いっていたとおりだ。遺族はやはり、そこまで知っていたのか。

「他には何か」

「いや、それ以上はなんも。親父はいつか、敵《かたき》とってやるべぇていっとりましたでぇ。それで、私はどうすればいいかさぁ……」

「実は我々は、川村信義大尉が戦時中に越中島の陸軍第一管区高射砲連隊に軍籍があったことを証明する証拠を探しています。本来は厚生労働省にあるべきなのですが、戦後のどさくさで紛失してしまったらしいのですよ。もしこちらに何か残っていれば、遺族年金の手続きも簡単になるのですが……」

〝遺族年金〟と聞いて、また男の顔がかすかにほころんだ。

「そんなものが、あったべか……。もしあるとすっと……」

男は首を傾げながら炬燵を出ると、這うように仏壇の方に向かった。仏壇の下の、戸棚を開ける。しばらく何かを探していたが、やがて色褪《いろあ》せた藍染《あいぞめ》の風呂敷包みをひとつ持って戻ってきた。

「これは？」

「伯父の遺品でがんす。親父からはアメリカ軍が来ても渡すなといわれとったでがんすが、政府の人なら良かあねぇけと思うだんべぇ……」

「拝見します」

正宗はそう断わって、風呂敷包みを開けた。中には「陸軍士官学校卒業記念」と書かれたアルバムが一冊と、壊れかけた薄い桐の箱がひとつ。さらに桐の箱を開けると、中に勲三等の勲章《くんしょう》と黄ばんだ書類の束が出てきた。

最初に、アルバムを開いた。中にはモノクロームの、大小様々な数十枚の写真が整理されて貼られていた。

士官学校時代の写真。卒業式らしき写真。中には仏壇の上の額と同じ写真もあった。

戦時中のものになると、写真そのものが小さく、そして暗くなった印象があった。これが越中島の陸軍第一管区高射砲連隊の兵舎なのか、木造のバラックのような建物の前で撮った写真。作業中なのか、上半身は裸で仲間たちとスコップを片手に並んだ写真。高射砲の台座に片足を掛け、腕を組んでポーズを取った写真——。

まだこのころの写真には、笑顔があった。だが写真の下に書かれた日付が昭和一九年に入ったころから、写真の中の表情からも明るさが消えている。そして昭和二〇年三月、墜落した米軍機なのか航空機の残骸《ざんがい》らしきものを背景に撮った暗い表情をした写真を最後に、アルバムは終わっていた。

正宗はアルバムを閉じ、次に桐の箱の中に入っていた書類を開いた。書簡が三通。手書きの名簿のようなものが、半紙に二枚。軍の階級と部隊名が書かれているので、これは川村大尉が所属していた陸軍第一管区高射砲連隊のものだろう。

他に、半紙を木綿《もめん》の糸で綴《と》じた手作りの帳面が一冊。表紙には筆の字で「備忘録」と書かれていた。

帳面を開く。どうやら、終戦直後の数日間の出来事を書き留めた日誌のようだ。ページを捲り、読み辛い小さな字を斜めに読むうちに、とんでもない人物の名前が目に飛び込んできた。

これは……。

「いかがですべぇか。こんな物で、伯父が軍隊にいた証拠になるかさぁ?」

男の声に、正宗は我に返った。

「おそらく、これだけの資料があればだいじょうぶだと思います」正宗は、冷静に応じた。「ただもう少し詳しく調べてみたいので、コピーでも結構ですからこの書類一式をお預かりできませんか」

「ああ、そのまま持っていってもらって、いいんだべ。もう親父も亡くなったでぇ、わしが持っててても仕方ねぇしよ……」

正宗はアルバムと書類一式を預かり、川村の家を出た。

駐車場まで戻る間に、東京の部下に電話を入れた。

「〝私〟だ。いま、川村大尉の実家を捜し当てて〝資料〟を回収した。そちらの方は、どうだ」

すぐに、部下の端的で歯切れのよい答えが返ってきた。

――はい、こちらは昭和二四年一〇月一三日の朝日新聞に載っていた、〝情報提供者〟の〝吉見圭佑〟という男の情報を入手しました。この男は表向きは〝灸術師〟になっていますが、本当は日本橋の右翼関係者だったようですね――。

やはり、右翼関係者か……。

「わかった。これから、東京に戻る。報告書を用意しておいてくれ」

電話を切った。

正宗はブルーのプリウスに乗り、エンジンを掛けた。

9

六個の千両箱に足を掛け、日銀のシンボルマークである〝目〟を掲げる二頭の獅子は、秋の陽光の中で重厚な存在感を放っていた。

浅野迦羅守は伊万里と共に、その日銀の紋章を見上げた。

旧館の正面に、同じ紋章が三つ。つまり、いま二人の視界の中に、〝六頭ノ獅子〟がいることになる。

「〝四頭ノ獅子〟ではないわ……」

伊万里が、落胆したようにいった。

「そうだな……。これでは確かに、〝六頭ノ獅子〟だ……」

迦羅守にも、その理由がわからなかった。例の暗号文がいう〈――長キ年月ヲ四頭ノ獅子向キ合ウ処――〉とは、日銀旧館の正門に間違いないと思ったのだが。

「ここも、違うのかしら……」

「わからない。とにかく、日銀に入ってみよう」

迦羅守は日銀の旧館正面にある一般通用門から、中庭に入った。伊万里も、その後に続いた。

ギャンブラーは迦羅守の事務所で、二枚目の暗号文を解読しながら留守番をしている。先日の夜、東大の研究室の廊下で〝何者か〟の気配を感じた。いま、資料はすべて赤坂の事務所に置いてあるので、なるべくなら誰かいた方が安心だ。

中庭から、日銀旧館正面のロビーに入る。そこにはすでに、何人かの見学者が集まっていた。

日銀本店では、祝日や年末年始を除く毎週月曜日から金曜日まで午前中に二回、午後に二回、一日四回の見学ツアーを開催している。夏休みや冬休みなどは小学生などの子供が多いが、普段は見学者のほとんどが一般の成人だ。通常は見学日の一週間前までに予約が必要だが、迦羅守は東大からの〝研究調査〟の名目で一〇月九日の午後一時三〇分からの見学に潜り込んだ。

正面ロビーの受付で身分証を提示し、申し込み用紙に記入する。所持品をロッカーに預け、ガイドと他の見学者一五人ほどの後に続いて旧館の奥へと入っていった。

迦羅守は、日銀の旧館の中に入るのは初めてだった。これまで昭和史や近代日本文学を専門にしながら、所縁《ゆかり》の深い日銀にはそれほど強く興味を持ったことはなかったし、まして中に入ろうなどとは思ってもみなかった。考えるまでもなく、迂闊だった。

初めて日銀に入ってみると、様々な、そして新鮮な発見がいろいろとあった。たとえば明治二九年に竣工した、ネオ・バロック建築のこの旧館の建物だ。赤坂の迎賓館《げいひんかん》と並ぶ、現存する明治期の西洋建築としては最高傑作と称されるが、中から見ると改めてその迫力と美しさに感銘を受ける。

「素晴らしい建物ね……」

伊万里が、見とれるようにいった。

「ここが一〇〇年以上もの間、日本の経済の〝心臓〟だったということがわかるような気がするな……」

そうだ。それは、〝良くも悪くも〟という意味でもある。

ツアーは旧館一階の旧営業場へと入っていく。日銀の象徴でもあるガラスの丸屋根から燦々《さんさん》と降り注ぐ、巨大なホールだ。四面を取り囲む長大なカウンターに整然と窓口が並び、その光景を見ていると、かつての日銀の栄華と熱気が無人の空間に湧き上がってくるような錯覚を覚える。

迦羅守は白壁や柱に施された彫刻《ちょうこく》やブロンズの装飾《そうしょく》を注視した。辰野金吾のデザインは、すべてが空間と調和して見事だった。だが、ここに獅子はいない。

エレベーターで地下一階へと下りて、地下金庫室へと向かう。この旧館が完成した明治二九年から平成一六年六月まで、およそ一〇八年間も日本の国庫としての役割を果たし続けた巨大な金庫室だ。鉄鋼とステンレスによる扉はアメリカのヨーク社製で、厚さは約九〇センチ、重さは二五トンもある。

この金庫室は、様々な歴史の目撃者でもあった。

終戦直後の昭和二〇年九月三〇日午後八時過ぎ、GHQのアメリカ軍の装甲車数台が三十数名の兵士と共に日銀の正門前に突如《とつじょ》、集結した。この中隊を指揮するのはESS（経済科学局）のクレーマー大佐で、高電圧の技師（金庫の扉を操作する者）一人を残して当直者をすべて帰らせ、逆に渋沢敬三《しぶさわけいぞう》総裁以下の首脳部に集合を掛けて突然〝査察〟を始めた。ところがこの日が日曜日で地下金庫の鍵が開けられないことがわかると、大佐は怒り狂って帰っていった。

クレーマー大佐は翌一〇月一日の朝にも、日銀に姿を現した。月曜日のこの日は、一般営業日である。だがクレーマー大佐は前夜と同じように装甲車で日銀を取り囲み、総裁をはじめ一般行員、女子事務員、雑務雇員など計二〇〇〇人全員を外に出して舗道に並ばせ、日銀を封鎖した。

大佐は日銀の役員に案内させ、銀行内の査察を再開した。地下金庫室まで辿り着くと、役員を締め出し、大佐と数名の部下だけが残り数時間にも及ぶ〝監査〟が行なわれた。この時、日銀の地下金庫で本当は何が行なわれていたのかは歴史の謎だ。

だがその数カ月後——。

日銀の金庫室から大量の金塊やダイヤモンドが消失していることが発覚した。ダイヤモンドを盗み出したのは接収金属の管理官だったESSのエドワード・J・マレー大佐で、その総額は一〇万カラット以上とも伝えられている。

〈——（金塊は）大円ノ中ニ有ルベキモノナリ。シカシ大円ノ中モ安全トハ云ヘズ——〉

迦羅守は、例の暗号文を頭の中で反芻する。もし〝大円〟が〝日銀〟だとすれば、正に暗号文は歴史上の出来事を正確に後世に伝えようとしていたことになる。

金庫室に通ずる地下の廊下の一角に、アクリル板のケースに入った金のインゴットが展示されていた。ケースには両側に手を入れるための穴が開けられ、見学者が自由に触れることができる。

迦羅守は見学者の列を離れ、アクリル板のケースに手を入れてインゴットを持ち上げてみた。重さは約一五キロ。実際に持ってみると、とてつもなく重い。

これだけ重い金塊を数千本単位で日銀やライカビルの日本金銀運営会、越中島の糧秣廠へと移動させるのは、いったいどれほどの労力だっただろう。人間の欲望と、金に対する執念をいまさらながらに窺《うかが》い知ることができる。

迦羅守は日銀の中を詳細に観察しながら、その一方でガイドの説明にも耳を傾けていた。おかげで日銀についてこれまで知らなかったことをいろいろと学び、予想以上に重要な知識を得ることができた。

なるほど、そういうことか……。

気が付くと、約一時間の見学コースも終焉《しゅうえん》が近付いていた。最後に資料展示室から総裁室を見て、元のロビーに戻って見学ツアーを終えた。

中庭に出る。秋の陽光が、眩《まぶ》しかった。

「迦羅守、何かわかった」

伊万里が訊いた。

「ああ、重要なことがわかったよ」

迦羅守がそういって、通用門から外に出た。

「何がわかったの」

伊万里が、付いてくる。

「あれだよ。〝四頭ノ獅子〟の意味がわかったんだ」

迦羅守が振り返り、日銀の紋章を指さした。

「どういうことなの……」

「あのガイドの説明を聞いていなかったのか。正面から見るとこの建物は一つに見えるけど、実は一番右の紋章だけは昭和四八年に増築された〝新館〟の部分だ。つまり、あの暗号が書かれた昭和二四年の時点ではこの壁面に紋章は二つ、〝六頭〟ではなく、〝四頭ノ獅子〟だったんだよ」

「あっ、そうか……」

その時、迦羅守のｉＰｈｏｎｅが鳴った。電話に出た。

「迦羅守だ。何か、わかったのか……」

電話は、正宗からだった。ごく短い会話を終え、電話を切った。

「何かあったの」

「正宗からだ。重大なことがわかったらしい。とにかく一度、事務所に戻ろう」

迦羅守は早足で、三越のある表通りへと向かった。

10

テーブルの上に、黄ばんだ書類の束が積まれている。

他に、表紙に「陸軍士官学校卒業記念」と書かれた古いアルバムと、半紙を木綿の糸で綴じた手作りの帳面が一冊――。

浅野迦羅守、伊万里、ギャンブラーの三人が、それを奇妙なものでも見るように首を傾げていた。

南部正宗はネクタイを緩め、ゆっくりと三人を見わたしながらコーヒーをすすった。

「それで〝重大なこと〟というのは、何なんだ」

迦羅守が訊いた。

「ひとつは、昭和二四年一〇月一三日の朝日新聞に名前が出ていた例の〝吉見圭佑〟という〝灸術師〟に関してだ。その男の素姓がわかった。裏の顔は、〝日本橋〟の右翼関係者だった……」

正宗が、コーヒーをすする。

「どういうことだ」

「簡単なことさ。〝日本橋〟というのは、例の〝ライカビル〟のことだ。〝吉見圭佑〟は、あの〝サロン〟や〝亜細亜産業〟に出入りしていたメンバーの一人だったということだ」

迦羅守が、頷く。

なるほど、それで少しは筋書が見えてきた……。

当時の朝日新聞の記事によると、吉見圭佑は米軍に芝浦沖に沈む金塊の〝情報〟を提供した人物であるとされている。なぜ吉見が〝情報〟を提供したのか、その理由はわからない。だが、少なくともその〝情報〟が、亜細亜産業から出たものである可能性は否定できない。

「他には」

「もうひとつは、これだ。金塊を越中島の海中に投棄したとされる川村信義大尉の消息が摑めた。やはり、C級戦犯として巣鴨プリズンに収監後に獄死している。正式な罪状ははっきりしていないがね」

正宗がそういって、プリントアウトされた『近代日本軍事関係名簿類目録』の「Ⅶ・戦犯」の項を見せた。だが、記録にはC級戦犯の罪状については書かれていない。ただひと言〈――俘虜《ふりょ》に対する虐待《ぎゃくたい》――〉とあるだけだ。

「つまり、口封じのために消されたということか……」

ギャンブラーがいった。

「そのようだな。ここに、その川村大尉の写真もある。遺族から借りてきたものだ」

　正宗が、古いアルバムを開く。どこかの写真館で撮ったものか、旧日本陸軍の将校用の正装を身に着けた若者のポートレートが一枚。軍帽の下の顔は初々《ういうい》しくも、凛々《りり》しい。

「二〇人か三〇人くらいの兵士が駆り出されて、金塊を投棄したんでしょう。他のメンバーのことは、わからないのかしら……」

　伊万里がいった。

「いま、調査している」正宗がそういって、藁半紙に手書きされた名簿のようなものを広げた。「川村大尉の遺品の中から出てきたものだ。人数は、二〇人。まだ未確認だが、もしかしたらこれが金塊の投棄に関わった者の名簿なのかもしれない」

「名前の上に、〝〇〟や〝×〟が付いているな……」

　中には、〝△〟が付いている名前もある。

「この中で、三人ほど消息が摑めた」

　正宗がいった。

「それで」

「三人の内の二人はやはり、中野刑務所で獄死している。一人は収監されなかったが、昭和二四年の八月に郷里の千葉県市川《いちかわ》で事故死していた。詳細は不明だがね」

　やはり、口封じか。

「それだけか」

「いや、もうひとつある。実は、川村大尉の遺品の中からこんなものが出てきた。これは迦羅守、お前が読んだ方がわかりやすいだろう。このページだ」

正宗が表紙に「備忘録」と書かれた手作りの帳面を広げ、それを迦羅守の前に置いた。

迦羅守は帳面を手に取り、そのページを読んだ。若者が書いたものとは思えないほど達筆だが、けっして読みにくい字ではない。しばらく読み進むうちに、息を呑んだ。

何だ、これは……。


〈――八月十七日、曇リ後晴レ。

終戦ヨリ二日目、未《いま》ダ米英ノ足音モ聞カズ、静カナ日々ガ過ギ行ク。イツマデコノ越中島ノ第一管区ニオレルノカ、ソノヨウナ事ヲ思イツツ、放送協会ノニュースヲ聞ク。

十九時過ギ、来訪者アリ。官舎ノ前ニ自動車ガ停マリ、戸ヲタタク音。何事カト部屋ヲ出テミルト、糧秣廠所長ノ熊谷少佐殿デアッタ。他ニ背広姿ノ背ノ高イ紳士ト、米国製ノ自動車ノ中ニモ人ガイタ。「イカガイタシマシタカ」ト訊クト、「至急、人ヲ集メテモライタイ」トノ事――〉

これは、まさか、越中島の船着き場から金塊が投棄された当日の日記ではないのか。

迦羅守は、先を読み進んだ。

〈――砲兵隊ノ兵ノ中カラ、力ノ強イ兵二十人ヲ連レ、トラックニテ糧秣廠ノ赤煉瓦倉庫〔イ―五〕ニ着ク。倉庫ノ中ニハ兵士用ノ米ヤ缶詰、酒ナドノ物資アリ。コレヲ運ビ出シテ隠匿スル手伝ヒヲヤルモノト思イキヤ、ソウデハナイトノコト。

物資ノ奥ニ、井桁ニ積マレタル金属ノ角柱ノ山アリ。ソノ量タルヤ凄《すさ》マジク、如何《いか》程ノモノカ。熊谷少佐殿ト件《くだん》ノ背広ノ紳士ハ、コレヲ〝煉瓦〟ト呼ビ、スベテ運ビ出シテ船着場ヨリ海ニ沈メヨト云フ。

金属ノ角柱ハ一本ノ重サ十五瓩《キログラム》程ハアリ、懐中電灯ノ光ヲ当テルト色カラシテ金モシクハ白金デアルコトハ明ラカデアル。シカシ如何ナル理由デアレ訊クハ許サレズ他言モ無用。自分ト二十名ノ兵ハ熊谷少佐殿ノ命令ドオリ金塊スベテヲ大八車ニ積ミ込ミ海ニ投ゲ捨テタモノデアル――〉

やはり、〝金塊〟か――。

さらに、日記は続く。

〈――〝煉瓦〟ハ数百本アリ、スベテヲ沈メルニハ四時間程ヲ要ス。礼トシテ熊谷少佐ヨリ酒十本ト缶詰五十個ヲ頂戴ス。部隊ニ帰ル折、トラックノライトデ米国車ノ中ノ紳士ノ顔ガミエタガ、何ト内閣書記官長ノ迫田久光デアッタ。ソウデアルトスレバ、件ノ金塊ノ出所モワカロウト云フモノデアル――〉

「やはり、迫田か……」

迦羅守が備忘録を伏せた。

「つまり、どういうことなんだ」

ギャンブラーが訊く。

「簡単なことさ。終戦の二日後、例の越中島の海中に金塊が投棄された現場に、内閣書記官長の迫田久光が立ち会っていたらしい。少なくともこの川村大尉の備忘録には、そう書いてある」

「もし、それが事実だとしたら……」

「そうだ。迫田は、ライカビルの四階にあった金銀運営会の生みの親だ。つまり、越中島の金塊の出処は、やはりライカビルだったということになる……」

迦羅守にとってはある意味、予想どおりの結果でもあった。だが、あらためて金塊の出処を示す根拠を突き付けられると、あの暗号文の内容が現実味を帯《お》びてくる。

越中島の金塊に関する事実関係が、明確に浮かび上がってきた。

太平洋戦争中の一時期、日本橋室町のライカビル四階にあった『日本金銀運営会』の事務所に、莫大な量の金塊や銀塊が保管されていた。これは昭和一六年に公布された『金属類回収令』により国民から回収された貴金属を原資としたもので、多くの証言や資料により歴史的事実であることが確認されている。

その金塊が、消えた。

おそらく昭和二〇年三月の東京大空襲から八月一五日の終戦間際にかけて、ライカビルの金塊は秘密裏に越中島の糧秣廠の倉庫に移されたのだろう。理由は本土空襲からの疎開《そかい》であったのか、もしくは来《きた》るべき進駐軍の目から隠すためであったのかはわからない。だが、終戦と同時に武装した朝鮮人や中国人が各地の軍倉庫を襲い物資を略奪する事件が横行し、糧秣廠の倉庫も安全ではなくなったため、金塊は一時的に越中島の海中に投棄されて隠された。

金塊が日銀に返還されなかった理由は、例の暗号文にもあったように〈――大円ノ中モ安全トハ云ヘズ――〉ということだろう。終戦――しかも無条件降伏――となれば日銀の内部も進駐軍の監査を受けることは必至だし、没収される可能性もあった。実際に戦後はGHQのアメリカ軍によって莫大な量の金塊やダイヤモンドなどが日銀から持ち去られ、消えている。

そう考えれば、その後の経緯についてもある程度は推察できる。越中島の海中に沈められた金塊は、やはり『日本金銀運営会』が管理する資産の一部だったのだ。つまり、GHQの目を欺《あざむ》くための単なる囮だった——。

そう考えれば、他の事例についても辻褄が合ってくる。ライカビルに出入りしていた吉見圭佑という灸術師が越中島の海中に沈められた金塊の情報を米軍にタレ込んだのも、日本金銀運営会側の想定の範囲内のことだったのかもしれない。もしくは、越中島の一件で日本金銀運営会への追及をすべて決着させるために、故意に情報をアメリカ側に流して金塊の〝一部〟を発見させて引き揚げさせた。

川村大尉をはじめ、金塊を実際に海中に投棄した陸軍第一管区高射砲連隊の二〇名の兵士たちが戦犯として訴追されたのは、状況証拠を演出するために、〝売られた〟のだろう。現場にいた人間が「すべて投棄した……」と証言し、拷問にかけてもそれ以上の事実が出てこなければ、アメリカ軍もこれで納得せざるをえない。

「つまり、金銀運営会の残党は資産の本体を別の場所に隠した。その隠し場所を示す地図と暗号文が記されたのが、例の塩月聡太郎が持っていた文書ということか……」

正宗が、迦羅守の推論をひととおり聞いた後でいった。

「でも、まだわからないことがあるわ」

伊万里が、首を傾げる。

「何がだ」

「例の、フリーメイソンのシンボルマークのような銅板が入っていた額よ。もし私たちが手に入れようとしているのが金銀運営会の資産だとしたら、それとフリーメイソンとはどんな関係があるのかしら……」

確かに、伊万里のいうことにも一理ある。

もし日本金銀運営会の資産がフリーメイソンに権利があるとすれば、むしろその全額がGHQ——アメリカ軍——に没収されて当然だったはずだ。なぜなら当時のGHQの最高司令官だったダグラス・マッカーサー元帥をはじめ、その部下のウィロビー少将、マーカット少将などのGHQの主だった人物、さらにハリー・S・トルーマン大統領までがフリーメイソンだったからだ。

だが、その時、迦羅守の頭にひとつの推論が浮かんだ。

「なあ伊万里。君のお母さんは、なぜ塩月聡太郎と再婚したんだ」

不意に訊かれ、伊万里が怪訝そうな顔をした。

「なぜって……。塩月さんを好きだったからじゃないのかしら。私の実の父が死んで、私が子供のころは母子家庭でお金に困ってたみたいだし……。塩月さんの方が、お母さんにどうしてもとプロポーズしたと聞いたこともあるけど……」

やはり、そうか。

「塩月さんとお母さんの歳の差は」

伊万里が、少し考える。

「確か、一九歳だったかしら……」

「お母さんは、なぜ亡くなったんだ」

「〝自殺〟よ……。でもそんなこと、今回の金塊の件と何の関係があるの」

〝自殺〟か……。

迦羅守の頭の中に、ひとつの〝可能性〟が閃いた。だが、確証があるわけではなかった。ここはこれ以上、深く追及しない方がいいかもしれない。

「フリーメイソンのことなんか、どうでもいいだろう。それよりも〝四頭の獅子〟の秘密が解けたんだから、先に進もう」

ギャンブラーが、空気を読んだようにいった。

「次の暗号は、もう解読できてるんだったな」

「もちろんさ。これだよ」

ギャンブラーが、メモ用紙の束をテーブルの上に置いた。

11

東京都港区芝《しば》公園の一角に、ガラス張りの黒い奇妙なビルがある。

戦時中までは日本海軍省の某外郭団体があった跡地に建てられたビルで、そのすぐ近くにはすでに長年の電波塔としての役割を終えた東京タワーが聳えている。周囲を歩いても外壁にはアルファベットで小さくビル名が書かれているだけで、一見して何の建物なのかは誰にもわからない。

〝ランスロット〟がこのビルを訪れたのは、一〇月一〇日土曜日の午前中のことだった。愛車の黒いＢＭＷ７５０ｉをビルの地下駐車場に駐め、エレベーターで二階に上がった。最近は仕事以外では変装をしていることが多いランスロットだが、今日は普通のスーツを着て、素顔だった。

二階は、静かだった。ランスロットは広いフロアを横切り、右側のレリーフの重い扉を開け、ステンドグラスで飾られた礼拝堂のような部屋に入った。そして誰もいない部屋に並ぶ会衆席の中の通路を歩き、中央のベンチに座った。

ランスロットと〝友人〟たちは、この部屋を〝ロッジ〟と呼んでいる。月に一度、第三水曜日の午後に集会が開かれる時以外、この部屋が人で賑《にぎ》わうことはない。

ランスロットはベンチに座ったまま、しばらく待った。正面に祭壇《さいだん》があり、講演台のような机がひとつ置かれている。その上の壁の高い所に、奇妙なシンボルが掲《かか》げられていた。

定規とコンパス、中央にアルファベットの〝Ｇ〟の文字。その上にあるピラミッド状の図形からは光のような放射状の線が広がり、中から人間の目がひとつ、こちらを見つめている。

ランスロットは、そのシンボルマークの意味を知っている。

定規とコンパスは、〝友人〟たちの仲間が石工職人のギルドだったころの名残《なごり》だ。中央の〝G〟は〝神〟(god)と〝幾何学《きかがく》〟(geometry)、〝栄光〟(glory)、〝寛容〟(grandeur)などの至高存在を意味する。その上の人間の目は、〝プロビデンスの目〟だ。

ランスロットはベンチに座ったまま、しばらく待った。やがて祭壇の上の左側のドアが開き、黒い詰襟《つめえり》服を着た白人の男が現れた。男は祭壇を横切り、階段を下りると、会衆席の間の通路を歩いてきてランスロットの横に座った。

「ヴァシリオス様、お久し振りです……」

ランスロットが祭壇を見つめたまま、男をコードネームで呼んだ。

「ランスロット、しばらくだった……」

男も祭壇を見つめたまま、コードネームで呼び返す。

ここでは何事につけ密談の折には、相手をコードネームで呼ぶことが暗黙のルールになっている。〝ヴァシリオス〟は八世紀の正教会の聖人、〝ランスロット〟は『アーサー王物語』などに登場する伝説の人物で、円卓の騎士の成員の一人の名前だ。

男が続けた。

「それで、報告というのは」

「はい、例のアリス・キテラとその一派の動きに関してです。奴らの動きが、活発になってきています。どうやら、例の暗号文の〝四頭ノ獅子〟の謎を解き明かしたものと思ったのですが……」

「ほう……」

「はい、どうやら奴らは〝四頭ノ獅子〟の場所を〝日銀〟だと解釈しているようです。しかし……」

「違うのかね」

「はい、確かに日銀のシンボルマークは〝向かい合う獅子〟なのですが……。〝四頭〟ではなく、〝六頭〟でして……」

「ほう……」

　男は、しばらく黙って考えていた。そして、続けた。

「なぜ、奴らを泳がせておく。ただ動きを監視しているだけでは、奴らがどこまで真相に迫っているのかわからないではないか。そのうちに、出し抜かれるぞ」

「では、どのように……」

「なぜ、アリス・キテラに接触しない。彼女から直接、聞き出せばよい」

「しかし、ヴァシリオス様……」

「何だね」

二人はお互いの顔を見ることなく、正面の祭壇を見つめたまま、小声で話し続ける。

「アリス・キテラが、我々の知りたいことを素直に教えるとは思えません」

「それならば、素直に応ずるように仕向ければよいではないか」

ランスロットは、あえて訊かなくとも男が何をいわんとしているのかを理解していた。

「それには、〝兵隊〟が必要です。私だけでは、どうにもなりません……」

「わかった。それでは近いうちに、君のもとへ〝友人〟を何人か差し向けよう。その者たちを、自由に使えばよい」

男が、ベンチを立った。

後ろ手を組みながらゆっくりとした足取りで会衆席の間の通路を歩き、祭壇の奥のドアの向こうに消えた。

12

これが第二の暗号文の全文である。
〈――長旅ノ末行キツケル処ハ翌年ノ春ハ四月ノ中頃ニ花見ヲスルナラ四季折々ノ花饅《ハナマン》

頭《ジュウ》ヲ味ワウノモ一興ニシテ獅々舞ヲ我子ト眺メナガラ向キ合エバキットコノ子ハ合ノ手ヲ乞ウカニシテ四念処ニ進ミテソノ前デ踊ルカノゴトキ最中ニコノ祭ノ期央ハトツクニ過ギタリシモ壁ト地ニ手ヲ突キテ休メバ背中ト両肩ニ魔魅《マミ》ト鵺《ヌエ》オリシニ気ヅイテ魔除《マヨケ》ノ旅ニ旅立ツ時ヲ待チヌレバ是ヲ以テシテ巳ハ正道ヲ行ト悟リ面目《メンモク》ヲ保ツヲ知ルニ至リテ見識ヲ深メヨトノ声ヲ聞ク。誰ガ駄目ダト意見云オウガ耳傾ケズ、魔除ノ旅ハ是正道ニシテ面目躍《ヤク》如《ジョ》シカルニ過去ノ道ハ後ニ戻リテモ壁ニ阻マレアル日ニハ遠回リスルモ行テニ山河アリテ進メズニ諦メルシカナク自ズ道ヲ失ウ。友裏切レバ必然トシテ取ルニ足ラヌ快楽ニ溺《オボ》レ来ル四人ノ仲間ト街頭ニテ邂逅《カイコウ》ノ時ヲ迎エルニ獅々舞ヲ我子ト眺メナガラヨキ思出ナリト懐カシメバ百人一首五十七番目ノ歌ヲ度々唱エテ、我子ニハ秋ノ七五三ニハ百代マデモ服ト米ト住ム家ノ不便ヲ煩《ワズラ》ワス処ナキヨウニデキルナラ桃源郷ニ住ミ義理ヲモツテハ家督ヲ無上ノ宝トシテ敵ニ兜《カブト》ヲ脱ギテ由トセズ古応今来ノ節理コノ言ニ噓ナシ。神ハ常日頃石ノ上ニモ三年ト教エルガ大概ニシテ是護國ニ通ジズ主領タル者ソノ命ヲ尊ビテ、一天万乗ニ大事アルナラ代々マデモ是君主ニ仕ヘテ命惜シム事ナク、蓄エタル倉ノ中ニハ最早《モハヤ》稲モ尽キテ魂スラ枯レ果ツ命ノ侘シサヲ鑑《カンガ》ミテ祖先ヲ祀《マツ》ルタメナル大廈高楼《タイカコウロウ》ノ古社寺ニ渇仰《カツゴウ》アルノミカト知リ給フナリ。遥カ遠方ノ古社寺ハ血族ノ窮地ヲ救イテ正ニ此ノ四面楚歌《シメンソカ》カラ脱セヨト云フナリト聞キタレバ右往左往ヲ三度シテモ是不十分ニシテ五陰盛苦《ゴオンジヨウク》ヲ尚幾度モ耐ヘ是ノ地獄ヲ逃レル方位ヲ探リ角ヲ隠シタル鬼ニ出会イテ、我子一人ハ鬼ニ喰ワレテ十五志学ノ希望ニモ破レ千粁《キロ》ノ道ヲ行キテ進メトテ諦メキレル筈ナク。世間ハ玉石混淆《ギヨクセキコンコウ》ト知リ逢瀬ヲ往生際ノ慰《ナグサ》ミトシテモ流石《サスガ》ニ偲《シノ》ブレド耐エ難キ心ヲ忍ンデ鬼渡シナドニ興ズル童眺メル。過ギタル年月ハ旅シタル雲烟万里ノ山河ノ証トシテ牛歩ニ叶ワズ双頭ノ天馬是ノ能力ヲ以テ体元居正タルニ及バズ。村ノ倉ニハ既ニ稲ハ無クシテ精魂モ尽キ、命繋グ冬来タリハシタレド奇跡ヲ願イテハ稲ヲ待チテ田畑ヲ耕ス。桜姫来ルマデ命長ラヘバ是自ト我ハ旅ニ出タリテ一期一会ノ君ヲ慕ウコト君ニ誓ウ。——

更ナル煩悩《ボンノウ》ハ我ニアラズ巳午《ミンマ》正月ニ我子思ヘバ悲シミノ果ニ涙シテ苦行積ミタル程ニ悟リケル是ハ自ズト旅続ケレバ故郷遠クアラズヤ。有リシ日ノ巳午正月ニ君ハ何処ニ居リテ朱ノ晴着ヲ雀ニ着セテ蹴鞠《ケマリ》ナド興ジタリテ過シタルヤ。魑魅魍魎《チミモウリヨウ》陸梁跋扈《リクリヨウバッコ》スル悪行ヲ愁イテ一路千山万水ニ夜駆スレバオノズト道開ケサリトテ自ラノ災ヲ知リ過ギタル事ニ応ゼズ。益荒《マスラオ》ノ神々ハ延年天寿ヲ全ウシ尊皇攘夷《ソンノウジヨウイ》ヲ理トスル暴客モ人並ニ恩義滅ビルコトナク以テ是ヲ世ノ白目ニ晒シ錦ノ旗ト欺バ是ヲ賊徒トシ神ヲ祀ルモノナリ。我ラ慕ウ勝海《カッカイ》舟《シュウ》ノ実像ヲ知ルヤ自ト咸臨丸《カンリンマル》海ニ鎮ム。真ハ何処カ更ニ我思ウニ伝承ノ偽リ雲水行脚《アンギャ》ノ修行セズシテ真ノ一理ナク子曰クハ何人モ古《イニシエ》ノ教エ学ブ末ニ喜ビアリ是ニ慣エバ勝海舟ナル者ラハ南蛮紅夷ラノ甘言ニ乗リテ総意ヲ捨テ鎮護セザル不義守ラント朝ニ謀叛《ムホン》シ現在ニ至レリハ然ル故ニ護國ナシ。我ラ真ノ天帝ヲ親イテ残照ニ願エバ大志ヲ胸ニ抱キ御意ヲ得テ神ニ祈レバ何処《イズレ》ニ真《マコト》アリト問イタルモ只愁《ウレ》イテ黙ス以テ是ヲ鑑ミルニ四海兄弟ヲ人ノ道

ト説ク者ノ気高キヲ名声トシ常ニ已ノ欲無キ体元居正ニ努メルヲ信念トシ探求スレバ実現セルダロウ。――〉

またしても、難解な文章だ。第一の暗号文のように悪魔の数字である〝666〟をキーワードにしてまったく解読することはできなかった。

「いったい、これを、どうやって読むんだ……」

迦羅守はギャンブラーに助けを求めた。

「正直いって、今回の暗号解読は難しかった。〝666〟だけじゃなく1から10までのいろんな数字を当てはめてみたんだけど、どうしても文章にならないんだよ」

「でも、解読はできたんでしょう」

伊万里がいった。

「まあね。それで、何度もこの原文を読んでいるうちに、奇妙なことに気付いたんだよ。この部分だ。本来は、〝獅子舞〟と書かなければならないはずなのに、この原文では〝獅々舞〟になっているんだ……」

ギャンブラーがそういって、〝獅々舞〟の部分を指さした。

「本当だ……」

「何か、意味があるのかしら……」

「ただの間違いじゃないのか……」

迦羅守、伊万里、正宗の三人が首を傾げる。

「最初はおれも、間違いだと思ったんだ。でも、違うんだ。これは重要なヒントだったんだよ。そして、この部分だ」

ギャンブラーが原文の一行に、ペンで波線を引いた。

〈――四季折々ノ花饅頭ヲ味ワウノモ一興ニシテ獅々舞ヲ我子ト眺メナガラ――〉

「この中に、もうひとつ重要なキーワードが隠されている。何か、気付かないか」

ギャンブラーがいった。

「〝四頭ノ獅子〟か……」

迦羅守が、頷く。

「そうだ。最初の暗号文は、〝大円ヲ守ル四頭ノ獅子ニ尋ネヨ〟で終わっている。その、〝四頭ノ獅子〟が、この文章の中には隠されているんだ」

「なるほど……」

「つまり、あえて〝獅々舞〟と書いたのは、〝四頭ノ獅子〟のキーワードに気付かせるためだろう。そこで〝四頭ノ獅子〟を文章から抜き出すと、こうなる……」

ギャンブラーがそういって、文中の〝四頭ノ獅子〟の文字を○で囲んだ。

〈――四⃝季折々ノ花饅頭⃝ヲ味ワウノ⃝モ一興ニシテ獅⃝々舞ヲ我子⃝ト眺メナガラ――〉

「間に挟まっている字数は、六文字……四文字……六文字……四文字……。不規則とはいわないけど、奇妙な配列だわ……」

伊万里が納得いかないように、首を傾げた。

「いや、きわめて規則的な配列なんだ。今回の暗号を解くキーワードは〝46〟だったんだ」

「〝46〟だって？」

「そうさ。調べてみたんだ。すると〝46〟というのは、フリーメイソンにおいて〝ルシファーの光〟を表すことがわかった」

「ルシファーって……」

伊万里がまた、首を傾げた。

「〝悪魔〟だよ」迦羅守が答える。「大地震や大事件が必ず〝四六分〟に起きるので、前に話題になったことがあるだろう……」

一九九五年の阪神淡路《はんしんあわじ》大震災が、一月一七日の午前五時四六分――。

二〇一一年の東日本大震災が、三月一一日の午後二時四六分――。

二〇一四年のチリ大地震が、四月二日の午後八時四六分――。

地震ではないが二〇〇一年にニューヨークで発生した9・11同時多発テロも、九月一一日の午前八時四六分に起きている。

「もうひとつ、あるんだ」ギャンブラーがいった。「〝46〟という数字は、フリーメイソンにおいてコンパス、つまり〝方角〟を示しているとする説もある」

「〝方角〟か……」

「そうさ。それでこの暗号文に〝46〟というキーワードをあてはめて抜き出してみると、こんな文章が浮かび上がってくるんだ……」

ギャンブラーが手書きの文章を、テーブルの上に広げた。

〈――長キ年月ヲ四頭ノ獅子向キ合ウ処ソノ中央ニ壁ヲ背ニシテ立チテ正面ヲ見ヨ。ダガ、正面ニハ壁アリテ進メズ。然ルニ四頭ノ獅子ヨリ百十度、七百米《メートル》ノ処ニ源義家《みなもとのよしいえ》ノ兜《かぶと》由来ノ神石ト大國主命《おおくにぬしのみこと》、事代《ことしろ》主命、倉稲魂命《うかのみたまのみこと》ヲ祀《まつ》ル社《やしろ》アリ――〉

このような文章が、さらに続く。その中で迦羅守が息を呑んだのは、〈――源義家ノ兜由来ノ神石――〉の部分だった。

やはり、〝源氏〟か……。

「迦羅守、どうしたの」

伊万里が、考え事をする迦羅守の顔を覗き込んだ。

「いや、何でもない。ところでこの、〝源義家ノ兜由来ノ神石〟というのは……」

「もう、調べてみた。〝源義家〟、〝兜〟、〝神石〟のキーワードで検索したら、こんなものが出てきた。これだ……」

ギャンブラーがそういって、スマートフォンのディスプレイを見せた。

兜神社か……。

日本橋兜町《かぶとちょう》の中心地、『東京証券取引所』と近くを走る高速道路の高架に囲まれた一角に、このあたりの街並には似つかわしくない不思議な空間がある。道路脇に石の門柱と木の扉があり、その中に小さな鳥居が建っている。

敷石の細い通路を進み、鳥居を潜ると、奥に赤い社がひとつ。左手には源義家が東征の折、兜を懸《か》けて戦勝を願ったと伝えられる神石〝兜岩〟がある。それが、兜神社である。

「迦羅守は、ここに行ったことがあるの」

伊万里が訊いた。

「いや、行ったことはない。こんなものがあることすら知らなかった……」

迦羅守が自分のタブレットを開き、表示された〝兜神社〟の説明と写真を見ながら答えた。

「どうする、行ってみるか」

「そうしよう。現地を見てみなければ、何もわからない」

迦羅守がタブレットの電源を切り、ソファーから立った。

「それなら、おれはこれで失礼しよう」正宗も、席を立った。「前にもいったとおり、集団行動は好まないのでね。何かわかったら、また連絡する」

そういって、事務所を出ていった。

「本当に、変わった奴だな……」

ギャンブラーが、正宗が出ていったドアを眺めながら呟いた。

「あいつは昔から、ああなんだ。しかし、いざという時には頼りになる。さあ、我々もここを出よう」

迦羅守が椅子に掛けてあるジャケットを取り、羽織った。

13

武蔵野署の船木警部は、今日も赤坂二丁目あたりに出没していた。

そう、〝出没〟だ。捜査や会議の合間に時間が空くとつい電車に乗り、赤坂方面に足が向く。そして浅野迦羅守と小笠原伊万里が出入りするマンションの周囲をうろつき、特に〝見張り〟というわけでもなく、様子を探っている。

二日ほど前から、船木は浅野のマンションの様子を探るのに恰好の場所を見つけていた。斜め向かいのビルの三階にある、小さなバーだ。昼間はカフェとしても営業していて、窓際の小さなテーブル席に座ると、ちょうど三〇メートルほど前方に浅野の住むマンションのエントランスが見える。

船木は二杯目のコーヒーをすすりながら、マンションの入口を眺めていた。いまから一時間ほど前、午後三時ごろに、浅野と伊万里がマンションに戻ってきた。二人の様子に、どことなく慌ただしさを感じた。

その直後に、小柄で眼鏡を掛けた男が一人。パーマをかけたようなもじゃもじゃ頭のこの男も、すでに何度か見かけている。伊万里や、浅野たちの仲間だ。

さらにしばらくすると伊万里が一人でマンションから出てきて、また一人別の男を連れて戻ってきた。大柄で、スーツを着た、初めて見る男だった。この男も、奴らの新しい仲間なのか。

船木は初めて見た瞬間に、男から〝ただ者ではない〟気配を感じた。おそらく、〝プロ〟だ。だが、なぜあのような男が、奴らと関係しているのか。

ぼんやりと、物思いに耽《ふけ》る。いったい、あの二件の〝殺人事件〟の裏で、何が行なわれているのか……。

〝大里浩次死体遺棄事件〟に関しては昨日、小さな進展があった。事件を担当する杉並署主任の加藤が、「被害者の大里はゲイだった可能性がある……」という〝未確認情報〟に関して面白い〝ネタ〟を仕入れてきた。

大里は、何誌かのゲイ雑誌に〝アポロン浩太郎《こうたろう》〟という奇妙なペンネームでグラビア写真を撮影したり、ちょっとしたエッセイを寄稿していた。大里の部屋からコンピューターがなくなっていたのも、〝犯人〟がそれを知られたくなかったからかもしれない。これは後からわかったことだが、大里のカメラからもすべてSDメモリーカードが抜き取られていた。

どうりで〝大里〟の名前で調べてみても、何も引っ掛かってこなかったわけだ。雑誌社からの情報では、大里はその世界ではある程度名前を知られた存在だったようだ。いわゆる日本の〝ゲイの発展場〟には顔を出さなかったが、各国の大使館関係者など〝外国人のグループ〟と深く関わっていたという噂もあった。〝外国人のグループ〟と聞いてまず頭に浮かぶのが、例の西新宿の『新宿アイランドタワー』に事務所を持っていたアレックス・マエダという弁護士だ。日系人ではあっても、あの男もまた〝外国人〟――アメリカ人――の一人だ。

だが、大里がゲイだという情報は、当のアレックス・マエダから得たものだ。もしあの男が〝外国人のグループ〟の一員だったとしたら、わざわざ大里の秘密を船木に洩らすだろうか。自分に疑いの目を向けるようなことを、やるわけがない。

もしくは、捜査をミスリードするための罠か。警察を小馬鹿にして、紙一重《かみひとえ》のスリルでも楽しむつもりなのか。まさか……。

一方、〝塩月聡太郎殺害事件〟の方は、まったく進展していない。もし手懸かりになるものがあるとすれば、例のフリーメイソンのシンボルマークらしき額なのだが。

だが、これだけは、深く突っ込みようがない。もし船木が〝フリーメイソンの線を捜査する〟とでもいえば、警察の上層部から〝待った〟が掛かることだろう。理由はわからないが、日本がそのような国であることは事実だ。

その時、船木の頭にまたアレックス・マエダの自信に満ちた顔が浮かんだ。

あの男は、アメリカ人だ。しかも、弁護士として一流の地位にいる。まさか、フリーメイソンと関係があるのではないか……。

そしてもうひとつ、気になることがある。先日、浅野のマンションの前を行き来していたあの老人のような男――あれは明らかに変装だった――だ。顔はよくわからなかったが、背恰好が何となくアレックス・マエダに似ていたような気がする。

いや、気のせいだろう。そういえばあの男も、あれ以来見掛けていない。もしまたここに現れたら、今度こそ尻尾《しっぽ》を摑まえてやるのだが。

船木は、店の中の時計を見た。間もなく午後四時になろうとしている。もう一杯コーヒーを頼もうかと思った時に、動きがあった。

マンションのエントランスから、先程のスーツを着た大柄な男が出てきた。今度は、一人だった。男は船木のいるバーとは反対の赤坂見附駅の方角に向かい、ポケットに手を入れて歩いていく。

だが、その時、男が立ち止まった。ゆっくりと振り返り、船木がいるビルの三階のバーの窓を見上げた。

気付かれたか……。

船木は思わず、目を伏せた。やはりあの男は、ただ者ではない。

しばらくして船木は、ゆっくりと顔を上げた。マンションの前の通りから、すでにあの男の姿は消えていた。

船木は、息を吐いた。

考えすぎだ。冷静になってみれば、下の路上のあの位置からガラス越しに店の中にいる船木の姿が見えるわけはない。

数分もしないうちに、また動きがあった。今度は浅野迦羅守の白いミニ・クロスオーバーがマンションの地下駐車場から出てきて、駅とは反対側に走り去った。

いったい奴らは、何をやってるんだ……。

船木はカップの底に残った冷めたコーヒーを飲み干し、伝票を手にして席を立った。

14

浅野迦羅守と伊万里、ギャンブラーの三人は、日銀の前にいた。

時間は、午後四時半を回っていた。あたりはすでに、黄昏の色に染まりはじめていた。

暗号文の指示に従い、〝四頭ノ獅子向キ合ウ処〟の中央に壁を背にして立つ。そして、正面を見る。目の前には『三菱東京UFJ銀行』の日本橋支店の建物が聳えていた。

「本当に〝正面ニハ壁アリテ進メズ〟だなあ……」

ギャンブラーが、三菱東京UFJ銀行を見上げた。

「この建物は、例の暗号文が書かれたころからここにあったのかしら……」

伊万里が、迦羅守に訊いた。

「もしあの暗号文が書かれたのが昭和二四年だとしたら、すでに東京銀行本店の建物がここにあったはずだ。その後、三菱銀行と東京銀行が合併して東京三菱銀行となり、さらにUFJ銀行と合併して〝三菱東京UFJ銀行〟の日本橋支店になったんだ……」

迦羅守はそう説明しながら、まったく別のことを考えていた。

今回の謎の新たなスタート地点は、この日銀だ。目の前には、三菱銀行がある。同じ三菱銀行の本店には先月、伊万里と共に亡くなった塩月聡太郎の貸金庫に立ち寄ったばかりだ。さらに昭和二四年七月五日に起きた〝下山事件〟では、事件当日の朝に下山総裁が立ち寄った銀行としても知られている。

その〝下山事件〟の実行犯グループ〝亜細亜産業〟は伊万里の祖父が勤めていた秘密結社であり、その塩月興輝という人物が例の暗号文――地図のようなもの――を所有していた。〝亜細亜産業〟のアジトはここから目と鼻の先のライカビルの中にあり、同じビルの中に今回の金塊の出処と思われる『日本金銀運営会』も入っていた。

それだけではない。いま、左手に目を移せば、すぐ目の前に〝三越本店〟の従業員通用口がある。この三越で、事件当日の朝、下山総裁は姿を消した。今回の〝M〟資金の金塊の件と、昭和二四年に起きた下山事件とは、あまりにも接点が多すぎる。

「迦羅守、どうした。暗くなる前に、始めようじゃないか」

ギャンブラーにいわれ、我に返った。

「そうだな、やってみよう」

迦羅守はまず、国土地理院発行の一万分の一地形図〈――東京2―4―4『日本橋』――〉を開いた。その上にコンパスを置き、〝北〟の方角を合わせる。日銀のガードマンが訝《いぶか》しげにこちらを見ているが、三人で地図を見ているだけでは何もいわない。

暗号に書かれている〈――四頭ノ獅子ヨリ百十度――〉は、日銀の正面から三菱東京U

ＦＪ銀行の角を掠めて三越の建物の先の方角だった。もちろん暗号の〈――壁アリテ進メズ――〉のとおり、その方角に直進することはできない。だが、すでに、〈――源義家ノ兜由来ノ神石ト大國主命、事代主命、倉稲魂命ヲ祀ル社――兜神社――〉の場所はわかっている。方角も、合っている。

「とにかく、その兜神社というのに行ってみましょう」

伊万里がいった。

地図を持つ迦羅守を先頭に、三人は兜神社に向かった。日銀の裏のパーキングスペースに駐めてあった車に乗り、本館と旧館の周囲を一周する。三菱銀行の角を右折し、三越との間の道に入っていく。

このあたりは裏通りなので、まだ日没前なのに人通りは少ない。いまは歩道が整備されているが、昭和二四年当時にもここに同じ道はあったはずだ。

三越新館の前を、斜めに左折。一〇〇メートルほど進み、中央通りとの交差点を渡って、直進。さらに首都高の高架の前を右折して、江戸橋を渡る。

橋を渡りながら、高速の高架を潜る。この左手の頭上のあたりが、首都高の江戸橋ジャンクションだ。

川と道路、橋、高速道路が、何重にも交差して行き来する。もし暗号文が書かれた昭和二四年当時の人間がこの光景を見ても、とてもここが江戸橋だとは思えないだろう。

橋を渡って、左折。直進して再度、高速の下を潜ると、すぐ左手の都会の小さな空間に神社の鳥居らしきものが見えた。

「ここだ」

迦羅守はその先の『公証役場』の前に車を停め、ハザードランプをつけた。向かいに『東京証券取引所』のビルが建っている。だが、すでに取引が終わったこの時間は、あたりは閑散《かんさん》としていた。

車のトリップメーターを確認する。日銀からここまで、およそ一キロ弱。日銀の周囲を一周した分や、道路に沿って曲がりながらここまで来たことを考えれば、ちょうど暗号文のいう〈——七百米ノ処ニ——〉くらいの距離になるだろう。

「ともかく、神社を見てみよう」

三人は車を降りて、神社に向かった。インターネットの写真で見たとおりだった。ビルと首都高の江戸橋ジャンクションの谷間にひっそりと身を隠すように、形ばかりの鳥居が建っていた。

石の門柱にはまだ真新しい木の扉が付いていて、鳥居の先が一段高くなり、奥にコンクリートの赤い小さな社があった。左手に、源義家が兜を懸けたと伝えられる兜岩が佇んでいた。三人は社の前に立ち、手を合わせた。

「それほど古い神社には見えないけれど……」

伊万里の言葉に付け加えるならば、それほど由緒《ゆいしょ》ある神社にも見えない。だが、入口の右手に、この神社の由来が次のように書かれていた。

〈──兜神社の由来
御社号　兜神社
鎮座地　中央区日本橋兜町一番十二号
御創立　明治十一年五月（一八七八年）
御祭神　主なる祭神は商業の守護神とたたえまつる倉稲魂命である。
合祀の神は右に大国主命　左に事代主命をまつる。
御倒祭　毎年四月一日
御由緒　明治十一年ここ兜町に東京株式取引所（東京証券取引所の前身）が設けられるに当たり同年五月取引所関係者一同の信仰の象徴および鎮守として兜神社を造営した。（中略）当社は御鎮斎後一度換地が行なわれたが昭和二年（一九二七年）再度換地を行ない兜橋々畔の現在地約六十二坪（約二〇五平方米）を卜して同年六月御遷座を行ない鉄筋コンクリート造りの社殿を造営した。（後略）
──〉

「少なくとも、昭和二年からこの神社がここにあったことは事実のようだな……」

迦羅守が神社の由来を読み終え、頷いた。

「それにしても兜神社が、東証の株取引の鎮守として建てられた神社だったとはね。恐れいったな……」

つまり、〝金儲《もう》け〟の神様だ。だが、迦羅守の頭の中には、小さな違和感があった。今回の〝M〟資金に関する暗号文に何らかの形でフリーメイソンが関わっているとしたら、なぜ日本古来の神道の象徴である神社をキーワードに取り入れたのか……。

「倉稲魂命というのは」

伊万里が訊いた。

「別名〝ウカノミタマノミコト〟で、日本神話に登場する神の一人だ。日本各地の神社では多く祀られる神のひとつで、伊勢《いせ》神宮の外宮にもスサノオの子として鎮座していたはずだ……」

あたりには、三人の他に誰もいない。頭上から首都高を走るトラックのエンジン音が聞こえてくる以外、物音もなかった。ただ、時折、黄昏の薄闇の中から誰かに見つめられているような、奇妙な錯覚を覚えた。

「よし、この場所で間違いないのなら、次へ進もう」

ギャンブラーがいった。

「そうしよう。暗号文の続きを見せてくれないか」

「これだ」

迦羅守は、ギャンブラーから手渡された暗号の解読文を読んだ。指示は〈——事代主命、倉稲魂命ヲ祀ル社アリ。——〉の後、こう続いている。

〈——社ノ正面ヨリ右三十五度ノ方角ニ、二十二糎進メ。石瀬《いわせ》ノ流レヲ渡ル。八雲《やくも》ノ牛頭《ごず》ノ元ニ倉稲魂命ハ奇稲田姫《くしなだひめ》命ト出会ウ。——〉

「〝社ノ正面ヨリ右三十五度〟って、どういう意味かしら……」

伊万里が暗号文を覗き込みながら、首を傾げた。

「〝社ノ正面〟というのは、〝鳥居の正面〟という意味じゃないか」

ギャンブラーがいった。

「それならこの鳥居は、どっちに向いてるの？」

「神社の鳥居というのは、だいたい真南を向いているものなんだ。確かめてみよう」

迦羅守がポケットからコンパスを出し、方角を確認した。やはり、思ったとおり、小さな鳥居はほぼ真南を向いていた。

「つまり、〝社ノ正面ヨリ右三十五度〟というのは……」

「磁石では北が零度、南が一八〇度だ。つまり一八〇度の方角を向いて右に三五度ということは、このコンパスで二一五度の方角ということになるな……」

迦羅守が答えた。

「コンパスで二一五度の方角に三二キロ進めと指示しているわけね」

「そういうことだと思う」

あたりはすでに薄暗くなりはじめ、黄昏のわずかな光もやっと暗号文の文字を読めるほどしか残っていない。

だが、ギャンブラーが続けた。

「どのあたりかな……」

「わからない。ここから南西の方角に三二キロ進めば、世田谷《せたがや》区の外れか調布《ちょうふ》あたりのような気がするが……」

東京都の広域の地図を見ればだいたいの場所はわかるのだが、いま手元にあるのは日本橋周辺の一万分の一の地図だけだ。

「次の〝石瀬ノ流レ〟って何なのかしら。いまＧｏｏｇｌｅで検索してみたんだけど、それらしいものは何もヒットしないわ……」

伊万里が、それまで見ていたｉＰｈｏｎｅの電源を切った。

「〝流レヲ渡ル〟といっているんだから、何か川のようなものなんじゃないかな……」

ギャンブラーも、首を傾げる。

「〝八雲ノ牛頭〟というのもわからないわ……」

「東京都目黒区《めぐろ》に、確か〝八雲〟という町名があったな。ここからの方角と距離は少し違うような気がするが……」

「〝牛頭〟というのは牛頭馬頭《めず》か、もしくは〝牛頭天王《てんのう》〟の意味だろう。前後の文章の流れからすると、おそらく〝牛頭天王〟の方だと思うが……」

迦羅守が二人に説明する。

「〝ゴズテンノウ〟って？」

「インドのインドラ神の化神のひとつだ。日本では武塔《むとう》天神と同一とされて、祇園《ぎおん》信仰の神として京都の八坂《やさか》神社などにも祀られている」

「すると、〝八雲ノ牛頭ノ元ニ〟というのは……」

「そうだ。〝八雲神社〟を指すのかもしれない……」

日本全国に点在する八雲神社もまた、牛頭天王を祭神とする神社として知られている。

その総本社が、京都の八坂神社である。

「もし神社だとしたら、その後の〝倉稲魂命ハ奇稲田姫命ト出会ウ〟という部分にも繋がるわけね……」

〝奇稲田姫命〟は、日本神話に登場する女神の一人だ。スサノオのヤマタノオロチ伝説中でアシナヅチ・テナヅチの八人の娘の内、最後まで残った女神として知られている。

「どうする、これからその神社とやらに行ってみるか」

ギャンブラーがいった。

迦羅守が腕の時計に目をやった。時刻はすでに午後五時を回り、日没の時間を過ぎていた。

「いや、今日はやめよう。これから行ってその神社が見付かったとしても、大切なものを見落としてはいけない……」

だが、迦羅守にはそれ以上に気になっていることがあった。

兜神社の前——東京証券取引所と公証役場の間——の片側一車線の道路は、この時間、車の通行量はそれほど多くない。抜け道としてここを抜けようとする宅配便のトラックやタクシーが、疎《まば》らに通るだけだ。

ところが迦羅守は先程から、同じセダンが何度かここを通ったような気がしていた。車種は、ＢＭＷの黒い大型車だ。いまも同じ車が江戸橋ランプの方から走ってきて、兜神社と道路脇の迦羅守の車の前で少し速度を落とし、茅場町《かやばちょう》方面に走り過ぎていった。

やはり、同じ車だ。あたりが薄暗くなりはじめたことと車の窓に濃いフィルムが貼ってあるために車内の様子はわからないが、何となく左側の運転席から男——おそらく〝男〟だ——の目がこちらを見ているような気配を感じた。同じ車を、日銀の近くでも見た覚えがある。

「どうしたの、迦羅守……」

「いや、何でもない。とにかく一度、事務所に戻ろう。もっと縮尺の大きな広域地図を手に入れて、場所を特定してみよう。現場に行くのはそれからだ……」

三人は、白いミニ・クロスオーバーに乗った。

迦羅守はハザードランプを消し、夕闇の街に走り出した。

バックミラーに目をやったが、黒いＢＭＷのセダンは見えなかった。


〝ランスロット〟は、黒いＢＭＷ７５０ｉのステアリングを握っていた。

この車に乗り換えたのは、最近だ。ランスロットがＢＭＷに乗っていることは、親しい〝友人〟たちも知らない。

先程から何度か、同じ場所を回っていた。東京証券取引所と公証役場の間の道を通るのは、これが三度目だ。手前の兜神社の前を通る時に、少し速度を緩めた。

道路沿いに、まだハザードランプを点滅させた白いミニ・クロスオーバーが停まっていた。夕闇の神社の中に、三人の人影が立っているのが見えた。伊万里、浅野迦羅守、そしてまだ名前のわからない小柄で眼鏡を掛けた男の三人だ。

奴らはいったい、あんな所で何をしているのか……。

ランスロットは、三人が乗った車を赤坂の浅野のマンションの前から尾けてきていた。どこに向かうのかと思っていたが、車は日銀の裏通りのパーキングスペースに停まり、三人が降りた。その数台後ろにランスロットも車を寄せ、三人が戻るのを待った。

奴らは、日銀に何をしに行ったのか。やはり〝大円ヲ守ル四頭ノ獅子〟とは、日銀のシンボルマークを指すのか。その確証が、奴らにはあったのか――。

一〇分ほどで、三人は戻ってきた。車に乗り込み、また走り出した。何かがわかったのだろうかと思って尾けてきたら、次に車が停まったのがこの兜町の公証役場の前だった。車の横を通り過ぎ、あたりを一周して戻ってくると、奴らは公証役場の脇の小さな神社の中にいた。

ナビの画面を〝詳細〟にしてみると、それが〝兜神社〟であることがわかった。

なぜ、奴らはここに来たのか。この神社に、何があるのか。いずれにしても奴らが、第二の暗号文を解読したことは確かなようだ。

三度目にこの場所を通った時にも、奴らはまだ兜神社の中にいた。何かを調べているらしい。

そして、四度目――。

奴らの姿は、消えていた。

15

赤坂二丁目の裏通りを、男が歩いていた。

小柄で、これといって特徴のない男だった。

あたりにはバーや小料理屋の看板の明かりが、ぽつぽつと灯っている。だが、男はどこかの店の暖簾を潜るでもなく、先ほどから同じ道を何度も行き来していた。

何度目かにその道を歩きはじめた時、男の脇を一台の車が走り抜けていった。白い、ミニ・クロスオーバーだった。

男は歩きながら、ナンバープレートを確認した。間違いない。浅野迦羅守の車だ。

車はしばらく走ったところでウインカーを点滅させ、マンションの地下駐車場の入口に入っていった。男はその後を、ゆっくりとした足取りで追った。

マンションの前まで来て一度、立ち止まった。近くには和服姿の水商売風の女が歩いているだけで、他に誰もいない。男は女が自分の背後を通り過ぎるのを待ち、地下駐車場のスロープを下りていった。

駐車場は、それほど広くはなかった。一〇区画ほどのスペースの半分が、メルセデス・ベンツやアウディ、ボルボなどの欧州車で埋まっていた。

浅野迦羅守の白いミニ・クロスオーバーは、すぐに見つかった。誰も、乗っていない。ボンネットを触ると、まだエンジンの余熱が残っていた。

男が、小さく頷いた。

ポケットから、マッチ箱ほどの黒いプラスチックの箱を取り出した。スイッチを入れると、赤い小さなランプが点灯した。

周囲を、見渡した。誰も見ていない。もし防犯カメラが回っていたとしても、その時はその時だ。

男は黒い箱の裏の両面テープの薄紙を剝がした。その場にかがんで車と車の間に身を隠し、赤いランプが点灯した黒い小箱をミニ・クロスオーバーのバンパーの裏側に素早く取り付けた。

男は何事もなかったかのように立ち上がり、袖口《そでぐち》に付いた泥《どろ》を払った。外に出るスロープを、ゆっくりとした足取りで上った。

裏通りに出ると夜の赤坂の街に姿を消した。

南部正宗は、地下駐車場の奥のボルボの陰から立ち上がった。

向かい側に駐めてある、白いミニ・クロスオーバーに歩み寄る。

あの男、何をしていたのか……。

男がいたあたりに、屈み込む。タイヤやボディに、何かをされた形跡はない。だが、バンパーの裏を手で探ると、指先に奇妙なものが触れた。

これか……。

正宗は、小さな箱のようなものを摑んだ。両面テープか何かで接着されているのか、簡単には動かなかった。それを無理遣り、引き剝がした。

手の中のものを見た。ＧＰＳ小型発信器だった。しかも市販されている安物ではなく、プロの私立探偵などが使う高性能の機種だった。

正宗はスイッチを切ろうとして、その指を止めた。しばらく考え、ＧＰＳ発信器をまた元のバンパーの裏に戻した。

それならそれで、面白い……。

正宗は奥のエレベーターで一階まで上がり、エントランスからマンションの外に出た。歩きながら、ｉＰｈｏｎｅのスイッチを入れた。

16

缶ビールのプルタブを開けて喉を潤《うるお》すと、思わず息が洩れた。

「さて、始めようか……。ところで、手頃な地図があったかな……」

迦羅守がいった。

とはいっても最近入手した地図は都心――しかも日本橋周辺――のものばかりだ。兜町から南西に二二キロも離れた地点は、網羅していない。

「地図帳か何か持ってないのか」

ギャンブラーがいった。

「どこかにあると思うんだが……」

迦羅守がデスクの周りと、本棚の中を探す。

「それなら私は、あり合わせで何かおつまみでも作るわ」

伊万里が自分の缶ビールを持って、キッチンに立った。

「あいにく、こんな地図しかないな……」

しばらくして迦羅守が厚手の地図帳を一冊手にして、ソファーに戻ってきた。縮尺は、一〇万分の一。しかも中部・東海・北陸地方の広域道路地図だ。

「関東の地図じゃないじゃないか」

「だいじょうぶだ。東京の南西部から神奈川の北部あたりまでは、ぎりぎり入っているよ」

地図帳を開く。六八ページに、次の目的地の周辺が入っていた。もう一度、解読した暗号文を確認する。

〈──社ノ正面ヨリ右三十五度ノ方角ニ、二十二粁進メ。石瀬ノ流レヲ渡ル──〉

〝社ノ正面ヨリ右三十五度〟は、コンパスの示す〝二一五度〟の方角に当たる。地図の方向を〝北〟に合わせ、日本橋の兜町のあたりから二一五度の方角に定規で線を引く。一〇万分の一の縮尺だと一キロが一センチなので、線上の二二キロ──二二センチ──のあたりに印を打った。

「このあたりだな……」

迦羅守が、地図上の一点を指さした。東京都内ではない。多摩川《たまがわ》を渡った、神奈川県川《かわ》崎《さき》市の多摩区のあたりだ。

「すると、暗号文にあった、〝石瀬ノ流レ〟というのは……」

「そうかもしれない。調べてみよう」

迦羅守は手元にあったタブレットを起動させ、〝多摩川〟のキーワードで検索した。〝ウイキペディア〟のページを開く。

「どうだ」

ギャンブラーがタブレットのディスプレイを覗き込む。

「〝石瀬ノ流レ〟というのは、やはり多摩川のことのようだ……」

ウィキペディアの〝多摩川〟のページに、次のような記述があった。

〈──名称の由来

名称の由来は諸説あり、（中略）万葉集東歌に「多麻河」として登場するが、835年（承和《じようわ》2年）、中央から発せられた官符では丸子《まるこ》の渡し近傍をもって「武蔵《むさし》国石瀬河」と呼称され──〉

「どう。何か、わかった？」

伊万里が、サラダと取り皿を持って戻ってきた。

「〝石瀬ノ流レ〟の意味がわかった。東京と神奈川の県境を流れる多摩川だ」

「つまり、あの暗号文は〝多摩川を渡れ〟といっているんだ」

問題は、暗号文の次の部分だ。

〈──八雲ノ牛頭ノ元ニ倉稲魂命ハ奇稲田姫命ト出会ウ──〉

迦羅守はさらに、〝川崎市〟、〝八雲神社〟のキーワードで検索した。

「やはり、川崎市に八雲神社があるな。住所は、神奈川県川崎市多摩区菅《すげ》二丁目一八の一五だ……」

日本橋兜町の兜神社からの方角、距離と、ほとんど合っている。

「祭神は？」

「素戔嗚尊《すさのおのみこと》と奇稲田姫命、それに倉稲魂命だな……」

これも、暗号文と一致する。

「どうするの。明日、その川崎市の八雲神社に行ってみる？」

伊万里が、皿にサラダを取り分けながらいった。

「とりあえず、現地を見てみるしかないだろう」

だが、迦羅守は、さらに先のことを考えていた。いったいあの暗号文は、我々をどこに連れていこうとしているのか。

「二枚目の暗号文には、まだ続きがあったはずだな」

迦羅守が、確認した。

「ああ、さらに続いているよ」

「解読が終わっているならば、全文を読ませてもらえないか」

「ああ、かまわない。これだ」

ギャンブラーがそういって、手書きのメモを上着のポケットから取り出して広げた。酷い字だが、何とか読めなくはない。暗号文は〈——八雲ノ牛頭ノ元ニ倉稲魂命ハ奇稲田姫命ト出会ウ――〉の先に、次のように続いている。
〈――更ニ午《うま》ヘノ行程ハ続ク。午ハ朱雀《すざく》ナリ。陸行一夜オサラギ応神《おうじん》天皇ト並ビテ白旗ヲ祀リ海ヲ臨ム。更ニ水行一日ノ末ニ海南《かいなん》ノ総鎮守《そうちんじゅ》ニ至ル。天照大御神《あまてらすおおみかみ》ニ問イテ四人ノ名ノ元ヲ探セ――〉

二枚目の文書の暗号文は、ここで終わっている。

「まあ、相変わらず難解だな。まるで魏志倭人伝《ぎしわじんでん》の邪馬台国《やまたいこく》への里程記述みたいだぜ。いったい誰がこんな暗号文を考えたんだか、顔が見てみたいね……」

ギャンブラーがビールを飲みながら、溜息をついた。

「もし次が川崎の八雲神社だとわかったなら、ひとつずつ確認して前に進んだ方がいいんじゃないかしら……」

伊万里がいった。

どうやら二人とも、一連の暗号文に隠された意図的な暗示にはまだ気付いていないらしい。

「いや、わかる所までは前もって進んでおこう。たとえばこの〝午ヘノ行程ハ続ク〟という部分は簡単だ」

迦羅守が暗号文の一行を指さした。

「下に、〝午ハ朱雀ナリ〟とあるな……」

「そうだ。〝午〟も〝朱雀〟も、十二支の方位盤では〝南〟を指す。つまり……」

「〝南への行程は続く〟といっているわけか。しかし、〝陸行一夜〟というのが、何とも曖《あい》昧《まい》ではあるな……」

「〝オサラギ応神天皇ト並ビテ〟……というのも、何のことなのかわからないわ……」

二人が、首を傾げる。だが迦羅守には、すでにその場所がわかっていた。

「地図で確認してみよう」

先程の道路地図の、六八ページを開く。川崎の八雲神社から真南へと下っていくと、地図は五六ページへと続いている。さらに、真南へと進む。

「あっ」

「これは……」

伊万里とギャンブラーが、ほぼ同時に声を出した。

「そうだ。〝鎌倉《かまくら》〟だよ」

地図上で川崎市多摩区の八雲神社からほぼ真南に下ってくると、鎌倉市長谷《はせ》にある高徳《こうとく》院《いん》にぶつかる。

「すると〝オサラギ〟というのは……」

「長谷の大仏、つまり〝鎌倉の大仏〟のことだ」

大異山《だいいざん》高徳院清浄泉寺《しょうじょうせんじ》――。

鎌倉三十三観音二十三番に当たる名刹《めいさつ》である。創建年、開基共に不詳。巨大な阿弥陀如《あみだによ》来《らい》像を本尊とすることから、長谷の大仏がある寺として世界的に知られている。

この〝大仏〟は、かつて〝オサラギ〟と呼ばれた。鎌倉幕府の執権《しっけん》を世襲した北条《ほうじょう》氏にも〝大仏〟と書いて〝オサラギ〟と読む姓があり、いまも鎌倉市長谷の周辺に多く残っている。

「〝オサラギ〟は鎌倉の大仏なのね。でも、〝応神天皇ト並ビテ〟というのは、どういう意味なのかしら……」

「たぶん、これだ」

鎌倉まで辿り着けば、あとはそう難しくはない。迦羅守はタブレットに〝鎌倉〟〝源氏〟〝神社〟と三つのキーワードを打ち込んだ。

「〝源氏〟って、何だ?」

ギャンブラーが横から口を出した。

「いいから、黙って見ててくれ」

検索を実行した。

やはり、そうだ。冒頭に、迦羅守が予想したとおりの項目が表示された。

鶴岡八幡宮《つるがおかはちまんぐう》——。

別名、鎌倉八幡宮。鎌倉市雪《ゆき》ノ下《した》にある源《みなもとの》頼朝《よりとも》所縁の神社で、武家源氏、鎌倉武士の守護神とされる。近年は日本の三大八幡宮の一社に数えられ、その本殿は国の重要文化財にも指定されている。

「鶴岡八幡宮なら、私もよく子供のころに初詣《はつもう》でに連れていってもらったことがあったわ……」

伊万里が懐かしそうに、ディスプレイの中の写真を見つめる。

「この鶴岡八幡宮の主祭神が、応神天皇と比売神《ひめがみ》、そして神功《じんぐう》皇后なんだ……」

迦羅守が、説明する。

「つまり、この暗号文の〝オサラギ応神天皇ト並ビテ〟に一致するわけか」

長谷の大仏のある高徳院と応神天皇を祀る鶴岡八幡宮とは、東西に直線距離で二キロほどしか離れていない。しかも大仏も八幡宮も、いずれも南の相模《さがみ》湾の方角を向いている。

その後の〈——海ヲ臨ム——〉という記述にも矛盾していない。

「わからないのは、その中間にあるこの部分、〝白旗ヲ祀リ〟というところだな……」

ギャンブラーが暗号文のその記述を、指さした。

「いや、それもわかる。〝白旗〟というのは、源氏の白旗のことだ」

「源氏……」

武蔵野市
阿佐ヶ谷
22km
兜神社
八雲神社
川崎IC
246
東名高速
16
横浜町田IC
横浜
467
藤沢
鎌倉
鶴岡八幡宮(白旗神社)
平塚
江ノ島
逗子
高徳院
三浦半島
七里ヶ浜
稲村ヶ崎
三浦

伊万里とギャンブラーが、不思議そうに顔を見合わせた。

そうだ。〝源氏〟だ。

〝源氏〟というキーワードは、すでに兜神社の時にも出てきている。いや、今回の件に関しては、もっと深い所で〝源氏〟に根差しているような気がしてならない。迦羅守自身も、まだ理解できていない部分が多いのだが……。

「〝白旗《しらはた》神社〟というのを、聞いたことはないか」

迦羅守が二人に訊いた。

「どこかで、耳にしたような気はするけど……」

伊万里が、首を傾げる。

「源頼朝や義家、義経《よしつね》などの源氏の武将を祀る神社だよ。中には、源氏の氏神の八幡神を祀るものもある。白旗神社は関東や東北、中部地方などに七〇社以上もあって、他の神社の境内社《けいだいしゃ》として確認されているものもある。ほら、これだよ」

迦羅守はタブレットでウィキペディアの〝白旗神社〟のページを開き、ディスプレイを二人に見せた。

「すると……」

「そうなんだ。ここにも、書いてあるだろう。鶴岡八幡宮の境内の中にも、白旗神社が存在するんだ……」

〈――白旗神社（神奈川県鎌倉市・鶴岡八幡宮境内社――）〉

暗号文に書かれている〈――オサラギ応神天皇ト並ビテ白旗ヲ祀リ海ヲ臨ム。――〉という状況が、そのまま鎌倉に存在することになる。

「とにかく〝鎌倉〟だな」

「そうね。明日にでも、鎌倉に行ってみましょう」

「そうだな。とにかく現地を見てみよう……」

だが、迦羅守は、まったく別なことを考えていた。

今度の一件は、本当に〝M〟資金の金塊に関することだけなのだろうか。

あの二枚の奇妙な暗号文の中には、もっと重大な謎が隠されているような気がしてならなかった。

17

捜査方針を変えることにした。

このままでは、今回の〝事件〟を〝迷宮《オミヤ》〟にしてしまう。

武蔵野署の船木警部は、弁護士のアレックス・マエダの背後を探ってみることにした。

理由は、三つ。

ひとつは浅野迦羅守のマンションの前を行き来していた老人のような男の背恰好が、アレックス・マエダに似ていたような気がしたこと。二つ目は、あの男はどうも羽振《はぶ》りが良すぎて胡散《うさん》臭いこと。三つ目は、西新宿の『アレックス・マエダ法律事務所』の所長室のエアコンが止まっていたこと。

塩月聡太郎殺害現場のエアコンも、止まっていた。いずれも根拠とはいえないほどの、刑事の〝ヤマ勘〟にすぎないが。

まず、予備知識として、『アレックス・マエダ法律事務所』のホームページにアクセスして本人の経歴を調べてみた。

〈――アレックス・マエダ

一九六九年一〇月、アメリカ合衆国カリフォルニア州ロスアンゼルス生まれ。

一九八七年九月、カリフォルニア州スタンフォード大学・人文理学部に入学。九一年七月、卒業。

一九九一年九月、スタンフォード大学ロースクール（法科大学院）に入学。九四年七月、同博士課程を修了、ＪＤを取得。

一九九一年一〇月、サンフランシスコの『H・B・M法律事務所』に入所。

一九九六年六月、ニューヨーク州ニューヨークの『ネッド・ロースター・ロー・LLC』入所。

二〇〇五年六月、ニューヨーク州ニューヨークに『アレックス・マエダ・ロー・LLC』を開設して独立。

二〇一二年四月、東京の新宿区に『アレックス・マエダ法律事務所』を開設し、日本に進出。

現在ニューヨーク、サンフランシスコ、東京、パリ、フランクフルトに事務所を持ち、各国企業の対外進出の窓口として、また資本参加、合弁、特許、雇用関係からM&A、紛争処理に至るまで、あらゆる法律案件に対応できる体制を提供している――〉

何とも、華々しい経歴だ。

こういうのを、〝エリート〟というのだろう。だが、それにしても、気にくわない。

「この〝JD〟とかいうのは、いったい何なんだ」

船木がディスプレイを指さし、コンピューターを操作している若い刑事に訊いた。

〝パソコン〟は、苦手だ。このような面倒な捜査の時には、必ず部下にやらせることにしている。

「〝JD〟ですか。ちょっと待ってくださいね」

部下が、キーボードを操作する。なぜ指先がそのように素早く動くのか、見ているだけで気分が悪くなる。

「わかりました。〝JD〟というのは、ロースクールの三年コースを修了すると与えられる法務博士の学位のことですね……。ちなみに〝JD〟は指定されたロースクールの卒業生のみに与えられるもので、他に留学生などの一年間のコース修学者を対象とした〝LL.M.〟というのもあるようです……」

まったく、付け入る隙《すき》がない。

「つまり、このアレックス・マエダという男はアメリカの弁護士資格を持っている。しかし、日本の弁護士資格を持っているわけではない……」

「そういうことになりますね」

「日本の弁護士資格を持っていないのに、日本で弁護士として活動できるのか？」

船木は、このようなことには疎《うと》い。

「それは問題ないはずですよ。このホームページの内容からすると、おそらく顧客は海外から日本に進出しようとする企業や資本家などが主でしょうし。もし裁判になったとしても、日本の弁護士免許を持つ弁護士を事務所に何人か雇っておけばいいわけですから」

確かに、そうだ。『アレックス・マエダ法律事務所』には、何人か日本の弁護士が所属している。あの小笠原伊万里も、その一人だった。

完璧だった。どこにも、弱点が見つからない。だが……。

なぜか、居心地の悪いような違和感を覚えた。この違和感は、何なのだろう。あえてい
うならば、完璧すぎるのだ。

「おい、本田……」

船木は、部下の名を呼んだ。

「はい、何でしょう……」

「これ、〝本物〟かな」

「〝ホンモノ〟って……」

部下が怪訝そうに、振り返る。

「だからさ。このアレックス・マエダの経歴が、〝本物〟なのかなっていう意味だよ。ア
メリカ人が日本の弁護士資格を持っていなくても法律事務所を開業できるってことは、ア
メリカの経歴がデタラメでも何とかなるんじゃないのか」

船木は自分でも、乱暴な理屈だと思った。

「さあ、どうでしょう……。調べてみないと……」

「それなら、調べてくれ。あの男が本当にスタンフォードだか何だかいう大学を出てるの
かどうか。本当に〝JD〟だとかいう学位を持っているのかどうか。全部だ」

「わかりました。でも、少し時間が掛かると思いますが……」

「わかった。何か出てきたら、すぐに連絡をくれ」

船木はそういい残して、刑事課の部屋を出た。

18

一〇月一一日、日曜日——。

浅野迦羅守と伊万里、ギャンブラーの三人は、早朝に赤坂の事務所を出た。

迦羅守はプーマのフリースジャケットにジーンズ。伊万里はお気に入りの革のブルゾンに、ショートブーツ。ギャンブラーも薄手のダウンパーカーにスニーカーという身軽な服装だった。

今回は鎌倉へ向かう。場合によってはさらに先まで、足を延ばすことになるかもしれない。ミニ・クロスオーバーのそれほど広くない荷台には、二泊分程度の着替えが入った三人分の旅行用バッグが積んである。

「ところで、あの正宗という奴はどうしたんだ」

いつものように後部座席でくつろぎながら、ギャンブラーがいった。

「一応、知らせてはおいたんだが、あまり興味はないそうだ。三人で行ってきてくれといってた」

迦羅守がステアリングを握りながら、苦笑した。

「変わった奴だなあ……」

ギャンブラーが、あくびをした。

「それよりも日曜日に鎌倉まで行くなんて、旅行気分で楽しいわ。湘南《しようなん》の海を見るなんて、何年振りかしら……」

伊万里は朝から、妙に機嫌《きげん》がいい。

休日ということもあり、早朝の都内の道は空いていた。それほど、急ぐ旅でもない。迦羅守は青山《あおやま》通りから渋谷《しぶや》方面へと向かい、高樹町《たかぎちよう》の入口から首都高速に乗った。

「最初は、どこに行くの？」

助手席の伊万里が訊いた。まるで、娘が父親に甘えるような訊き方だった。

「まず、川崎市の八雲神社に行ってみよう。ひとつずつ、本当にそこで間違いないのか確認していった方がいい」

「賛成だ」

後部座席から、居眠りをしていると思ったギャンブラーが口を出した。

そうだ。やっとここまで来たのだから、後は慎重にやるべきだ。どこか一カ所で間違えれば、そこを起点に道が大きく逸れていってしまう。結果として、最終目的地に辿り着けなくなる。

首都高速も、この日は順調に流れていた。車は間もなく用賀《ようが》料金所を通過し、東名《とうめい》高速に入った。


〝ランスロット〟は、朝七時に目を覚ました。

今日は、日曜日だ。〝仕事〟は、休みだ。いつものようにドリップでお気に入りのブルーマウンテンを淹れ、朝のニュース番組を眺めながらゆっくりと味わった。

――神奈川県小田原《おだわら》市の路上で男性が頭から血を流して重体――。

――中央・総武《そうぶ》線各停、御茶ノ水《おちゃのみず》～千葉間で運転見合わせ――。

――「ＩＳ最高指導者の車列爆撃」イラク軍が声明発表――。

どれも月並なニュースばかりだ。

テレビを消し、ｉＰｈｏｎｅのスイッチを入れた。最近は、インターネット上のニュースの方が情報が豊富で、密度が濃い。

Ｙａｈｏｏ！ニュースを開く前に、ＧＰＳ追跡アプリのアイコンをタップした。ディスプレイに、地図が映し出される。その地図上のＧＰＳ発信器の位置を示す赤いドットが、移動していた。

奴らが、動き出した……。

手元のタブレットを起動させ、さらに大きなディスプレイで場所を確認する。東名高速道路の、用賀インターあたりだ。しかも、しばらく画面を見つめていると、赤いドットが神奈川県方面へと移動していることがわかった。

日曜日のこんな早朝に、いったいどこに行くつもりなんだ……。

〝何か〟がわかったのだ。そうに違いない。

ランスロットはiPhoneを手にし、着信履歴から番号を探して電話を掛けた。呼び出し音が二回鳴り、電話がつながった。

「ランスロットだ。〝ベリアル〟か」

〝ベリアル〟はキリスト教の悪魔、堕天使《だてんし》の一人だ。その名は「無価値な者」、「反逆者」を意味する。

――はい、〝私〟です――。

相手の低い声が聞こえてきた。

「例のGPS発信器の件だ。いま確認したら、奴らが動き出している」

――私もいま、確認しました――。

「とりあえず、追ってみよう。〝サタナキア〟と共に、そちらの車で迎えに来てくれ。私の車では、目立ちすぎる」

〝サタナキア〟もルシファーの配下の悪魔の一人を意味する。

——承知いたしました。これから、そちらに向かいます——。

電話を切った。

ランスロットは冷めたコーヒーを飲み干し、シャワールームに向かった。

午前七時半ごろには多摩川を渡り、東名高速を川崎インターで降りた。

ここから先は、一般道だ。

川崎市多摩区の八雲神社の住所は、すでにナビに入力してある。尻手黒川《しってくろかわ》線を西に向かい、清水台《しみずだい》の交差点を右折。浄水場通りを北上して府中《ふちゅう》街道へと向かう。

「八雲神社まで、あとどのくらい掛かるのかしら……」

伊万里が助手席で、腕の時計を見た。

「高速のインターから少し距離があるから、ここから三〇分くらいは掛かるだろう」

地図を見ると、八雲神社は読売《よみうり》ランドに近いようだ。ナビの到着予定時間は八時七分と表示されている。中央高速経由で調布インターあたりで降りた方が、時間的に早かったかもしれない。

ほぼナビの時間どおりに、目的地周辺に着いた。

八雲神社は府中街道から川崎市立菅小学校の手前の用水路沿いの道を左に入り、さらに入り組んだ住宅地の中を進んだ奥にあった。

神社の前に車を停め、降りた。コンクリートの細い参道があり、手前に電話ボックスがひとつ。奥の木造の社殿は古いが、その周囲をまだ真新しい防火サイディングの建物が囲んでいる。社殿の手前に松の古木が一本立っている以外には、それほど歴史や由緒のようなものは感じない。

「ここが本当に、次の目的地なのかな……」

ギャンブラーが、〝八雲神社〟と書かれている小さな鳥居を見上げながらいった。

「どうやら、そうらしいな……」

迦羅守は、境内に立っている八雲神社の由緒書を読んだ。

〈――八雲神社

祭神　素戔嗚尊

相殿　奇稲田姫

　　　倉稲魂命

當社は鎌倉時代の創建と云ふ。旧時は天王社と唱え、祇園牛頭天王を祭り、仙谷山寿福寺《せんごくさんじゆふく》《じ》の末寺小谷山福泉寺《しようこくさんふくせんじ》（應永《おうえい》年間創立）の境内に在り、福泉寺廃寺後は神社として独立し（中略）明治元年十月十八日神佛分離令により、祭神を素戔嗚尊と定め八雲神社と稱《しよう》し菅村上下の崇敬をうけ今日に至り、現在菅氏子会の所管となる――〉

手の中のメモと読み比べた。

〈――八雲ノ牛頭ノ元ニ倉稲魂命ハ奇稲田姫命ト出会ウ――〉

やはり、間違いない。ここだ。

〝石瀬ノ流レ〟――多摩川――を渡ったことも含め、この神社は暗号文の記述と完全なまでに一致している。

「どうするの。もっと、ここを調べる?」

伊万里が訊いた。

「いや、ここはもういい。次へ進もう」

迦羅守はデジタルカメラで記録用の写真を何枚か撮り、神社の前に停めてある車へと戻った。

車は芝公園インターから、首都高速に乗った。

車種はシルバーのハリアー。運転席には若い〝サタナキア〟が座り、助手席には小柄な〝ベリアル〟がいる。

〝ランスロット〟は、後部座席から二人の様子を窺った。二人とも、〝ロッジ〟の〝ヴァシリオス〟の紹介で送り込まれてきた男たちだ。

彼らがこちらの素姓を知らないように、ランスロットもまた二人の本名すら聞かされていない。信頼できる男たちなのかどうかも、わからない。ただ彼らは、組織からランスロットに従うようにと命令されてきたにすぎない。

タブレットのディスプレイに視線を戻した。GPS発信器を示す赤いドットは東名高速を川崎インターで降り、一般道を調布方面に向かっていた。ランスロットの乗ったハリアーは、画像の地図上に残るGPSの経路を正確に追跡している。

いったい彼らは、どこに行くつもりなのか……。

車はやがて東名高速に入った。間もなく、川崎インターに着く。

その時、GPSのドットに変化があった。地図上の一点で、静止している。しばらく待ってみたが、動く気配がない。

「奴らの車が、止まったな……」

ランスロットが、いった。

「そのようですね……」助手席のベリアルが、自分のタブレットを見ながら答えた。「場所は川崎市多摩区、読売ランドの近くですね……」

三人の乗った車も川崎インターを降り、一般道を読売ランド方面に向かっている。あんな場所に、いったい何があるのか。

「また、動き出しましたね。今度は、戻ってきている……」

ベリアルがいった。

「本当だ。引き返しているな……」

GPSの赤いドットは、確かに府中街道を戻っている。そして浄水場通りを右折し、こちらに向かってきている。

「どうしますか。このままだと、すれ違ってしまいますが」

ランスロットの乗った車も浄水場通りに入り、府中街道方面に向かっている。

「かまわない。このまま走ってくれ」

赤いドットが、こちらに向かってくる。もう、あまり距離はない。間もなくだ。

前方に、白いミニ・クロスオーバーが見えた。浅野迦羅守の車だ。そう思った次の瞬間、すれ違った。

運転席の浅野と、助手席の伊万里は見えた。もう一人の男は、一瞬だったので確認できなかった。

「どうしますか。Uターンして、追いますか」

運転しているサタナキアがいった。

「いや、いい。奴らが車を止めた場所まで、行ってみてくれ」

GPS発信器が正常に作動している以上、奴らを見失う心配はない。

それよりも奴らが、あんな場所で何をしていたのか……。

それを確かめておく必要がある。


迦羅守と伊万里は、ランスロットの車とすれ違ったことに気付いていなかった。

午前八時を過ぎて、道は車の流れも多くなりはじめていた。今日は日曜日なので、この後は行楽の車がさらに出てくるだろう。

迦羅守は車のナビで、鎌倉までのルートを確認した。ここから元のルートで川崎インターまで戻り、東名高速で横浜町田《まちだ》インターまで移動。国道一六号から二四六号、さらに四六七号で藤沢《ふじさわ》まで南下し、藤沢鎌倉線の片瀬《かたせ》海岸あたりで相模湾にぶつかるというルートが表示されている。

現地到着予定時刻は、午前一〇時前後。いずれにしても急ぐ旅でもない。

「今日は日曜日だし、鎌倉は混みそうだな……」

ギャンブラーが後部座席に寝そべり、気怠《けだる》そうにいった。今日は天気も良いし、行楽の人出は多いだろう。

「まあ、人が多い方が目立たなくていい」

もし人目が気になるような事態になれば、どこかに一泊して明日の月曜日になるのを待てばいい。

「もし鎌倉が混むなら、いまのうちに調べておかないと……」

伊万里がそういって、ｉＰｈｏｎｅで何かを調べはじめた。

「何を調べてるんだ」

迦羅守が訊いた。

「ランチのお店よ。和食と洋食、どっちがいいかしら。日曜だからネットで早目に予約を入れておかないと……」

伊万里が、のんびりといった。

19

部下の本田から電話が掛かってきたのは、日曜日の早朝だった。

船木は毛布を被ったまま手だけを出して枕元をまさぐり、携帯を摑んだ。

「こんな時間に、何事だ……」

思わず不機嫌な声が出た。

——すみません。例の、アレックス・マエダの件です。何か出てきたら、すぐに連絡するようにといわれたものですから——。

これでやっと、目が覚めた。

「何か、わかったのか」

――あの男の経歴について、やはり奇妙な点がいくつか出てきました。もしよろしければ、船木警部のパソコンに資料を転送しますが――。

〝資料〟といっても、どうせ英文だろう。自慢じゃないが、そんなものを転送されても読めるわけがない。

「いや、送らなくていい。いまから署に行くから、そこで待っていてくれ……」

電話を切り、ベッドの上に起き上がった。頭を掻き、あくびをした。

これでまた、せっかくの日曜日の休みがふいになった。

武蔵野署に出署すると、本田は自分のデスクの椅子で居眠りをしていた。どうやら、昨夜からここで徹夜したらしい。

「おい、起きろ」

肩を揺すると、驚いたように目を覚ました。

「……警部……おはようございます……」

「ほら、これ」船木はコンビニで買ってきた缶コーヒーを本田に差し出した。「それで、何がわかったんだ」

「あ、これです……」

本田は慌ててコーヒーをひと口飲み、目の前のコンピューターを操作した。

「何て書いてあるんだ」

やはり、英文の書類だった。読めるのは〝スタンフォード・ユニバーシティー〟という大学名だけだ。

「昨日の時点で現地は土曜日の午前中でしたので、スタンフォード大学への問い合わせは間に合いました。一九八七年九月に、アレックス・マエダという人物が人文理学部に入学したかどうか。九一年七月に、同学部を卒業したかどうか……」

「だからそれで、大学は何といってきたんだ」

じれったい。

「はい、結論からいうと、アレックス・マエダという人物はスタンフォード大学の卒業生、もしくは元学生の中に一人も存在しないとのことです……」

船木は、首を傾げた。

「いったい、どういうことだ……」

「わかりません。それで同年に、〝マエダ〟という人間が在学していたかどうかも調べてもらったのですが、たった一人……。八九年一〇月から半年間だけ、スタンフォード大学の外国人向け語学クラスの受講生の中に〝ノリユキ・マエダ〟という人物がいたことがわかりました……」

ますます、わからなくなってきた。

「その〝ノリユキ・マエダ〟というのが、〝アレックス・マエダ〟と同一人物なのか」

もしそれが事実だとしても、人文理学部卒業と語学クラスを半年間受講しただけではかなり違う。

「わかりません。ちなみにスタンフォード大学のロースクールの方にも、アレックス・マエダという人物が在学していたという記録は見当たりませんでした」

つまり、経歴詐称《さしょう》ということか。

「例の〝JD〟というアメリカの法務博士号の方はどうなんだ」

「それはまだ、わかりません。アメリカの司法省は週末は休みなので。でも、インターネット上に公開されているアメリカの法務博士号取得者のリストの中には、アレックス・マエダという名前はありませんでした……」

やはり、偽弁護士というわけか……。

「他には」

「はい。現在のアレックス・マエダ法律事務所がある〝新宿アイランドタワー〟二〇階のオフィスの借り主を調べてみました。すると、面白いことがわかったんです……」

「面白いことって、何だ」

本当に、じれったい。

「オフィスの借り主の名前が、〝前田則之《まえだのりゆき》〟という人物なんです。つまり……」

本田がそういって、コンピューターのディスプレイに日本語の資料を出した。

「〝前田則之〟……〝ノリユキ・マエダ〟……。スタンフォードの語学クラスを受講していたのと、同一人物か……」

「わかりませんが、もしかしたら……」

「その男の、経歴はわかるか」

「はい、これです……」

本田がディスプレイに、前田則之という男の経歴を出した。

生年月日はアレックス・マエダとまったく同じ、昭和四四年（一九六九年）の一〇月だった。出生地はアメリカ合衆国のカリフォルニア州ロスアンゼルスではなく、福岡県福岡市東区《ひがし》になっていた。だがこの二人は、間違いなく同一人物だ。

「この男の住所はわかるか」

「はい、事務所の賃貸契約書に書かれているものなら……」

本田がディスプレイのその部分を、アップにした。船木が、警察手帳にメモを取る。

「ご苦労」

そういって、刑事課を飛び出していった。

20

湘南海岸が近付くにつれて、国道四六七号は渋滞がはじまった。

やはり、日曜日だ。これで少し、予定が遅れることになるだろう。早朝に東京を発《た》ったのは、正解だった。

鎌倉市内に入ると、さらに渋滞がひどくなった。狭い道に、行楽の車や観光バス、外国人観光客が溢《あふ》れていた。それでも何とか高徳院の大仏前駐車場の列に並び、車を駐めた時にはすでに一〇時半を回っていた。

「ここまで来ただけで、もう疲れちまったぜ……」

後部座席でごろごろしていたくせに、ギャンブラーが贅沢《ぜいたく》なことをいった。

「まあ、とにかく大仏を見てみようじゃないか」

道路を渡り、他の観光客の後ろに並ぶ。仁王《におう》門から参道に入り、一人二〇〇円の拝観料を支払って境内に入る。間もなく手水舎《ちょうずや》の向こうに、仏身高一一・三一二メートルの巨大な阿弥陀如来坐像が天に聳えた。

迦羅守も、伊万里も、ギャンブラーも、しばらく大仏を見上げていた。もちろん三人が長谷の大仏を見るのは、これが初めてではなかった。だが、いまこうして秋空に聳える大仏を目の前にすると、改めてその大きさと威厳に圧倒される。

〈――オサラギ応神天皇ト並ビテ白旗ヲ祀リ海ヲ臨ム――〉

いま長谷の大仏を見上げながら、あの暗号文の奇妙な一行を思う。確かにこのオサラギは、南に――海を――向いている。あの高さからならば、陽光に煌《きら》めく相模湾を見渡せることだろう。

「私、変なことを想像しちゃった……」

伊万里が、長谷の大仏を見上げる。

「変なことって、何だ？」

「この大仏、金塊や銀塊を隠すにはもってこいだと思うの。もし金や銀を溶かして、この大仏の裏にでも貼り付けちゃったとしたら……」

「まさか。この大仏が建立《こんりゅう》されたのは、一三世紀だぞ」

だが、あながち笑えなかった。あの暗号文の創作者は、なぜこの大仏を取り入れたのか。長谷の大仏は、鎌倉時代（西暦一一八五年～一三三三年）に源頼朝の命によって建立されたとする有力な説がある。

長谷の大仏は、その内側に入ることができる。中は空洞で、本当に大仏に呑み込まれてしまったかのような奇妙な眺めだった。背後に展望台と二つの窓があり、大仏の形から顔の表情までわかる。

確かに裏側の銅の上から溶かした金や銀を塗《ぬ》り固め、さらに銅を貼ってしまえば大量の金銀塊を隠すことはできるだろう。だがいくら昭和二四年当時とはいえ、そんな大工事を人目に触れずに行なうことは不可能だ。

「さて、次に行くか」

「そうしよう」

高徳院を出て再度車に乗り、鶴岡八幡宮に向かった。ここでもまた駐車場に並び、やっと車を駐めた。この時点ですでに、時計は午後零時を回っていた。

駅から鶴岡八幡宮に続く若宮《わかみや》大路、小町《こまち》通りの大鳥居の周辺には、観光客が溢れていた。本来、鎌倉は、日曜日に近付くべき場所ではない。

「とりあえず、お昼ごはんにしようよ……」

伊万里が、力が抜けたようにいった。迦羅守もギャンブラーも、もちろん異存はなかった。

少し駅の方に歩き、伊万里が予約を入れたトラットリアでそこそこ高級なランチを楽しみ、鶴岡八幡宮へと戻った。

神馬舎から三ノ鳥居を潜り、境内に入る。右手に源氏池、左手に平家池を見ながら表参道を進む。さらに右手に社務所があり、正面奥の大石段の上の南総門と重なるように、鶴岡八幡宮の豪壮な本殿が聳えている。

「懐かしいわ……」

伊万里がその荘厳な風景に見惚《みと》れるように呟いた。

かつて鶴岡八幡宮は、源氏の守護神だった。延《ひ》いては鎌倉幕府の要《かなめ》であり、祭神に応神天皇を祀ったことから日本の中心でもあった。すなわちこの風景は、一二世紀の昔から、神国日本の象徴でもあった。

迦羅守と伊万里、ギャンブラーの三人は、他の参拝者の列に並び大石段を上った。ふと、かつてはあの源頼朝も、幾度となくこの石段を上ったのだろうかと、そんな想いが脳《のう》裏《り》をかすめる。

本殿を前にした瞬間に、心が無になった。祭神に一礼し、賽銭《さいせん》を奉《たてまつ》り、二礼二拍手の後に神に祈る。最後に一礼を贈ると、心の中に澄んだ気が広がった。

参拝の後で、白旗神社に向かった。

白旗神社は大石段を下って左手の、柳原神池《やなぎはらしんち》から石畳《いしだたみ》の参道を奥に進んだ森の中にある。このあたりには、あまり人はいない。本殿に比べると小さく、静かな社殿だった。

迦羅守は白旗神社も参拝した。自分たちも源氏の末裔であることを想うと、感慨深いものがあった。

参拝を終わり、石畳の参道を戻る。風に揺れる木洩《こも》れ日が、目映《まばゆ》かった。

「なるほどね……。〝オサラギ応神天皇ト並ビテ白旗ヲ祀リ海ヲ臨ム〟か……。確かに、鎌倉そのものだ。名文だな……」

ギャンブラーが、空を見上げながらいった。

迦羅守はその言葉を聞き流しながら、ある人物の顔を思い浮かべていた。祖父の、浅野秀政《ひでまさ》の顔である。

祖父は、不思議な人だった。迦羅守が一二歳の時に亡くなるまで、家人の誰からも祖父の職業について詳しく聞かされたことはなかった。ただ子供のころ、祖父が英国製の古いデスクに向かい、何らかの原稿を書いている姿を何度か見たことがあるだけだ。

迦羅守は祖父に可愛がられていた。休日にはどこに行くにも連れていかれ、料亭『澤乃』にもよく昼食などに上がったことがあった。そんな時には女将の藤子に遊んでもらった記憶がある。藤子が祖父の〝お妾さん〟であったと知ったのは、それから何年も後のことだったが。

祖父は、頭のいい人だった。明治時代に教育を受けた者に特有のインテリジェンスを持ち、ウィットとユーモアに富んでいた。

あの奇妙な暗号文が誰の手によるものなのかは、謎だ。だが、祖父ならば、あの文章を書けたのではないかとも思う。

「これから、どうするの」

歩きながら、伊万里が訊いた。

「海を、見に行こう」

そうだ。暗号文は、〈——海ヲ臨ム——〉といっている。

駐車場に戻り、車に乗った。渋滞に巻き込まれながら若宮大路の一ノ鳥居の脇を通って海に向かう。間もなく道は滑川《なめりがわ》の交差点で国道一三四号にぶつかり、眼前に広大な相模湾が広がった。

稲村《いなむら》ヶ崎《さき》まで戻り、海辺の駐車場に車を入れた。三人で車を降り、海岸を歩く。日曜ということもあって、海岸には人が多かった。波間にはサーフボードに乗った若者たちが漂い、陽光に煌めく海面にウィンドサーフィンのセイルが疾《はし》る。

「私、水に入りたくなっちゃった……」

伊万里がブーツを脱ぎ捨て、裸足《はだし》で波打ち際に走っていった。ジーンズをまくり上げ、海水に足をつける。

素足を波に洗われ、その冷たさに驚くように逃げる。その仕草が、まるで少女のように見えた。

迦羅守とギャンブラーは、砂の上に腰を下ろす。西日の中で波と戯《たわむ》れる伊万里の姿に、ぼんやりと見惚れた。

「〝更ニ水行一日ノ末ニ海南ノ総鎮守ニ至ル〟か……。この海の向こうに、いったい何があるんだろうな……」

ギャンブラーが、足元の小さな貝殻を拾って、投げた。

「さあな……」

〝水行一日〟というのがどのくらいの距離なのか。方向はどちらなのか。暗号に、詳しい説明はされていない。

「明日、どこかでクルーザーでも借りるか。おれは一応、一級船舶の免許は持ってるぜ」

ギャンブラーがいった。

「それも悪くないかもしれないな……」

だが、迦羅守には、ひとつ思い当たることがあった。

午後の斜光は、色付きはじめていた。南西の水平線に、視線を移す。

遠い江《え》の島《しま》の島影の彼方《かなた》に、霊峰富士《ふじ》が霞《かす》んでいた。

第三章　宝島

1

武蔵野警察署の刑事課の直通番号に〝密告〟があったのは、一日の夜遅くだった。

〝密告〟は〝塩月聡太郎殺害事件〟に関する内容で、男の低い声で非通知設定の電話から掛かってきた。

署からこの知らせを受け取った時、担当の船木警部は銀座二丁目の『レジデンス銀座』という庶民にはまったく縁のない高級マンションの前で、〝張り込み《シキテン》〟を続けていた。だが、お目当てのアレックス・マエダ——本名・前田則之——の部屋には、人のいる気配はなかった。

〝密告〟の内容は、不可解だった。

——塩月聡太郎を殺した男が、今度はその娘の小笠原伊万里を狙っている。娘はいま、浅野迦羅守という男たちと一緒に鎌倉にいる。犯人を含めた三人の男が、昨日から車で彼らを追跡している——。

要領を得ない。

なぜ塩月聡太郎殺害事件の〝犯人〟が、娘の小笠原伊万里の命を狙うのか。なぜ彼女は、鎌倉などにいるのか。なぜ、追跡している男が三人なのか——。

密告者は、〝犯人〟の名前を含め、何も説明していない。

〝偽情報《ガセ》〟か……。

いや、違う。密告者は、小笠原伊万里の名前を知っていた。そしてアレックス・マエダ法律事務所が調査員として使っていた私立探偵の大里浩次の死体が発見されたのは、小笠原伊万里の部屋だった。

何かがある……。

船木はしばらく、考えた。考えがまとまると携帯を開き、武蔵野署の部下の本田に電話を掛けた。

「船木だ……先程の、〝密告〟の件だ……。いや、そうじゃない。報告は、後でゆっくり聞く……。ところで本田、お前は車の運転は得意か……。そうか、それなら、署の配車係にいって、車を一台手配しておいてくれ……。そうだ、これから署に帰る。我々も、鎌倉に行くんだ。準備しておけ」

電話を切り、溜息をついた。

大通りに出て、走ってきたタクシーを止めた。

2

〝ランスロット〟の乗る車は、先程から鎌倉の七里《しちり》ヶ浜《はま》周辺をゆっくりと流していた。

タブレットにダウンロードしたGPS追跡アプリの地図で、発信器の位置を示す赤いドットを確認する。ドットは二時間以上も前に鎌倉プリンスホテルの敷地内に入ってから、まったく動いていない。

「奴らの様子は、どうですか」

助手席の〝ベリアル〟が訊いた。

「あれから動いていない。まだホテルの中にいるようだ。どうやら今夜は、このホテルに泊まるらしい……」

時間はもう、午後一〇時を過ぎている。

「本当に車があるかどうか、確認しておきますか」

ランスロットは、少し考えた。

「そうだな。確かめておこう」

「了解しました。おい、ホテルの中に入ってみてくれ」

ベリアルが、運転するサタナキアにいった。

奇妙な、一日だった。

早朝、気が付くと、奴らが動きはじめていた。ランスロットはベリアル、サタナキアの二人と共に、GPS発信器を付けている浅野迦羅守の車を追った。

奴らが最初に立ち寄ったのは、川崎市多摩区の一角だった。読売ランドの裏手の何の変《へん》哲《てつ》もない住宅地で、近くに八雲神社があった。おそらく奴らの目的も、その神社だったのだろう。

ランスロットは塩月聡太郎から、すでに一枚目の暗号の解読文の一部を入手していた。だが、二枚目の暗号文は、まだ見たこともない。だから、奴らがなぜそんな小さな神社を訪ねたのか、まったく理解できなかった。

だが、奴らは〝四頭ノ獅子〟の謎を解いた直後にも、日本橋の兜神社に立ち寄って何かを調べていた。何を調べていたのかはわからないが、今回の一件の謎を解くキーワードの一つは、どうやら〝神社〟であるらしい。

その後、奴らの車は、ほぼ真南に南下して鎌倉に向かった。鎌倉では大仏のある高徳院と、さらに鶴岡八幡宮に立ち寄ったこともGPSの記録からわかっている。やはり、〝神社〟だ……。

車はゆっくりと、深夜のホテルの敷地内に入っていった。

ここは、隔絶された空間だ。ガーデンライトの光に輝く芝と、闇に浮かび上がるヤシの木立ち。ゆるやかな丘の上に建つ、低層の幾何学的な建物。おそらく部屋の窓からは、美しい湘南の海を望むのだろう。

駐車場に入り、車を停めた。白いミニ・クロスオーバーはすぐに見つかった。ナンバーを確認する。間違いない。浅野迦羅守の車だった。

「奴らの車ですね。どうしますか」

ベリアルが訊いた。

「ここにいることが確認できれば、それでいい。外に出よう」

三人の乗ったシルバーのハリアーは、駐車場の中で静かにターンした。ホテルの敷地の外に出て、闇の中に消えた。

南部正宗は、駐車場に駐めてあるプリウスの中から一部始終を見守っていた。

やはり、あの車か……。

あのシルバーのハリアーを見掛けるのは、今日これが初めてではない。

最初に見たのは、鶴岡八幡宮の駐車場だった。車は、浅野迦羅守のミニが出ていってしばらくして、駐車場に入ってきた。男が三人連れで鎌倉観光というのは奇妙だったので、目に付いた。

思ったとおり、車から降りた三人の男の中の一人――髪を短く刈《か》った短軀《たんく》の男――には、見覚えがあった。前日、赤坂のマンションの駐車場で、浅野迦羅守の車にGPS発信器を取り付けていた男だ。尾行すると、三人は八幡宮に向かい、しばらく境内をうろついた後、また車に乗り込んで走り去った。

二度目に見掛けたのは、国道沿いの稲村ヶ崎の駐車場だった。シルバーのハリアーは駐車場に入ってくると、駐めてあった迦羅守のミニの前で速度を落とし、ただ車がそこにあることを確かめただけでまた走り去った。そして今回が、三度目だ。

車のナンバーは〈——京都331・け・29—○○——〉……。

南部はすでに部下に命じ、車の所有者を調べさせていた。車は、京都の指定暴力団関係者のものだった。

警察に通報するか。いや、それでは面白くない。

とにかく今夜は、もう動きはないだろう。

南部は、浅野迦羅守に簡単なメールを一本送信した。

車を降り、自分の部屋に戻った。

3

カーテンから射し込む光で、目が覚めた。

耳元にはまだ、浅野迦羅守の静かな寝息が聞こえている。

小笠原伊万里はそっとベッドを出て、裸のまま窓辺に立った。

カーテンを少し開けて外を見ると、目の前に朝日に輝く大海原が広がった。遠くには、江の島の島影が浮かんでいる。

「綺麗だな……」

背後から低く囁《ささや》く声が聞こえ、長く優しい腕に抱かれた。振り向くと、そこに迦羅守の顔があった。

「起きてたの……」

「ああ、いま起きた……」

唇を合わせると、体がまたとろけそうになった。

カーテンを開け、二人でまたベッドに倒れ込んだ。目映い光の中で抱き合いながら、しばらく微睡《まどろ》んだ。

「今日は、どうするの……」

迦羅守の腕の中で訊いた。

「そうだな……。まず、ギャンブラーを起こして朝食を食べよう……」

「それから……」

「その後は、なるようになるさ……」

迦羅守がベッドのサイドテーブルに手を伸ばし、内線の受話器を取った。ギャンブラーの部屋を呼び出して起こし、三〇分後に朝食の約束をした。

二人でシャワーを浴びてホテルのレストランに行くと、もうギャンブラーが窓際の席を取って待っていた。伊万里はボーイにコーヒーを注文し、バイキングでパンやフライドエッグ、サラダやフルーツなどを多めに選んだ。久し振りに激しいセックスをしたせいか、お腹が減っていた。

「さて、今日はどうするか。このあたりのマリーナに当たって、クルーザーでも借りるか」

ギャンブラーが干物と納豆の和食系の朝食を掻き込みながら、おっとりといった。

「いや、船は必要ないかもしれない」

迦羅守が応える。

「どうして。暗号文は、〝更ニ水行一日ノ末ニ〟といっているじゃないか。〝水行〟というくらいだから、海の向こうに行くんだろう。それなら、船がいるはずだ」

「いや、船はいらない。陸伝いにでも行けると思う」

「どういうことだ」

「つまり、こういうことなんだ……」

迦羅守はそういって、朝食のテーブルの上に地図を広げて説明をはじめた。

普通、鎌倉から〈──更ニ水行一日ノ末ニ──〉といえば、誰でも湘南海岸の南、相模湾の先にある島か何かを思い浮かべる。江の島では近すぎるが、そこからほぼ真南に六〇キロ下ったところにある大島《おおしま》、もしくは新島《にいじま》、神津島《こうづしま》、三宅島《みやけじま》などの伊豆《いず》七島のどれかだろう。

迦羅守は続けた。

「ここでは〝水行一日〟といっているだけで、それが大型船なのか、モーターボートなのか、艪《ろ》で漕《こ》ぐ小舟なのかも指定していない。つまり、距離も特定できない。それにいままで北から南に下ってきたから、これからも同じ方向に行きたくなるが、方角も明らかにされていないんだ」

「それじゃあ、どこに行けばいいんだ。距離も方角もわからなかったら、前に進みようがないじゃないか」

「いや、その次の記述で目的地が指定されている……」迦羅守が、暗号の解読文のメモを開く。「ここだ。〝海南ノ総鎮守ニ至ル〟の部分だ」

「〝海南〟というんだから、南の海のどこかなんだろう。確か南シナ海には海南島《かいなんとう》という島もあったしな」

「いや、違う。南の海なら逆に〝南海〟と書くはずだ。それに、海南島には水行一日ではどうやっても行き着けない」

伊万里は黙って朝食を口に運びながら、二人のやり取りに耳を傾けていた。〝南海〟ではなく、〝海南〟……。

すでに伊万里は、その秘密をベッドの中で聞いていた。それなのに、もったいぶって話す迦羅守がおかしくて、思わず口元に笑いがこぼれた。

「それじゃあ〝海南〟というのは、何なんだ。そんなにじらさずに、早いとこ教えてくれよ……」

「これだ……」迦羅守が今度はｉＰｈｏｎｅで検索し、その画面をギャンブラーの方に向けた。「これが〝海南ノ総鎮守〟の正体だよ……」

ギャンブラーが眼鏡を掛けなおし、ｉＰｈｏｎｅのディスプレイに顔を近付けた。

「いったい何だ、この〝海南神社〟というのは……」

海南神社――。

神奈川県三浦市にある相模国三浦総鎮守である。

清和《せいわ》天皇の治世に皇位継承争いに絡んで追放され、三浦半島に漂着した藤原資盈《ふじわらのすけみつ》を主神として建てられた神社で（九八二年）、他に盈渡姫《みつわたりひめ》、地主大神《じぬしおおかみ》などを祀る。この神社を総社とした三浦氏は、後に源頼朝の挙兵を助けた水軍としても知られる。平氏《へいし》を打倒した後、頼朝は海南神社に銀杏を寄進し（一一九二年）、いまもそれが樹齢八〇〇年以上の大銀杏となって境内に残っている。

「清和天皇……藤原資盈……源頼朝……。どういうことなんだ……？」

ギャンブラーがぶつぶつと呟きながら、首を傾げる。

その様子が、おかしくてたまらない。

だが、伊万里は思う。現代はインターネットが発達した時代だから、何とかここまで辿り着くことができた。もしあの暗号文が書かれた昭和二四年当時だとしたら、こんなに簡単には謎が解けなかったに違いない。もっと時間も、労力も費《つい》やしたことだろう。

「海南神社は、三浦半島の先端の三崎《みさき》にある。もちろん陸伝いにも行けるが、〝水行一日〟という距離感にも矛盾はしていないだろう」

迦羅守がいった。

「まあ、それはそうなんだけどさあ……」

ギャンブラーはまだ、納得がいかないらしい。

「とにかく食事が終わったら、このホテルを出よう。それから、伊万里。君は確か、武蔵野署の船木とかいう担当刑事の携帯電話の番号を知っていたはずだね」

「知っているけど、どうして」

「とりあえず、ぼくに教えておいてくれないか」

迦羅守がそういって、片目を閉じた。

武蔵野署の船木警部は、鎌倉プリンスホテルの駐車場に駐めた車の中で待機していた。署の車だが、ごく普通の3ナンバーのワゴン車だ。この車ならば、警察車輌であると気付かれる心配はない。

昨夜、署に戻ってから、浅野迦羅守もしくは小笠原伊万里という名の客が宿泊していないか鎌倉周辺のホテルや旅館を虱《しらみ》潰しに当たってみた。数軒目で、ヒットした。鎌倉でも最も有名なホテルの宿泊者名簿の中に、二人の名前があった。

未明に鎌倉に着き、ホテルの駐車場を探すと、思ったとおり浅野迦羅守の車が見つかった。いまは、その白いミニ・クロスオーバーが見える位置に署の車を駐めている。

〝密告〟では、塩月聡太郎殺害犯を含む三人の男が車で小笠原伊万里を追っているという話だった。だが、すでに数時間この駐車場を張り込んでいるが、いまのところそれらしき車や男たちの姿は見当たらない。

午前八時半を過ぎた。ホテルからは次々と宿泊客が出てきて、自分の車や観光バスに乗り込んで走り去っていく。そろそろ、彼らも動き出していいころだ。

そう思ったところに、ホテルから革のブルゾンを着た女が小さなスーツケースを引いて出てきた。その横に背の高い男と、眼鏡を掛けた小柄な男もいる。

間違いない。小笠原伊万里と、浅野迦羅守だ。もう一人の小柄な男も、浅野のマンションに出入りするところを見たことがある。

「おい、起きろ。奴らが出てきたぞ」

船木は運転席で居眠りをする部下の本田の肩を揺すった。

「あ、はい……」

本田は慌てて寝惚《ねぼ》けまなこを開き、両手で自分の顔を叩いた。

ホテルから出てきた三人は荷物を車の荷台に積み、自分たちも乗り込んだ。そして駐車場を出ていった。

「よし、あの車を追ってくれ。間に何台か挟んで、気付かれないように行くんだ」

「わかりました……」

船木たちが乗ったワゴン車も、ホテルの駐車場を出た。

小笠原伊万里を尾行すれば、どこかで塩月聡太郎殺害犯に出くわすはずだ。


ランスロットは、藤沢市内のビジネスホテルにいた。

前夜は遅かったので朝はゆっくりして、ちょうど朝食を食べているところだった。トーストとハム・アンド・エッグスを口に運び、何げなく手元のタブレットをチェックした。

GPSの位置を示す赤いドットが、動き出していた。

口の中のトーストをコーヒーで胃の中に流し込み、席を立った。歩きながらiPhoneを手にし、電話を掛けた。

「奴らが、動き出した。すぐに出る準備をしてくれ……」

電話を切り、自分の部屋に向かった。

今日か、明日か。いずれにしてもここ数日以内には、決着するだろう。

4

三浦市三崎は、神奈川県の南に突き出た三浦半島のさらに最西南端に位置する陸の孤島である。

丘陵《きゅうりょう》の険しい複雑な地形の岬《みさき》で、南には橋を一本渡って城ヶ島《じょうがしま》と向かい合う。市街地の下町地区は北条《ほうじょう》湾で東西に分かれ、西部の三崎地区には港湾施設や市場、公共施設が集まる。近年は遠洋の鮪《まぐろ》漁の基地として知られ、古い港町の街並や特産品を目当てに客が集まる観光地としても発展している。

また、三崎は、古くから風光明媚《めいび》な地としても知られていた。源頼朝は特にこの地を気に入り、城ヶ島と三崎の宝蔵山《ほうぞうざん》に桜を植えて花見を楽しんだという記録が残っている。西の三崎港の先端に立てば目の前に穏やかな相模湾が広がり、右手に江の島から湘南、遥か前方には小高い伊豆半島を望む。

浅野迦羅守と小笠原伊万里、ギャンブラーの三人は、午前中のそれほど遅くない時間に三崎に着いた。

だが、それからが大変だった。

地形が複雑で平地の少ない三崎には、車を駐められる場所が少ない。仕方なく、三崎港の市場の公共駐車場に車を置き、そこから歩くことにした。地図によると、海南神社は市街地を見下ろす小高い山の上にある。

近道をしようと思い、道に迷った。このあたりは三浦三十三観音巡礼の遍路道でもある。古い街並を抜けるとすぐに急な石段があり、それをしばらく上ると三浦札所一番の音《おん》岸寺《がんじ》の境内に出た。

さらに、道は続く。三崎の山手の道には坂や階段が多い。車も走れないような細い路地が山手に入り組み、その周囲に隙間《すきま》もなくひしめくように人家が肩を寄せ合っている。

「暑いな……。この坂道は、たまらんぜ……」

ギャンブラーが、額の汗を拭いながら愚痴《ぐち》をこぼした。

ここ数日は、天気がいい。今日も空はよく晴れて、一〇月の半ばとは思えないほど午前中から気温が上昇している。

「まあ、そういうな。こうして歩くのも、気持ちいいじゃないか」

迦羅守が先を歩きながらいった。

山を登って見晴らしのいい場所に出ると、港町から城ヶ島、さらに海の彼方まで見渡せた。時折、山の斜面を吹き抜ける潮風が、汗ばむ体に心地好《よ》い。

途中で、名もない小さな祠《ほこら》を見掛けた。さらに、先へと進む。道は上り下りを繰り返し、山肌に沿うように曲がりくねっていて、なかなか思う方角に進めない。

そこからまた少し迷うと、今度は住吉《すみよし》神社という赤い社殿の小さな神社があった。神社から東に向かうと道が崖に突き当たり、これを左へと折れる。左手に古い家が並ぶ崖の上の道を下っていくと、右手に大乗寺《だいじょうじ》、さらにその先に円照寺《えんしょうじ》と寺が続いている。

「この道はいったい、何なんだ……。まるで、迷路じゃないか……。それに、何で寺や神社ばかりなんだ……」

ギャンブラーは、文句ばかりいっている。

「距離は、もうそう遠くないと思うわ。一度、この下の県道を渡って……その向こうの山の上にあるはずよ……」

伊万里が、タブレットで地図を確認しながら、その先に見える山を指さした。

「よし、行ってみよう」

寺を迂回するように下って、県道を渡った。県道とはいっても、片側一車線の細い坂道だ。道を越えて、浄称寺《じょうしょうじ》と書いてある路地を上っていく。だが、神社の裏手の、小学校との間の暗い路地に出てしまった。

「ここが、海南神社か……」

ギャンブラーがいった。

道に沿って、ここが神社の敷地であることを示す石の玉垣が並んでいる。だが、森が鬱《うっ》蒼《そう》としていて、中が見えない。

「でも、こちらからは入れないようだわ……」

「よし、南側に回ってみよう。神社の鳥居は必ず南を向いている。南側に回れば、参道があるはずだ……」

迦羅守がコンパスを開き、南に向かって歩き出した。

それからまた少し道を探し、やっと石畳の路面の古い商店街が見つかった。

「ここが参道だな。行ってみよう……」

参道は、寂れていた。雑貨屋や食堂、船具屋、旅館などが軒を連ねてはいるが、シャッターはほとんど閉まっていた。人も、歩いていない。間もなく小さな橋の手前まで来ると、その先にやっと、コンクリートの鳥居が見えてきた。

「あれだ……」

「鳥居の下に、〝海南神社〟と書いてあるわ……」

狭い参道を進んだ。ちょうど季節なので、鳥居の左手に〈――寿・七五三――〉と書かれた幟《のぼり》が立てられていた。両側に、阿吽《あうん》の狛犬。額束《がくづか》には確かに、〝海南神社〟と書かれていた。

鳥居の奥に、緑青に染まった銅屋根の、赤い小さな社殿が見えた。俗界から結界を越え、神域に入る。心なしか、凛《りん》とした大気が周囲を包み込む。

数段の石段を上り、境内の奥へと進む。左手に手水舎があり、右手向かいに古い祠がある。その背後に、源頼朝が寄進したとされる樹齢八〇〇年の銀杏の巨木が抜けるような青空に枝葉を広げていた。

手水舎で手と口を清め、社殿へと進む。途中、七五三の親子連れと行き逢った。両親に手を繋がれた小さな女の子のぽっくり下駄の音が、静かな境内にころがるように鳴った。

「この神社、何か怖いわ……」

伊万里が立ち止まり、参道を下っていく親子連れを振り返った。

「奇妙な霊気のようなものを感じるな。気のせいだとは思うんだが……」

ギャンブラーが、銀杏の大木を見上げる。

いや、気のせいなどではない。この神社には、何かがある。

「それよりも、まずお参りをすませよう」

迦羅守がいった。

古い、朱に塗られた社殿の前に立った。石段の上に賽銭箱が置かれ、そこに金の神紋が入っていた。同じ神紋は鳥居の下の垂幕にも書かれていた。

一見して藤原氏の藤紋のようでもあるし、鶴紋にも見える。もしこの海南神社が藤原資盈を祀るのであれば、藤紋か。だが、藤紋だとすれば、上下が逆だ。

賽銭箱の上には、魔除《まよ》けの本坪鈴《ほんつぼすず》が何本も下がっていた。その銅製の鈴も、結ばれた玉色の布で綯《な》われた縄も、長い年月の潮風と陽光に晒されてすべてが色褪せていた。

迦羅守は誰もいない境内に鈴を鳴らし、賽銭を入れた。二礼、二拍手を打ち、また一礼する。神に何かを願ったわけではないが、不思議なことに、心身を清められたような錯覚があった。

伊万里とギャンブラーの参拝が終わるのを待ち、迦羅守がいった。

「さて、〝宝探し〟の続きをやろうか」

それまで神妙な顔をしていた二人の表情が、少し崩れた。

「そうね。例の暗号文の続きは、どうなっていたかしら」

「これだ」

迦羅守が暗号文を解読したメモを、伊万里に見せた。〈――海南ノ総鎮守ニ至ル――〉の後に、次のように続いている。

〈――天照大御神ニ問イテ四人ノ名ノ元ヲ探セ――〉

「これで、最後か……」ギャンブラーが溜息をつく。「〝海南ノ総鎮守〟というのはこの

〝海南神社〟のことだからいいとして、次の〝天照大御神〟というのは……」

「この海南神社の主祭神は藤原資盈と盈渡姫、地主大神だが、他にもいくつかの神を祀っているんだ。その中のひとつが、天照大御神神なんだ」

迦羅守が、説明する。

「つまり、この記述に矛盾はないわけか……」

「そうだ。少なくとも、矛盾はしていない」

「それなら最後の〝四人ノ名ノ元ヲ探セ〟って何なの。それが一番、わからないわ……」

伊万里が、首を傾げる。

そうだ。〝四人〟というのが、最大の謎だ。いったい誰の名前のことを指すのか……。

「この海南神社の祭神のことを指してるんじゃないのかな。当たり前に考えればそうなるだろう」

ギャンブラーがいった。

「どうだろう。この神社の祭神は藤原資盈、盈渡姫、地主大神、天照大御神、豊受気比売《とようけびめの》大神《おおかみ》、素戔嗚尊、天之鳥船命《あめのとりふねのみこと》、菅原道真《すがわらのみちざね》、筌龍弁財天《せんりゅうべんざいてん》、境内社の源為朝《みなもとのためとも》や磐鹿六《いわかむつ》雁命《かりのみこと》まで入れると、全部で一一神が祀られているんだ。それに神を〝人〟という単位で数えるのは、ちょっとおかしくないか」

迦羅守が、タブレットで検索しながら答える。

「それならば、いったい〝誰が〟四人なの……」

「わからない。とにかく、この神社の境内のどこかに、人の名前が書いてあるはずだ。手分けして、探してみよう」

「そうだな。それしか方法はないようだな……」

三人はそれぞれが、思いおもいの場所へと散開した。

迦羅守はまず、本殿を見た。この本殿の建物自体も、古いものだ。天元《てんげん》五年（九八二年）に最初の社殿が建立されたという記録が残っているので、少なくともあの暗号が書かれた昭和二四年のかなり以前からここに建っていたのだろう。

だが、社殿には、人の名前のようなものは何も書かれていなかった。ただ右側の柱に、〝三浦七福神　筌龍弁財天〟と金文字が入っているだけだ。

次に迦羅守は、社殿から鳥居に向かって左側の大銀杏の前に立ってみた。生きている木と人の名前を結びつけて考えるのも変だが、この樹齢八〇〇年の古木も昭和二四年当時からここにあったことは確かだ。

改めて見上げてみると、見事な巨木だった。説明によると現在、幹の太さは周囲四・六メートル。樹高一五メートル。別名〝大公孫樹〟とも呼ばれる。

源頼朝が平家打倒の大願成就を記念して鎌倉時代の一一九二年にお手植えしたものなので、この伝聞が正しければ八二〇年以上もこの地で三崎の地を見守っていたことになる。

だが、やはり、この巨木の周囲には人の名前らしきものは何もなかった。

迦羅守はそれからも、鬱蒼とした境内を探索した。

海南神社には神明造の本殿以外にも、様々な社殿がある。切妻造《きりづまづくり》の幣殿《へいでん》、権現造《ごんげんづくり》の拝殿、神楽《かぐら》殿や参集殿。境内社の相州海南高家神社、源為朝を祭神とする疱瘡《ほうそう》神社、そして社務所などだ。他にも暗く急な石段を上った岩の上の金毘羅《こんぴら》宮や、赤い小さな鳥居の奥の福徳稲荷神社などの小さな祠もある。

迦羅守はそのうちのいくつかを調べてみた。だが暗号文の〈——四人ノ名ノ元ヲ探セ——〉に該当するようなものは、何も見つからなかった。しばらくすると伊万里とギャンブラーも諦めたらしく、また元の本殿の前に集まってきた。

「だめだな……」

「何もないわ……」

「こっちもだ……」

人の名前らしきものが書いてあるのは、幣殿や拝殿に貼られている千社札や、地元の有力者が奉納した石碑と石灯籠《いしどうろう》くらいのものだった。いずれもそれほど古くはないし、千社札は恒久的なものですらない。そのようなものを、何十年先の後世に伝えるための目印に使うわけがない。

「どうする。この神社じゃないんじゃないのか……」

「それとも、昔は〝四人の名前〟が書かれた何かがここにあったんだけど、いまはもうそれがなくなっちゃったのかもしれないわね……」

「わからない……」

迦羅守は、考えた。暗号文の前後の流れからして、自分たちがこの海南神社に辿り着いたところまでは間違いないはずだ。それとも、どこかで、何かの解釈を間違えてしまったのか……。

「何かをお探しですかな」

声を掛けられて振り返ると、白髪を短く刈り込んだ老人が立っていた。神職の常装を身に着けている。

「失礼ですが、この神社の神主さんでいらっしゃいますか」

迦羅守が訊いた。

「はい。私は海南神社の宮司でございます。先程から見ておりましたが、どうもあなた様方がこの神社の境内で何か探し物をしているようにお見受けいたしましたのでね。それで、声を掛けさせていただいたのですが……」

老人が、穏やかにいった。

三人は、顔を見合わせた。どうしようかと迷っているうちに、伊万里が一歩、前に進み出た。

「はい、探し物をしているんです。この神社の中に、〝四人の名前〟が書いてある物は何かないでしょうか。どんな物でもいいんですけど……」

「四人の名前……いったい、誰の名前が書いてあるのですかな……」

宮司が、不思議そうにいった。

「それが、わからないんです……。ただ、〝四人の名前〟が書いてある何かが、この神社にあるとしか……」

だが、宮司は首を傾げた。

「私はもう何十年もここの宮司を務めておりますが、そのようなものは目にした覚えがありませんな……」

そうだろう。

〈――天照大御神ニ問イテ四人ノ名ノ元ヲ探セ――〉という記述は、あまりにも漠然としている。その〝四人の名前〟すらわからず、それが〝何なのか〟すら特定できないのでは、探しようがない。

「待ってくださいよ、もしかしたら……」

宮司が、何か思い出したように小さく頷いた。

「何か、わかりましたか」

迦羅守が訊いた。

「はい、実は海南神社というのは、ここだけではないのですよ」

「ここだけではない……」

三人はまた、顔を見合わせた。

「そうです。三崎の南側に、城ヶ島という島があるのはご存じですな」

「はい、もちろん知っていますが……」

「実は、そこにも海南神社の分霊があるのですよ。確かにそこに、〝四人の名前〟が書かれたものがある……」

それだ！

「〝四人の名前〟が書かれたものとは、何なんですか」

「分霊の方に行ってみればわかりましょう。ご自分の目で確かめてみるがよろしい」

「わかりました、行ってみます。ありがとうございました」

宮司に礼をいって、海南神社を辞した。

細い参道を戻り、三崎港の駐車場へと急ぐ。

「そうか、分霊があったのか……」

ギャンブラーの足取りも、少し軽やかになったようだ。

「それでなぜ、〝水行一日ノ末ニ〟と書かれていたのかも理解できたよ。昭和二四年当時には、まだ橋がなかったからね……」

三浦半島と城ヶ島を結ぶ城ヶ島大橋が完成したのは、昭和三五年（一九六〇年）――。それまで城ヶ島に行くためには、鎌倉からにしろ三崎からにしろ船に乗らなければ渡れなかった。つまり、〝水行〟である。

「ねえ、迦羅守、お願いがあるの……」

「何だ」

迦羅守が歩きながら、伊万里を振り返る。

「城ヶ島に行く前に、お昼ごはんにしない。お腹へっちゃったわ……」

伊万里が、おっとりといった。

5

船木警部は、まだ逗子《ずし》市にいた。

コンビニの駐車場に車を駐め、おにぎりとカップラーメンの昼飯をペットボトルの日本茶で胃袋に流し込んでいた。

握り飯を食いながら、部下の本田に視線を向ける。本田は船木の視線を避けるように、運転席で小さくなりながらサンドイッチを齧《かじ》っていた。

今日の朝のうちまでは、すべて順調だったのだ。

鎌倉プリンスホテルの駐車場で、小笠原伊万里や浅野迦羅守一行が乗る白いミニ・クロスオーバーを発見した。奴らがホテルを出るのを待って、その車を尾行した。尾行を続けていれば、いつか塩月聡太郎殺害犯が姿を現す。そのはずだった。

ところがこの間抜けな本田が——確かに間に車を挟んで尾行しろとはいったが——地元ナンバーの軽トラックを前に入れてしまった。その漁具を積んだポンコツの軽トラックが、とんでもなくのろかった。

船木は「追い越せ！」といったのだが、本田は「ここは追い越し禁止区間です……」といって逆《さか》らった。そんなことをしているうちに、浅野迦羅守の車はどんどん遠ざかっていった。そしてついに、見失ってしまった。

以来、数時間。船木と本田は、奴らが走り去った方向——逗子か横須賀、もしくは葉山《はやま》の方角だ——を走り回りながら、浅野迦羅守の車を探していた。だが、よほど好運に恵まれでもしない限り、たった一台の車が見つかるわけがない。

あきらめて、出直すか……。

そう思っていたところに、船木の携帯に電話が掛かってきた。ディスプレイを見ると、非通知設定の端末からだった。

首を傾げ、電話に出た。

「はい、船木だが」

──あんた、武蔵野署の船木警部だね──。

男の、低い声が聞こえてきた。

その声で、ピンときた。武蔵野署に、塩月聡太郎殺害犯のことを〝密告〟してきた例の男だ。

「そうだ。武蔵野署の船木だ。あんたは、誰なんだ」

──そんなことは、どうでもいい。塩月聡太郎を殺した男は、他の二人と共にいまも小笠原伊万里を追っている。奴らはいま、三浦半島の三崎にいる──。

「三崎だと。なぜそんなところに……」

だが、船木が話し終わらないうちに、電話は切れた。

「糞《くそ》……」

「す、すみません……」

本田が、また自分が怒られたとでも思ったのか、謝《あやま》った。

「そうじゃない。また〝密告〟だ。小笠原伊万里と塩月聡太郎を殺った〝犯人〟たちは、いま三崎にいるそうだ。すぐに行くぞ」

「あ、はい」

本田が食べ掛けのサンドイッチを一気に口の中に詰め込み、車のギアを入れた。

南部正宗は、電話を切った。

これでいい……。

それにしても、手が掛かる奴らだ。だが、あの刑事たちが三崎で合流すれば、すべての舞台装置が整うことになる。

正宗は、三崎港の市場の駐車場にプリウスを駐めていた。広大な駐車場の数百台の車の中に、浅野迦羅守の白いミニ・クロスオーバーが見える。その前を、シルバーのハリアーがゆっくりと走り過ぎ、そのまま駐車場から出ていった。

三人の男が乗った車が走り去るのを見届け、正宗はもう一度ｉＰｈｏｎｅを開いた。そして浅野迦羅守に、短いメールを作成した。

〈――すべて、予定どおりに進んでいる。三匹のネズミの動きは、完全に把握している。そちらはどうだ――〉

メールを、送信した。すぐに、返信があった。

〈――こちらは多少、手間取っている。これから、城ケ島に向かう――〉

城ヶ島か……。

面白い。あの島は、たった一本の橋で本土と結ばれているだけだ。三つ巴《どもえ》の決戦の舞台としては、申し分のない場所だ。

あとはクロージングを、いかにうまくまとめるか。それだけだ。

6

三崎名物の鮪丼の昼食を終えて、城ヶ島へと向かった。

城ヶ島は、神奈川県の最南端に位置する県内最大の自然島である。その大きさは周囲約四キロメートル、東西幅約一・八キロメートル。面積約一平方キロメートルの、横に細長い菱形《ひし》の島である。

三崎から県道二六号線を栄町《さかえまち》まで戻り、城ヶ島に向かう道を右に折れる。ここから道はまた南へと折り返し、晴海町《はるみちよう》あたりから城ヶ島大橋へと入っていく。

城ヶ島大橋は、三浦半島から城ヶ島へと渡る唯一の橋だ。全長五七五メートル、海面高は一六メートルから二三・五メートル。周囲にはこの橋の頂上より高い土地はほとんどないので、真冬の好天の日には伊豆半島から房総《ぼうそう》半島だけでなく、富士山から丹沢《たんざわ》山地、遠く南アルプスの赤石《あかいし》山脈まで見渡せる。

橋の入口の料金所を通過し、遥か眼下に海峡を眺めながら、ものの一分足らずで城ヶ島側に渡った。道は下りながら左側にループのように一周し、いま渡ってきたばかりの橋の下を潜って城ヶ島地区へと入っていく。さらに土産物屋《みやげ》や磯《いそ》料理屋が並ぶバス通りを進んでいくと、島の西端の市営駐車場のあたりで一般車輌は行き止まりになった。

まずは、宿だ。

今日中に、すべてが片付くとは思えない。とりあえず、島内に落ち着ける基地を確保しておく必要がある。

シーズンオフの平日ということもあり、狭い島内で一番大きなホテル――『城ヶ島京《けい》急《きゅう》ホテル』――に部屋を取れた。三人でひと部屋だが、まあ仕方ない。施設は新しくないが、海を一望できる素晴らしい部屋だった。

チェックインをすませ、荷物を部屋に運び、また車で外に出た。この時点ですでに、迦羅守、伊万里、ギャンブラーは、あるひとつの事実に気付いていた。

あの二枚の暗号文の下に描かれていた、地図のような図形は何だったのか――。

二枚の図形をつなぎ合わせてみれば、それは一目瞭然だった。新しくできた防波堤や、橋の建設と埋立てなどで多少は海岸線の地形が変化しているが、それは正しく城ヶ島の北側半分の地図に他ならなかった。

問題は、海南神社の位置だ。地図には、印されていない。だが、タブレットのＧｏｏｇ

leマップで検索すると、海南神社の分霊の位置はいとも簡単に見つかった。

「ともかく、ここに行ってみるか」

「そうね、行ってみましょう」

海南神社の分霊は、島の北側の何の変哲もない集落の中にあった。『旧城ヶ島分校　海の資料館』という小さな郷土資料館があり、狭い道の向かいの鳥居の先に、急な石段が小高い山の頂上まで続いていた。

「また、階段か。やれやれだな……」

どうやらギャンブラーは、本当に階段が苦手なようだ。

まるで馬の背に上るような石段を上がると、急に森が開けた場所に出た。両側に、古い阿吽の狛犬が座っていた。手水舎の先に四基の石灯籠があり、さらに奥にささやかな社殿が見えた。

境内には、誰もいなかった。コンクリートの参道を進むと、右手にこの神社の由緒書が立っていた。

〈――城ヶ島海南神社
明治中頃の資料を見ると「三崎海南神社の分霊なり、元亀《げんき》（一五七〇～一五七二）以前、村民は毎月三日三崎海南神社に詣りを例とす。然るに烈風暴風に際し、渡航甚《はなは》だ難し

相模湾
海南神社
三崎港
灘ヶ崎
城ヶ島大橋
渡船乗り場
北原白秋の
詩碑
城ヶ島京急ホテル
城ヶ島海南神社
城ヶ島灯台
城ヶ島
ウミウ展望台
旧城ヶ島分校
海の資料館
赤羽根海岸
安房崎
馬の背洞門
城ヶ島公園

い故に、分霊を勧請《かんじょう》して村社と定むと云う。」と書かれており、三崎の海南神社を分霊したことが分かります。（祭神は藤原資盈公、相殿に右大将源頼朝公と梶三郎公《かじのさぶろうこう》）遊ケ崎《あそびさき》海岸（宮ヶ崎《みやさき》）に鎮座されていましたが、暴風で破損され明治十一年、三崎を望む現在地に遷《うつ》したと言われています。（後略）――〉

振り返ると背後の眼下に、対岸の三崎の山の手が見えた。この神社は北を向き、三崎の海南神社の本霊と向き合っているのだ。

迦羅守は、思った。あの暗号文が指定したのは、間違いなくここだ。自分たちは来るべくして、この地に立ったような確信があった。

「よし、もう一度ここを探してみよう」

分霊の境内は、午前中に見た三崎の海南神社ほどは広くない。ここならば、あの宮司がいっていたようにそれほど苦労しなくても、〝四人の名前〟が見つかるだろう。

三人がまず目を付けたのは、参道の両側に建つ二対の石灯籠だった。〝四人〟と〝二対〟――〝四基〟――で、数は合っている。

だが、近付いて調べてみると、どうもこの石灯籠には違和感があった。奥の一対は古いものだが、その手前の二基はまだ新しいもののようだ。少なくとも、昭和二四年以前からここにあったものではないだろう。

その時、伊万里が何かに気が付いた。

「ねえ、迦羅守……。変なものがあるわ……。あれは、何……」

伊万里が指さす方向を見ると、確かに奇妙なものが建っていた。境内の周囲には古い灯籠が並んでいるが、その中のひとつの石の台座の上に、錆びた砲弾のようなものが載っている。

いや、ひとつではない。ちょうど境内の反対側にも、同じようなものが建っていた。

「何だろう。忠魂碑か何かのようだが……」

迦羅守が、歩み寄る。

確かにそれは、巨大な砲弾だった。口径が二〇センチ以上もある鉄製の大きな砲弾なので、太平洋戦争以前の古い艦砲のものだろうか。灯籠のような石の台座の上に、コンクリートでしっかりと固定されている。

「待って、何か書いてあるわ……」

「本当だ。砲弾に、文字が彫られているぞ……」

迦羅守は砲弾に、眼を近付けた。表面が錆びていて読みにくいが、確かに何かが書いてある。

〈――大正八年樺太測量記念

同年十一月〇〇〇〇──〉

どうやら、忠魂碑の類ではないらしい。何かの記念碑のようだ。

確かに大正八年には、旧陸地測量部（現・国土地理院）が樺太の測量を実施し、『金刺《かなさし》分県地図　樺太全図』を発行した記録が残っている。だが、なぜ樺太に関する記念碑が、遠く離れたこの城ヶ島に建てられたのだろう。

「台座に、人の名前が刻んであるわ……」

伊万里がいうとおり、石の台座に寄進者らしい名前が刻まれていた。だが、その数は十数名。〝四人の名前〟には該当しない。

「反対側に、もうひとつ同じようなものがあるな。あれも見てみよう……」

参道を横切って、もうひとつの砲弾を載せた碑の方に向かった。足元に、なぜか巨大なシャコガイの貝殻がひとつ、ころがっていた。

こちらの砲弾は、もうひとつのものとは形状が違っていた。だが、やはり口径が同じくらいの、艦砲のものと思われる鉄製の砲弾だった。

こちらの砲弾の方が、錆がひどかった。何か文字が刻まれているように見えるが、まったく判読できなかった。

「これは、だめだな……」

「まったく読めないわ……」

「台座の方は、どうだ……」

石の台座の方も、傷《いた》みがひどかった。だが砲弾の方よりは、まだ少しは読める。

「これは……」

「まさか……」

「どういうことなんだ……」

確かに、人の名前だ。しかも、〝四人の名前〟だった。

判読できる文字だけを追うと、次のように読めた。

〈——記○
浅○○羅○
○部正○
○田○千代
小○○伊万○——〉

「いったい……何だ、これは……」

「あり得ない……」

「どうして……。これは、私たちの名前じゃない……」

石が風化して所々文字が抜けているが、書かれている文字は確かに自分たちの名前の一部だった。他には、読みようがなかった。

「それじゃあ、〝四人ノ名ノ元ヲ探セ〟っていうのは……」

「おそらく、ここだ……」

「どうする。掘ってみるか……」

三人が、顔を見合わせた。その時、誰かが石段を上がってくる気配を感じた。

「誰か来る……」

砲弾の碑の前から、離れた。鳥居を、振り返る。石段の向こうから、三人の人影が上がってくるのが見えた。

女が二人と、男が一人。いずれも、初老だ。おそらく、観光客だろう。

「明るいうちは、人目に付く……」

迦羅守が、小声でいった。

「いまはちょっと、まずいわね……」

ギャンブラーにも目で合図を送り、観光客と入れ違うように石段を下りた。資料館の前に駐めてあったミニ・クロスオーバーに乗り込み、息をつく。

「これから、どうするの」

伊万里が訊いた。

「深夜か、明日の夜明け前にでも出なおそう」

「いずれにしても、スコップと鶴嘴《つるはし》くらいは必要だな。一度、三崎に戻った方がいい」

車を、出した。

ホテルとは逆の方向に向かい、ループ状の道を一周し、城ヶ島大橋を渡って島を出た。

〝ランスロット〟は、油壺《あぶらつぼ》マリーナのクラブハウスのカフェでコーヒーを味わっていた。一人だった。デッキの向こうには、マリーナに係留《けいりゅう》される豪華なヨットやクルーザーが並んでいる。この絵画のような風景を眺めながらコーヒーを楽しむ時間を、あの無粋《ぶすい》な男たち——〝ベリアル〟と〝サタナキア〟——と共に過ごしたくはなかった。

ランスロットはコーヒーカップを片手に持ちながら、タブレットの地図の中のGPS発信器の動きをチェックした。

奴らの動きは、奇妙だった。

三崎の市場の駐車場に長いこと車を駐めていたかと思ったら、今度は城ヶ島に渡った。島の西側の駐車場にしばらくいたが、島の集落の方に移動し、ここで三〇分ほど過ごした。そしていまは城ヶ島大橋を渡り、また三崎へと戻りはじめている。

はっきりとした目標に向かって行動しているのか。もしくは、ただ迷走しているだけなのか……。

いずれにしても車の位置だけを見ていても、奴らの本当の動きはわからない。

いったい、奴らは、どこまで謎を解明しているのか……。

それを確認する方法は、ひとつしかない。小笠原伊万里を〝確保〟し、彼女の口から直接、聞き出すことだ。あとはどこでそれを実行するか、そのタイミングだけだ。

ランスロットはコーヒーを飲み干し、タブレットを閉じた。

秋の夕暮れの潮風が、心地好かった。

7

三浦半島の三崎は、不思議な街だ。

昼間はごくありきたりな、観光漁港の顔を持つ。

だが、夜の帳《とばり》があたりを包みはじめ、潮が引くように観光客が姿を消すと、それを待っていたかのように昔ながらの漁港の街の素顔が目を覚ます。

古い旅館や飯屋の並ぶ海沿いの道を歩いていると、海からの夜風の中に、この漁港が鮪基地として全盛期の頃の喧噪《けんそう》が聞こえてくるようだった。当時、漁を終えて陸《おか》に上がった鮪漁船の漁師たちが、ポケットに札をねじ込んで意気揚々とこの港街を闊歩《かっぽ》する風景が頭に浮かぶ。

だが、いまは静かだった。酔った鮪漁師たちの笑い声は聞こえない。ただ、暗がりの中に点々と、旅館や飯屋の明かりがぼんやりと灯っているだけだ。

海沿いの道から、人がやっとすれ違えるほどの細い路地を上がっていく。古い旅館の前を抜け、暗い裏通りに出ると、そこにぽつんと寿司屋の看板が灯っていた。

暖簾を潜り、店に入る。小さなカウンターと左手の小上がりに、観光客らしき客が数人、座っていた。予約してある者だと告げると、奥の座敷の個室に通された。

「他に誰か、来るのか」

座卓に四人分の膳と座蒲団が用意されているのを見て、ギャンブラーが訊いた。

「後で、正宗が来ることになっている」

迦羅守がいった。

「あいつも、三崎に来ているのか」

「そうだ。昨日からずっと、ぼくたちの近くに付いてきている。連絡を取り合っていたんだ」

席に着いて足を崩し、まず生ビールを三人分。他に鮪のホシ（心臓）、ワタ（胃袋）、卵、エラ肉のユッケやカマ焼など名物の鮪料理を数品注文した。

ビールを飲みはじめると、まだ料理が出ないうちに正宗が部屋に入ってきた。

「待たせたな」

正宗も、自分の分のビールを注文し、座った。まずはグラスを合わせ、ひと息ついた。

「それで、〝奴ら〟の動きはどうだ」

迦羅守が、正宗に訊いた。

「〝奴ら〟って？」

ギャンブラーが首を傾げる。

「ぼくたちを追っている男たちがいる。人数は、三人。その内の一人は伊万里の親父さんの塩月聡太郎氏を殺した男だ。そいつらを正宗が監視して逐一《ちくいち》、報告してくれていた」

迦羅守の説明に、伊万里が黙って頷いた。

「〝奴ら〟は今夜、油壺のホテルに宿を取った」正宗がいった。「三人共すでに酒を飲んでいるし、今夜はこれ以上、動くつもりはないようだ」

ギャンブラーが驚いたように、二人の話を聞いている。

料理が運ばれてきた。鮪の内臓料理は三崎ならばどこででも食べられる名物だ。地元の庶民の味だが、一度味わうと病み付きになる。

「〝奴ら〟の正体は、わかったのか」

迦羅守が訊いた。

「一人は、アレックス・マエダという男だ。本名は、前田則之。この男に関しては、伊万里の方がよく知っていると思うが」

伊万里が頷く。

「私の前の雇い主だわ。〝アレックス・マエダ法律事務所〟の、所長よ……」

なぜ伊万里の部屋で大里浩次という私立探偵が死んでいたのか。黒幕がアレックス・マエダだとすれば、一応の辻褄は合う。

だが、ひとつ謎が残っている。

「伊万里、ぼくが最初にアレックス・マエダを疑った時、君はあの男が塩月聡太郎の殺害犯ではないといったね」

「確かに、いったわ……。だって私がアレックスに例の〝M〟資金のことを相談したのは、父が殺された後だもの……」

アレックス・マエダが塩月聡太郎を殺したのだとしたら、時系列が合わなくなる。

「それについては、私が説明しよう」正宗がいった。「部下に前田則之という男の背後を調べさせてみたら、興味深い事実が浮かんできた。あの男の血縁を遡ってみたら、母親の旧姓は〝吉見〟だった」

「〝吉見〟というのは、まさか……」

迦羅守と伊万里、ギャンブラーの三人は、思わず顔を見合わせた。

「そうだ。昭和二四年の朝日新聞に越中島から投棄された金塊の権利を主張する〝灸術師〟として名前が出てきた、例の〝日本橋〟の右翼関係者の〝吉見圭佑〟だよ」

　これで、謎が解けた。つまり、アレックス・マエダは、伊万里から相談を受ける以前から今回の金銀塊の存在を知っていた可能性がある。

「そういえば、ずっと心に引っ掛かっていたの……」

　伊万里が、何かを思い出したようにいった。

「どうしたんだ」

「私がまだ、アメリカに留学していた時のこと……。〝L.L.M.〟の課程を終える前から、アレックス・マエダ法律事務所の方から私に声が掛かっていたの。学位が取れたら、うちの事務所で働かないかって……。アメリカでは事前に学生の青田買いをすることは珍しくないし、条件も良かったから、そのまま就職してしまったんだけど……」

　前田は、伊万里が塩月聡太郎の娘だと知っていて近付いたということか。

　料理と酒を追加した。定番の鮪の刺身や、カマも焼き上がってきて、座卓の上が華やかになった。だが、四人は声を潜めて話し続ける。

「ところで迦羅守、なぜおれをここに呼び出したんだ。何か、重大な話があるとメールに書いてあったが」

　正宗がいった。

「それなんだ。実は今日の午後、城ヶ島にある海南神社で奇妙なものを見つけたんだ」

「奇妙なもの？」

「そうだ。これだよ」

迦羅守がそういってポケットからメモを取り出し、それを開いて正宗の前に置いた。

〈――記○
浅○○羅○
○部正○
○田○千代
小○○伊万○――〉

「何だ、これは……。浅野迦羅守……南部正宗……武田菊千代……小笠原伊万里……。おれたちの名前じゃないか……」

正宗がそういって、三人の顔を見た。

「そうだ。字が抜けているが、どうやっても我々四人の名前としか読めないんだ」

迦羅守が答える。

「それが、どうしたんだ。神社のどこかに、おれたち四人の名前が書いてあったということか」

「そうだ。古い艦砲の砲弾のようなものが二つ奉納されていて、その一つの石の台座にこの文字が彫られていた」

「これよ」

伊万里がｉＰｈｏｎｅで撮った写真を表示し、正宗に見せた。

「古い物のようだな……」

正宗が写真に見入り、首を傾げる。

「片方の弾には大正八年、同年一一月という日付、他に〝樺太測量記念〟という文字と台座には寄進者らしい十数名の名前が刻まれていた」

「大正八年だって？」

「そうなんだ。もう一方の砲弾、我々の名前が彫られている方には日付はなかった。しかし、砲弾の種類や台座の風化の具合からして、どちらも寄進された時代はそう変わらないと思う……」

正宗は腕を組み、考える。酒を口に含み、首を傾げる。そして、いった。

「例の暗号文が書かれたのは、いつだといったかな……」

「おそらく、昭和二四年だ」

「大正八年から数えると、ちょうど三〇年後か。しかし、どちらでも同じだな。大正八年であれ昭和二四年であれ、ここにいる四人は誰も生まれていない。この世に存在していない……」

そういうことだ。つまり、何十年、もしくは一〇〇年近くも前に、この四人が海南神社の分霊を訪れることを誰かが〝予知〟したことになる。そうとしか考えられないのだ。

重い空気が流れた。四人はしばらく無言で酒を飲み、運ばれてくる料理に箸を伸ばした。最初にその沈黙を破ったのは、伊万里だった。

「こうは考えられないかしら……。例えば私たち四人の祖父か曾祖父《そうそふ》がみんな知り合いで、孫か曾孫《ひまご》に何かを託そうとしたとしたら……。その時の約束で、孫や曾孫の名前をあらかじめ決めていたとしたら……」

つまり〝予知〟ではなく、自分たちが知らずしらずのうちに祖父たちの思わくどおりに〝誘導〟されていたということか。

「その可能性はあるかもしれないな」正宗がいった。「少なくとも、おれの曾爺《ひいじい》さんと迦羅守の爺さんは、戦時中から仲間同士だった……」

確かに、そうだ。

正宗の曾祖父の南部潤司《じゅんじ》は、迦羅守の祖父の浅野秀政と満州時代の戦友だったと聞いている。ちなみに南部潤司の一人娘の藤子は迦羅守の祖父の〝お妾さん〟――祖母が早く亡くなっているので〝妻〟のような存在――だった。これは藤子に問い質してみなくてはわからないが、正宗は迦羅守の〝従兄弟〟である可能性もある。

「迦羅守の爺さんと正宗の曾爺さんは、満州にいたのか」

　ギャンブラーが訊いた。

「そうだ。うちの爺さんは、満州で関東軍の特務機関員のようなことをやっていたらしい」

　迦羅守が答える。

「実は、うちの爺さんもそうなんだ。戦時中は、満州にいたと聞いたことがある。いま思い出したんだが、その先代の曾爺さんは役人で、曾婆さんと一緒に樺太に住んでいたことがあるんだ。ちょうど、大正八年ごろだと思う……」

「樺太だって……」正宗が、驚いたようにギャンブラーの顔を見た。「実はおれの曾爺さんは、樺太で生まれてるんだ……」

　次々と、接点が浮かび上がってくる。単なる偶然とは思えない。

　そういえば、迦羅守がギャンブラーと知り合った切っ掛けも不思議だった。元は東大の同期生だが、文学部と理学部でお互いに顔を知らなかった。ところがある日、東大の某教授に声を掛けられ〝フルベッキ写真の研究〟という奇妙なシンポジウムに出席した時、その会場にギャンブラーがいた。

　そのシンポジウムは何回か開かれ、その後の親睦会《しんぼくかい》などもあり、二人はすっかり打ち解けてしまった。これは後で知ったことだが、その某教授は迦羅守とギャンブラーの祖父の共通の知人だった。つまり迦羅守とギャンブラーは、その教授によって意図的に引き合わされた可能性があるということだ。

だが……。

ひとつ、わからないことがある。

「伊万里、前にこんなことを訊いたことを覚えてるかな。君のお母さんは塩月聡太郎さんと、なぜ再婚したんだ。本当に、恋愛結婚だったのか」

「だと思うけど……」

伊万里が、怪訝そうな顔をした。

「しかし、塩月さんの先代の塩月興輝は、日本橋室町の亜細亜産業に勤めていた。例のアレックス・マエダの祖父も、ライカビルに出入りしていた。その亜細亜産業と同じビルにあった〝日本金銀運営会〟は〝M〟資金、今回の金銀塊の出処だ。これが偶然の訳がないじゃないか」

「そんなことをいわれても……」

伊万里がグラスを手にしたまま、困ったように俯いた。

「それならば、こう質問しよう。なぜ今回の金塊の件、ぼくに相談を持ち掛けたんだ。まさか〝たまたま〟ではないだろう」

「違うわ……。亡くなった父の書斎で、本を見つけたの……。デスクの上に、あなたが書いた昭和史の本が五冊、積まれていたのよ……」

死んだ塩月聡太郎が、浅野迦羅守の著作を読んでいた——。

「それで、本を読んだのか」

伊万里が頷く。

「五冊、全部読んだわ。本当に面白かった。これはあなたに相談しろという暗示だと思って、それで連絡を取ったのよ……」

やはり〝偶然〟ではない。すべて〝必然〟だ。つまりそれは、塩月聡太郎の意志でもあったということか。

「どうやら我々は、爺さんや曾爺さんの手の中で玩《もてあそ》ばれて、思いどおりに動かされていたようだな」

正宗が、そういって苦笑した。

「しかし、まだわからないことがいくつかある……」ギャンブラーが、首を傾げる。「おれたちの爺さん連中は、いったい何をやらせたかったんだろう。ただ〝M〟資金の金塊や銀塊を託したいだけなら手が込みすぎてるし……」

そうだ。そこなのだ。

ここにいる四人の本当の役割は、いったい何だったのか——。

「キーワードは〝清和源氏〟にあるのかもしれない」

全員が、迦羅守に視線を向けた。

「〝清和源氏〟って……いったい、どういうことだ……」

正宗が訊いた。

「浅野……南部……武田……小笠原……。ここにいる四人は全員、清和源氏の末裔の血筋だ。これは、偶然じゃない……」

迦羅守がそういって、酒を口に含む。

「確かに、そうね。亡くなった母もよく、小笠原家は源氏だといっていたもの。だから鎌倉の鶴岡八幡宮にもお参りに連れていってもらった……」

「それだけじゃないんだ。今回の暗号文を解読して回ったチェックポイントに、ある種の暗示のようなものが含まれているような気がする」

「例えば」

「日銀をスタートして最初の日本橋の兜神社、川崎の八雲神社を経由して鎌倉の長谷の大仏、鶴岡八幡宮。そして今日の海南神社……。意図的に、源氏由来の地を回らされていたように思うんだ。それが何を意味するのかは、まだわからないんだが……」

三人が不思議そうに、迦羅守の説明に耳を傾ける。だが、ここで正宗が、興味深いことをいった。

「もしかしたらその裏に、〝清和源氏〟対〝フリーメイソン〟という図式が隠されているんじゃないのか」

〝清和源氏〟対〝フリーメイソン〟……。

迦羅守はそのひと言を聞いて、何か視界が開けたような気がした。

「まあ、いい。清和源氏のことは、後回しにしよう。それよりも、例の砲弾だ」

迦羅守が自分の幻想を打ち消すように、話を逸らした。

「どうする。〝掘る〟のか」

正宗が訊く。

「やってみるつもりだ。もう、スコップや鶴嘴は用意してある。問題は、ひとつ。例の、我々の動きを探っている男たちに現場を見られるとまずい」

「そのことなら、まかせてくれ。方法を考えてある」

正宗がそういって、片目を閉じた。

8

同じころ、武蔵野署の船木警部と部下の本田も三崎に着いていた。

迦羅守たち四人と僅《わず》か数十メートルしか離れていない安旅館で、晩飯を食っていた。

それにしても、情けない……。

刑事の出張で許される宿泊費は、食費込みで一泊四〇〇〇円だ。多少は自腹を切るが、それでも泊まれる宿はたかが知れている。同じ都の職員でありながら、飛行機のファーストクラスで外遊して一泊数十万円のスイートルームに泊まる都知事と、どうしてこうも待《たい》遇《ぐう》が違うのか。

「おい、ビール」

船木は空になったグラスを本田の前に突き出した。

「あ、はい……」

本田は飯を食う箸を止めて、船木のグラスにビールを注いだ。

このビールだって、自腹だ。都知事は出張先で、公費で高級ワインやシャンパンを飲んでいるのに、だ。

ビールを飲みながら考える。それにしてもアレックス・マエダと奴の取り巻き連中は、どこに行ってしまったのだろう。奴らが「三崎にいる……」という密告があったのでこちらに来てみたが、この小さな漁港の街でまったく姿を見かけない。

だが、ともかく小笠原伊万里と浅野迦羅守の一行は、三崎周辺にいることがわかった。城ヶ島の京急ホテルに宿泊していることは確認できている。ということは、奴らもこの近くにいるはずなのだが。

それにしても、小笠原伊万里と浅野迦羅守らは城ヶ島まで来て何をやるつもりなのか。

アレックス・マエダはともかく、むしろあの連中の動きの方に興味を引かれる。

そんなことを考えているところに、電話が掛かってきた。携帯を開く。また、非通知設定の端末からだった。

部屋から廊下に立って、電話に出た。

「武蔵野署の船木だが……」

聞き覚えのある低い声が聞こえてきた。

——明日、塩月聡太郎を殺した男が動きはじめる。三崎港の周辺で待機していてくれ。また連絡する——。

一方的にそれだけをいって、電話が切れた。

三崎港の周辺で待機していろだと。いったい、どういうことだ？

時計を見た。まだ、午後七時を過ぎたばかりだった。

いずれにしても今夜は、風呂にでも入って早く寝た方がよさそうだ。

9

午前二時半——。
正に〝草木も眠る丑《うし》三つ時〟といわれるに相応しく、あたりは静寂だった。岩に打ち寄せる、かすかな波の音しか聞こえない。

雲が流れ、月が隠れた。闇の中に、大柄な男の影が一人。南部正宗だった。

正宗は周囲に人がいないことを確かめ、ホテルの駐車場に駐めてある白いミニ・クロスオーバーに歩み寄った。浅野迦羅守の車だ。

もう一度、周囲に人がいないことを確認し、フロントバンパーの裏を探った。小さな箱のようなもの——GPS発信器——を摑み、剝がし取る。〝作動中〟を示す赤い小さなランプは、まだ点灯していた。

正宗はそのGPS発信器のスイッチを入れたままにして、自分の車——プリウス——のダッシュボードに放り込んだ。

エンジンを掛け、静かに走り去った。


一〇分後——。

浅野迦羅守と伊万里、ギャンブラーの三人が、闇の中を歩いてきた。

全員、黒い服を着ている。

「本当に、だいじょうぶなのか。もしアレックス・マエダとかいう奴に勘付かれたりしたら……」

ギャンブラーは一見ふてぶてしいが、実は気が小さいところがある。

「心配するな。正宗がまかせろといってるんだから、だいじょうぶだ」

迦羅守は正宗に、絶対的な信頼を置いている。いざという時には、あの男ほど頼りになる者はいない。

「それより、早く行きましょう。夜が明ける前にすませてしまわないと……」

三人で、車に乗った。闇の中でスモールライトだけを点灯し、静かに駐車場を出た。

五分後に、海南神社の城ヶ島分霊に着いた。昼間と同じように向かいの資料館の前に車を駐め、降りた。あたりに人の気配はない。

「急ごう」

「荷台から、スコップと鶴嘴を下ろせ」

闇の中で声を潜め、合図を送り合う。まるで、泥棒にでもなった気分だ。

「伊万里、先に神社に上がって、誰もいないかどうか見てきてくれ。ぼくたちはスコップを持って、後から行く」

「わかった」

伊万里が黒い牝猫《めすねこ》のように、闇に紛れて消えた。

「我々も、行こう」

迦羅守はスコップを持ち、海南神社の分霊に続く石段を走った。気が急いているのか、息が上がるのが早い。

三分の二ほど上がったところで、闇の中から伊万里が顔を出した。

「だいじょうぶ。人は、誰もいないわ」

「わかった。すぐに取り掛かろう。君はここで、誰かが上がってこないか見張っていてくれ」

「了解」

ギャンブラーと共に、左手の砲弾の記念碑の前に立った。LEDライトの光で、それを照らす。

記念碑とはいっても、鉄の砲弾が六角形の低い台座の上に載っているだけの簡素なものだ。だが、その下にもうひとつ石の台座が埋められていて、改めて見るとこれが意外と大きい。

「どうする。この下を掘るとなると、けっこう大仕事だぞ」

ギャンブラーがいった。

確かに、そうだ。二人では何時間掛かるか、わからない。無理だ。

「その前に、上の台座を押してみよう。手伝ってくれ」

「わかった」

二人で同じ側に回り、六角形の石の台座を押した。だが、動かない。どうやらその下の大きな石の台座に、コンクリートで固定してあるようだ。

「このコンクリートを、割ってみよう」

鶴嘴の先で、台座を傷付けないように丁寧《ていねい》にコンクリートを割った。そこでもう一度、記念碑と同じ側に回った。

「よし、押すぞ」

「せいの……」

力を、込める。今度は六角形の台座が、動いた。

「もう、少しだ……」

六角形の台座を動かすと、下の大きな石の表面が見えた。肩で息をしながら、LEDライトの光で照らす。

「下の石に、穴が空いているようだぞ……」

ギャンブラーのいうとおり、石に穴を掘られたような跡がある。だが、その穴も、コンクリートの蓋で塞《ふさ》がれている。

「割ってみよう」

迦羅守は、鶴嘴を振り下ろした。簡単に、抜けた。

「やはり、穴があるな……」

LEDライトで、中を照らす。

「待て。中に、何かある……」

穴に、手を入れてみた。指先に、丸い何かが触れた。それを摑み、引き出した。

「誰か来るわ。隠れて」

伊万里が、走ってきた。

「急げ。台座を元に戻せ」

台座を押した。だが、動かない。

「だめだ、間に合わない……」

「私も手伝う」

伊万里も、押した。

誰かが、上がってきた。遠い三崎港の光の中に、人影が浮かび上がる。

腰の曲がった、老婆だった。

老婆は小さな懐中電灯を手に砲弾の記念碑の前を通り、二対の石灯籠の間の参道を歩く。社殿の前に立つと、鈴を鳴らして手を合わせ、何か呪文のような言葉を呟いた。そしてまた参道を戻ると、急な石段を下りていった。

迦羅守と伊万里、ギャンブラーの三人は、物陰に隠れてその様子を見ていた。冷汗を拭い、安堵《あんど》の息を吐く。

「危ないところだったな……」

「中に、何が入ってたの？」

伊万里が訊いた。

「これだ」

迦羅守は、右手に持っているものを見せた。薬品を入れる、青いガラスの広口瓶だった。同じガラス製の蓋は、パラフィンで固着している。

「瓶の中に、何か入ってるようだぞ……」

だが、ガラスに色が付いているためによく見えない。

「一度、ホテルに戻ろう。そこで、この瓶を開けてみよう……」

三人は、闇の中に消えた。

東の空が、かすかに白みはじめていた。

10

〝ランスロット〟は、朝五時に目覚ましを掛けていた。

ベルが鳴って、すぐに起きた。窓の外はまだ、薄暗い。

ベッドに起き上がってまずタブレットの電源を入れ、浅野迦羅守の車の現在地をGPS発信器で確認した。奴らもまさかこの時間から、行動を開始したりはしないだろう。

だが、動いていた。

しまった……。

ランスロットは慌てて、枕元の内線の受話器を取った。仲間の部屋番号をプッシュし、呼び出した。

——はい……おはようございます……——。

〝ベリアル〟の寝惚けた声が聞こえてきた。

「奴らが動き出したぞ」

——はあ……——。

「目を覚ませ。奴らの車が移動しているといってるんだ。すぐに出る仕度をして、フロントに下りて来い」

電話を切った。

それにしても、奴らはこんな朝早くから、いったい何を始めたんだ……。

同じころ、南部正宗は、三浦半島をかなり戻った観音崎《かんのんざき》にいた。

横須賀美術館の前を過ぎて第二駐車場に車を駐め、観音崎公園の遊歩道をのんびりと散歩していた。

あたりはまだ薄暗い。だが、入り組む磯には釣り人の姿を何人か見掛けたし、駐車場には何台か車も駐まっていた。

白みはじめた空には、朝焼けに染まる雲が勢いよく流れている。夜が明ければその雲も消え、今日も秋晴れの暑い一日になるだろう。

ｉＰｈｏｎｅに、メールが入った。迦羅守からだった。

〈——第三の指示書を発見した。これから解読する——〉

本文を確認し、メールを閉じた。

そうか。見つかったのか……。

海沿いの遊歩道を半周して、駐車場に戻った。プリウスに乗り込み、ペットボトルから水を飲んだ。助手席で、ＧＰＳ発信器の赤い小さなランプが光っていた。

周囲を、見渡す。駐車場に駐まっている車は、六台。城ヶ島で迦羅守の車からＧＰＳ発信器を外してから二時間近くが経過するのに、奴らの京都ナンバーのハリアーはまだ現れない。

遅い——。

それだけであの凸凹《デコボコ》三人組が、この手のことに関しては素人であることがわかる。

まあ、いいだろう。ここで待っていれば、いつかは姿を現すはずだ。

問題はあの三人組を、どうするかだ。このまま素直に、武蔵野署の刑事たちに引き渡してしまっては面白くない。どうせなら最大限に利用し、効果的なタイミングを見計らって始末するべきだろう。

そんなことを考えているうちに、京都ナンバーのシルバーのハリアーがやっと駐車場に入ってきた。奴らの車だ。あたりが薄暗いので車内はよく見えないが、おそらく三人、乗っている。

車はゆっくりと、広い駐車場の中を一周した。正宗は、その様子を見て声を出さずに笑った。

奴らは、戸惑っている。車の動きを見ているだけでも、それがわかる。

当然だろう。ここにいるはずの迦羅守の車が、見当たらないのだから。そのうち諦めたように、京都ナンバーのハリアーは駐車場を出ていった。

正宗も、車のエンジンを掛けた。

いずれにしても、奴らはもうしばらく泳がせておいた方がいい。

助手席のGPS発信器のスイッチを切り、駐車場を出た。

11

広口瓶の中には、古い封筒が入っていた。

戦後間もないころの帝国《ていこく》ホテルの封筒だった。封筒には、こう書かれていた。

〈――迦羅守、正宗、菊千代、伊万里、我々ノ末々ノ者達へ託ス――〉

三人は、顔を見合わせた。やはり、そうだったのだ。この書簡は、自分たちに遺されたものだ。

そういえば第二の暗号文に、次のような一文があった。

〈――来ル四人ノ仲間ト街頭ニテ邂逅ノ時ヲ迎エルニ――〉

この文中の〝四人〟とは、我々のことを指していたのか……。

息を呑み、封筒を開ける。さらに中に紙が一枚、入っていた。

これまでの二枚の指示書――暗号文が書かれた紙――と、同じものだ。長い時間、おそらく六〇年以上はあの砲弾の記念碑の台座に埋め込まれていたはずだが、ガラスの広口瓶に密閉されていたためかほとんど劣化《れっか》していない。

紙を、広げる。やはり、地図のような図形の一部が書き込まれていた。それを他の二枚の図形と合わせてみた。

「思ったとおりだ……」

「ぴったり合うわね……」

「間違いなく、城ヶ島の地図だな……」

三枚目の図形は城ヶ島の四分の一、南西側の部分だった。他に、これまでの指示書とは異質な文章が書いてあった。


〈――迦羅守、正宗、菊千代、伊万里、コノ地ニ辿リ着キシ者ガ、我々ノ末々ノ者達デアルコトヲ願ウ。

シカシ、安心ハデキヌ。万ガ一、招カザル悪魔コレヲ見タ時ニ備ヘ、最後ノ指示ヲココニ記スモノナリ。

四人ニ告グ。北原白秋《きたはらはくしゅう》ノ詩碑ニ立チテ、始祖ニ訊《たず》ネヨ。巨大ナ獅子ハ、殿ノオハスベキ町ニアリ。黄金ハ、獅子ニ守ラレテ悠久ニ眠ル――〉

「何だ、これは……」

「また〝獅子〟かよ……」

「〝殿ノオハスベキ町〟って、いったい何のことなの……」

三人が半ば呆《あき》れたように、顔を見合わせた。

そこに、正宗が部屋に入ってきた。

「正宗、遅かったな。それで、首尾はどうだ」

迦羅守が訊いた。

「問題ない。〝奴ら〟はいまごろ、観音崎のあたりで迷子になっているはずだ。そちらの方は、どうだ」

「例の海南神社の砲弾の下から、そんなものが出てきた」

迦羅守が、テーブルの上に広げた指示書を指さした。

「ほう……」

正宗が、指示書に見入る。首を、傾げる。しばらくして、溜息をついた。

「どうだ。どう思う」

「正直いって、ちんぷんかんぷんだ。この文章を読むと、これが最後の指示書のようだが……。まだ、城ヶ島の地図は完成していないじゃないか……。四枚目の指示書は、どこに行っちまったんだ……」

そうなのだ。この指示書では、最後の一行に〈――黄金ハ、獅子ニ守ラレテ悠久ニ眠ル――〉と書いてある。つまり、完結だ。

だが、城ヶ島の地図はまだ完成していない。〝黄金の眠る場所〟も、記されていない。

それとも、四枚目の指示書がまだどこかにあるということなのか。

「〝北原白秋ノ詩碑ニ立チテ〟というのはどういう意味かしら……」

伊万里がいった。

「それは、簡単だ。昔、詩人の北原白秋がこの城ヶ島に住んでいたことがあるんだ。その詩碑が、いまも島に残っている」

近代文学が専門の迦羅守は、その程度のことは知識の範囲内だ。

「〝始祖ニ訊ネヨ〟というのは、どういう意味だろう」

「〝始祖〟……先祖という意味かな……。おれたちの爺さん連中はもうとっくに鬼籍に入ってるし、もしくはもっと前の先祖という意味なのか……」

「もっとわからないのは、その次の、〝巨大ナ獅子〟だな……。今回の指示書は最初〝四頭ノ獅子〟から始まって、最後は〝巨大ナ獅子〟か……」

「その〝巨大ナ獅子〟がある〝殿ノオハスベキ町〟って、どこのことなんだろう……。鎌倉幕府のあった、鎌倉かな……」

〝殿ノオハスベキ町〟……。

迦羅守はこの奇妙な一文に、目を奪われていた。以前、どこかで、この文を読んだことがあるような気がした。だが、それを思い出せない。

「迦羅守、ところでその北原白秋の詩碑というのはどこにあるんだ」

正宗が訊いた。

「三崎からこの島に渡る時に、城ヶ島大橋を通っただろう。その城ヶ島側の、橋の下あたりにあるはずだ」

「とりあえず、そこに行ってみないか。その〝北原白秋ノ詩碑〟の前に立ってみれば、何かがわかるかもしれない」

伊万里は三人の会話を、上の空で聞いていた。

少し前に、伊万里のｉＰｈｏｎｅにラインのメッセージが一通、入った。アレックス・マエダからだった。

〈――やあ、小笠原君。久し振りだね。

ところで昨日、君を三浦半島の三崎で見掛けたよ。偶然だね。実は私もいま、三崎の近くに来ているんだ。時間があれば、どこかで会わないか――〉

既読無視をした。だが、たったいま、追伸があった。

〈――私が会いたいといったら、君は会わなければならないはずだ。なぜなら君は、本来はこちら側の人間だからだ。自分が「アリス・キテラ」であることを忘れたのか。他にも

浅野迦羅守に知られたくないことがいろいろあるはずだろう――〉

鉛のように重いものが、喉から胃にゆっくりと落ちていった。

迦羅守に知られたくないこと……。

それは伊万里の〝女〟の部分だ。自分がある組織の〝儀式のための女〟であったことは、絶対に迦羅守に知られたくはない。

仕方なく、返信を打った。

〈――わかりました。私はいま、城ヶ島にいます。今日、これから、お会いしましょう。何時にどこに行けばいいですか――〉

三人に気付かれないように、メッセージを送信した。

12

北原白秋の詩碑は、城ヶ島大橋の陰になった砂浜に、対岸の三崎港を眺めるようにつくねんと建っていた。

根府川《ねぶか》石の一枚岩を使った、素朴《そぼく》な碑である。碑には白秋の直筆で、城ヶ島に住んでいた大正二年に作詩した「城ヶ島の雨」の冒頭の一節が刻まれている。

〈――雨はふる〳〵
　城ヶ島の磯に
　利休ねずみの
　雨がふる――〉

建碑の日付は、昭和二四年七月一〇日――。

やはり、そうだ。この年の七月五日に、初代国鉄総裁が暗殺された〝下山事件〟が起きている。その僅か五日後に、この白秋の詩碑が建碑。そして同じ年の年末ごろに、例の一連の〝M〟資金の金銀塊の隠し場所に関する指示書が書かれている。

偶然とは、思えない。当たり前に考えれば、〝下山事件〟も〝M〟資金に関連していたということになる。

「ところで、伊万里はなぜここに来なかったんだ」

ギャンブラーにいわれ、迦羅守はふと我に返った。

「わからない。体調が良くないので、少しホテルの部屋で休みたいそうだ。いろいろあったから、疲れたんだろう……」

ホテルの部屋は明日まで確保してある。疲れているのなら、少し休んだ方がいい。だが、迦羅守は、別れ際の伊万里の様子がいつもと少し違っていたことが気になっていた。

「それよりも、早くこの奇妙な文章を解読しよう」正宗がいった。「迦羅守、この場所に立ってみて、何か思いついたことはないのか」

「ちょっと待ってくれ。いま、考えているんだ……」

ひとつ、ある。なぜ指示書は、この北原白秋の詩碑に我々を連れてきたのか……。

考えられるとすれば、白秋の〝北原〟という姓だ。元来、〝北原〟は長野県と九州に多い。その中でも特に長野県飯田《いいだ》市の〝北原〟は、清和源氏の片桐《かたぎり》氏の末裔として知られている。

北原白秋は、確か九州の福岡県の出身だったはずだ。片桐氏の末裔と関係があるかどうかはわからない。だが、あの指示書を書いた人物が、ここでもう一度〝源氏〟に目を向けさせようとしたとすれば……。

だとすれば、文中の〝始祖〟とは、正に〝源氏〟を意味するのではないのか――。

〝清和源氏〟……源氏……源氏……源氏……源氏……源氏……。

「ちょっと待ってくれ。二枚目の暗号文に、気になる文が書いてあったんだ……」

迦羅守はそういって、暗号文のメモを開いた。やはり、そうだ。この〈――百人一首五十七番目ノ歌ヲ度々唱エテ――〉の部分だ。
該当するのは、この歌だ。

〈――めぐり逢ひて
　見しやそれとも　わかぬ間に
　雲がくれにし　夜半の月かな――〉

なぜ暗号文に百人一首が唐突に出てきたのか、不思議だった。ここにも伏線が敷いてあったのだ。

この歌の作者は、紫式部《むらさきしきぶ》だ。文人としての紫式部の代表作は、『源氏物語』――。

「わかった。〝源氏物語〟だ！」

「源氏物語だって？」

「そうだ。いま、思い出したんだよ。この指示書にある〝殿ノオハスベキ町〟というのは、〝源氏物語〟からの引用だったんだ」

「どういう意味だ？」

正宗とギャンブラーは、意味が理解できない様子で顔を見合わせた。

「そうだ。源氏物語の〝少女《おとめ》〟の帖に、まったく同じ一文があるんだ……」

源氏物語は東大文学部の学生時代に読んだだけなので、すっかり内容を忘れていた。

だが、これが源氏物語からの引用だとすれば……。

この難解な文章を読み解くことができるかもしれない。


伊万里は、一人でホテルの部屋を出た。

城ヶ島灯台の下から土産物屋が並ぶ路地を抜け、三崎行きのバス停の前を通る。

さらに渡船乗り場——白秋号発着所——の前を右に曲がり、海沿いの広い道を歩く。

観光地から離れたこのあたりは、日中も人の気配が少ない。左手の対岸には三崎港の建物や鮪漁船が朝日に輝き、右手には古い倉庫や水産会社の建物が並び、長い影を投げ掛けている。

伊万里は強い海風に向かって、歩き続けた。あたりに、人影はない。ただ、遠くに見える城ヶ島大橋の下を漁に出る漁船が行き来し、高い空に舞う海鳥の群れがかん高く鳴くだけだ。

手に持っていたｉＰｈｏｎｅが振動した。電話に、出た。

「はい……伊万里です……」

海風に掻き消されてしまいそうな、小さな声でいった。

——〝私〟だ。どうやら本当に、一人で来たようだな——。

「はい、一人です……」

アレックス・マエダの方からは、伊万里の姿が見えているらしい。

——そこから、右を見ろ。倉庫と倉庫の間に、シルバーの車が駐まっているのが見えるだろう——。

右を向いた。

「はい、見えます……」

——私はその車に乗っている。こちらに歩いてきなさい——。

「はい……」

電話を切り、車に向かった。京都ナンバーの、シルバーのハリアーだった。近くまで行くと後部ドアが開き、アレックス・マエダが降り立った。

「アリス・キテラ、元気だったか」

「はい、元気です……」

「車に乗りなさい」

「はい……」

アレックス・マエダが押さえているドアから、後部座席に乗った。運転席に一人と、後ろにも一人、男が乗っていた。

それがどういう情況なのか、伊万里は理解していた。だが、逆らえなかった。

アレックス・マエダが伊万里の横に乗り込み、ドアが閉ざされた。次の瞬間、奥にいた男の太い腕が首に回され、押さえつけられた。

声が、出せない。薬品の臭いのする布で口と鼻を塞がれ、意識が遠くなった。

次に目が覚めた時には、古い倉庫のような建物の中にいた。おそらく、廃屋だろう。屋根の穴から射し込む光の中に、埃を被ったデスクや段ボール箱、魚を入れる発泡スチロールの箱などが散乱していた。

手首が、痛い……。それに、寒い……。

意識がはっきりしてくると、自分がどんな状態なのか少しずつわかってきた。どうやら裸にされて、事務用の椅子か何かに縛りつけられているらしい。三人の男が、それを笑いながら見ている。

どうして男は、女を裸にしたがるのだろう……。

リベンジ・ポルノはいいけれど、寒いのはたまらない。

「……何か、着させて……」

掠れるような声で、いった。

「だめだ。その恰好なら、逃げられないだろう」

アレックス・マエダが、勝ち誇ったようにいった。

嘘をつけ。私の裸が見たいくせに……。

「私に、訊きたいことがあるんでしょう……。何でも、いうから……」

裸にされるのは嫌だし、寒いのも嫌だけれど、痛い思いをするのはもっと嫌だ。どうせ痛めつけられるのならば、その前に全部話してしまった方がいい。

「それなら、訊こう。〝M〟資金の金塊の在《あ》り処《か》を記した文書は、何枚手に入れた」

やはり、アレックス・マエダはあの文書のことを知っていた。

「三枚よ……。今朝、城ヶ島の海南神社の分霊で、三枚目を見つけたわ……」

〝三枚〟と聞いて、アレックス・マエダが驚いたような顔をした。

「それで、金塊の在り処はわかったのか」

「まだ、わからない……。いま、迦羅守たちが探しているわ……」

本当のことだ。この答えで納得してくれるかどうかわからないけれど……。

「三枚目の文書には、何が書いてあった」

アレックス・マエダが、さらに訊いた。

「……城ヶ島の地図の、四分の一……。あとは難しくて、わからない……」

「わからないわけがあるか」

いきなり頰を、平手で張られた。

「だって、本当にわからないの……。北原白秋の詩碑がどうとか書いてあったけど、他のことは覚えてないもの……」

寒くて、痛くて、悔しくて、涙がこぼれてきた。

迦羅守と正宗、ギャンブラーの三人は、ホテルに戻ってきた。

部屋に入る。だが、伊万里の姿が見えなかった。

「あいつ、どこに行ったのかな……」

伊万里の荷物は、部屋に置いたままだ。

「温泉にでも行ったんだろう」

ギャンブラーがいった。

「いや、違う。伊万里がいつも着ているブルゾンと靴がないんだ。散歩にでも出掛けたのかもしれない……」

迦羅守が首を傾げる。

「それよりも、話の先を聞かせてくれ。源氏物語からの引用というのは、どういうことなんだ」

正宗が訊いた。

「ちょっと待ってくれ。いま、確認する」

迦羅守はタブレットを開き、〝源氏物語〟――〝少女の帖〟とキーワードを入力して検索した。源氏物語の本文を探し、その中から問題の部分を画面にアップにした。

「これだ……」

〈――源氏物語　少女　紫式部
（前略）八月にぞ、六条院《ろくじょうのいん》造りはてて渡りたまふ。未申《ひつじさる》の町は、中宮の御旧宮なれば、やがておはしますべし。辰巳《たつみ》は、殿のおはすべき町なり。丑寅《うしとら》は、東の院に住みたまふ対の御方……（後略）――〉

「本当だ……」

「源氏物語の文章、そのままだな……」

二人が納得したように、頷く。

「しかし、ただそのまま引用したわけじゃない。例の指示書の作者は、意図的にこの一文に手を加えている。いや、〝省《はぶ》いた〟というべきかな」

「どういう意味だ？」

「この部分だ」迦羅守はタブレットの画面の一点を、指さした。「この一文には、冒頭に〝辰巳は〟という方位を示す言葉が入っている。しかし、指示書ではその部分が抜かれている……」

三枚目の指示書には、〈――殿ノオハスベキ町ニアリ――〉と書かれているだけだ。

「確かに、そうだ……」

「つまり、どういうことなんだ……」

「〝辰巳〟というのは、南東を意味するんだ。つまり、〝巨大ナ獅子〟は、あの白秋の詩碑から南東の方角にあるということだと思う」

だが、指示書の城ヶ島の地図は、その南東の部分だけが欠けている。しかも基点となる北原白秋の詩碑の歴史を調べてみると、あの城ヶ島大橋の建設のために昭和三五年四月一七日に移設されていることがわかった。つまり、指示書にある〝巨大ナ獅子〟の正確な場所はこの指示書だけでは特定できない、ということになる。

「どうするんだ。大雑把《おおざっぱ》に〝南東〟とはいっても、この島はかなり広いぞ。それに、本当に城ヶ島なのかどうかもわからないんだ」

正宗のいうとおりだ。この城ヶ島から海を渡って南東へ行けば、房総半島の館山《たてやま》市あたりに行き着く。それに、本当に迦羅守の推理が正しいのかどうかすらも確証はない。

だが、ここまで来たのだ。あとは自分の勘を信じて、前に進むしかない。

「とにかく、島の南東の方を探してみよう。何か、〝巨大ナ獅子〟に該当するものが見つかるかもしれない」

「それにしても、伊万里はどこに行ったんだ……」

そこに、迦羅守のｉＰｈｏｎｅに電話が掛かってきた。ディスプレイを見る。伊万里の番号からだった。

「伊万里か。いま、どこにいるんだ」

だが、電話から聞き馴れない男の声が聞こえてきた。

――あんた、浅野迦羅守だな――。

「そうだ。お前は、誰だ」

――いまは、〝ランスロット〟ということにしておこう。実は、耳よりな情報がある。

小笠原伊万里が、いまここにいるんだ。声を聞かせてやろう――。

電話の声が、替わった。

――迦羅守……助けて……。金塊のある場所を教えないと、私、殺される――。

「伊万里、いまどこにいるんだ。だいじょうぶか」

だが、電話口の相手がまた男に替わった。

――そういうことだ。小笠原伊万里は、我々が預かっている。また、連絡する――。

「迦羅守、何があった」

電話が、切れた。

正宗が訊いた。

「伊万里が、拉致《らち》されたようだ」

迦羅守が、冷静にいった。

13

〝ランスロット〟と名告る男から二度目の連絡があったのは、それから五分後だった。

今度は、メールだった。メールはやはり、伊万里の携帯から送られてきた。

〈――金塊の隠し場所を教えろ。さもないと、伊万里の命はない――〉

古いギャング映画にでも出てくるような、ありきたりな台詞《せりふ》だった。こんなメールを送ってきた奴のセンスと知性を疑いたくなる。

「相手はこんなことをいってきた。どうする」

迦羅守はメールを、ギャンブラーと正宗に見せた。

「ベタだな……」

「何とか時間を稼げないか。その間に、対策を考えよう」

「わかった。やってみよう」

迦羅守が相手に、返信を打った。

〈――我々もまだ、最後の暗号を解読していない。少し待ってくれ――〉

メールを、送信した。すると直後にまた、返信があった。

〈――それならば、最後の暗号文を送れ――〉

迦羅守はそのメールも、正宗とギャンブラーに見せた。

「今度は、こういってきた」

「暗号文を送れというなら、送ってやればいい。どうせそんな奴らに、解読できるわけがない」

「待て。それよりも、やつらを誘《おび》き出せないか。できればこの島の南東側、あまり人気《ひとけ》のないところがいい」

正宗がいった。

「わかった。やってみよう」

迦羅守がもう一度、メールを打った。

〝ランスロット〟の手の中で、小笠原伊万里のｉＰｈｏｎｅがメールを着信した。

メールを、開いた。

〈──金塊は、この島のどこかにある。おそらく、南東側のどこかだ。
城ヶ島公園で待て。発見次第、連絡する。小笠原伊万里と交換だ──〉

メールを読み、ランスロットは口元に笑いを浮かべた。

この女と数千億円の金塊を交換するだと？
こちらにはまったく異存はない。望むところだ。

「この女をもう一度、眠らせろ。ここから運び出す」

ランスロットが、二人の男に命じた。

武蔵野署の船木警部の携帯に、また非通知設定の端末から電話があった。

すでに朝食を終え、旅館を発つ準備をしていたところだった。時間は、朝の八時半を過ぎていた。

──おはよう。気分はいかがかな──。

すでに聞き馴れた男の声が聞こえてきた。

「ああ、お蔭様で気分は上々だよ。それで、そちらに動きはあったのかな」

皮肉まじりにいった。

——そうだ。奴らが動き出した。いま、奴らは、城ヶ島公園にいる。車は京都ナンバーのシルバーのハリアーだ——。

それだけをいって、電話が切れた。

〝奴ら〟が、城ヶ島公園にいる……。

「おい本田、すぐにここを出るぞ」

「はい！」

蒲団の上に座ってぼんやりしていた本田が、バネ仕掛けの人形のように飛び上がった。

あたふたと宿の会計を済ませて車に乗り、二〇分後には城ヶ島に渡った。

広大な城ヶ島公園の駐車場に入る。平日の朝ということもあり、車は数台しか駐まっていなかった。

駐車場の中を、ゆっくりと走る。まず目に入ったのは、浅野迦羅守が乗る白いミニ・クロスオーバーだった。

「あの車に近付いてくれ」

本田に命じた。

ミニの前まで行き、ナンバープレートを確認した。間違いなく、浅野迦羅守の車だった。だが、中には誰も乗っていない。

周囲を、見渡す。少し離れた場所に、シルバーのハリアーがあった。

「今度は、あの車だ」

近付いてみると、やはりハリアーだった。しかも、あの非通知設定の電話がいっていたとおり、京都ナンバーが付いている。

「ここで、待っててくれ」

船木は本田を車で待たせ、シルバーのハリアーに歩み寄った。だが、車には誰も乗っていなかった。つまり小笠原伊万里と浅野迦羅守、そしてそれを追う塩月聡太郎を殺した犯人も、全員がこの公園の中にいるということか……。

車に戻り、本田にいった。

「どこか適当な所に、この車を駐めてくれ。公園の入口に近い方がいい」

「了解しました。それで、我々は……」

「これから、公園の中を捜査する。銃を携帯していく。準備しろ」

船木がいった。


城ヶ島公園は、昭和三三年に開設された神奈川県立の風致公園である。

主に城ヶ島の東端から、南東部にかけて広がる。面積は全島の約七分の一の一四・六ヘクタールにも及ぶ。

公園内には小さなユースホステルが一軒あったがかなり以前に廃業し、いまは人家や道路はほとんど存在しない。丘の上のただひたすらに広大な樹林地には展望台や休憩所、ピクニック広場などの人工的な施設が点々と設置されているが、その周囲には森やウミウの生息地の海蝕崖、植物の保護区、複雑な地形の荒磯《あらいそ》などが茫漠《ぼうばく》と広がっている。その手付かずの自然の中に入り組む遊歩道を潮風に吹かれ、遠い波の音に耳を傾けながら歩いていると、自分がこの島にたった一人で辿り着いた漂流者であるかのような錯覚に囚われる。

秋とは思えないほど暑く、目映い陽光の中を、迦羅守は一人で歩いていた。

公園に入ってすぐに、正宗は「単独で行動する……」といって離れていった。ギャンブラーは丘陵を登る急な遊歩道で足が遅れ、いつの間にか姿が見えなくなった。周囲には、誰もいない。

丘の上に登ると、北には対岸の三浦半島が見えた。東には島の安房崎《あわざき》の岩場が荒海に細長く突き出し、その先端に白い小さな灯台と、遥か遠くに房総半島を望む。南に目をやれば広大な太平洋が陽光に煌めき、水平線の上には大島と伊豆半島が霞んでいる。

迦羅守は丘の上でしばし足を止め、そのパノラマのような風景に見惚れた。全身を吹き抜ける冷たい秋風が心地好い。そしてまた、ふと我に戻り、歩き出す。

歩きながら、いろいろなことを考えた。金塊は、どこにあるのか。〝巨大ナ獅子〟とは、何を意味するのか。そして伊万里は、無事なのか……。

いずれにしても、間もなくだ。おそらく今日中に、すべてが終わる。決着する。

ポケットの中でｉＰｈｏｎｅが振動した。メールだ。正宗からだった。

〈――尾行されている。気を付けろ――〉

迦羅守は、周囲を見渡した。だが正宗も、尾行者の姿も見えなかった。ただ断崖を被う青草がまるで巨大な動物の皮膚《ひふ》のように風に揺らめき、高い空にはかん高い声で鳴く海鳥が舞っているだけだった。

迦羅守はまた歩き出した。


伊万里は目映い陽光の中で目を覚ました。

目蓋を開けた。奇妙な角度から見える風景が、最後の記憶とは違っていた。

ここは、どこだろう……。

ぼんやりと、周囲を眺める。

粗末な板張りの壁。隙間から射し込む陽光。その光の中に浮かび上がる古い鋤《すき》や鍬《くわ》、熊手《くまで》、埃を被った小型のトラクターなどの農具や農機具と、穀物の入った紙袋……。

どうやらここは、使われなくなった古い農作業小屋か何からしい。伊万里はその土間の上に、裸で縛られたまま倒れていた。目の前を不思議なものでも見るような顔で、野ネズミが横切っていった。

土間の上で、寝返りを打った。後ろ手にガムテープで固定されているので、動きにくい。土の上で裸でのたうつ自分が、まるで芋虫《いもむし》か何かのように思えてきた。

風景が変わり、伊万里がいまいる小屋の入口のドアが見えた。その時、奇妙なことに気が付いた。この狭い小屋の中には、自分しかいない……。

「誰か……いないの……」

声を、出した。だが聞こえてくるのは、小屋の外で鳴く小鳥のさえずりだけだ。やはり、誰もいない……。

伊万里は、周囲を見渡した。どうにかして、ここを逃げ出さないと……。

いい物を見つけた。古い農具の中に、錆びた鎌があった。あれを手に入れれば、足首と手首に巻かれたガムテープを切れるかもしれない……。

伊万里は土間の上を、芋虫のように這った。

〝ランスロット〟は、森の中の遊歩道を樹木に身を隠しながら歩いていた。

一人だった。〝ベリアル〟と〝サタナキア〟という訳のわからない男たちとは、別行動を取っていた。その方が、やりやすい。

先程からランスロットは、浅野迦羅守の後を追っていた。奴は、尾行されていることに気付いていない。このまま尾行していけば、奴は金塊のある場所に導いてくれるはずだ。

だが、その時ランスロットは遠くにもう一人、見覚えのある人間の姿を見つけた。あの男だ。武蔵野署の刑事、船木……。

ランスロットは慌てて木の陰に身を隠した。船木はもう一人、若い男と二人で丘の上を歩いている。こちらの存在には、気付いていないようだ。

だが、なぜあの男がここに……。

ランスロットは身を隠しながら、来た道を足早に戻った。


迦羅守の正面から男が二人、歩いてきた。

どこかで、見た顔だった。一人が手を上げて、笑っている。

「やあ浅野さんじゃないですか。こんな所で、奇遇ですなぁ」

ちょうど第二展望台のあたりで、立ち止まった。武蔵野署の刑事の船木だった。

「いや……昨日からこちらに取材旅行に来ていましてね……」

そういい訳をした。

「今日は、小笠原さんはご一緒ではないのですか」

船木が訊いた。

「ええ……。どこかで逸《はぐ》れてしまったんです……」

何とか、取り繕《つくろ》う。

「そうですか。それならどこかで小笠原さんを見かけたら、伝えておきましょう」

迦羅守は船木と別れた。

だが、それにしても……。

なぜ船木がこの島に来ているのか。


正宗は、城ヶ島公園で一番高い展望台の上にいた。

ここからは公園のすべてが見渡せる。迦羅守、ギャンブラー、〝ランスロット〟と名告る男たちと二人の刑事の位置と動きは、すべて把握していた。わからないのは、伊万里の居場所だけだ。

伊万里を、救出しなければならない。そして、あの文書に書かれていた〝巨大ナ獅子〟は、この視界の中のどこにあるのか――。

ランスロットの仲間の一人が、こちらに向かってくる。正宗は展望台の壁の陰に、身を隠した。

伊万里は、鎌を手にしていた。

後ろ手に、鎌の柄《え》を握っている。最初は手や手首を切って痛みが疾ったが、いまはガムテープに鎌の刃が噛んでいる確かな感触があった。

もう少しだ……。

伊万里は土間にころがったまま、鎌の刃を少しずつ動かし続けた。手首が、痛い。だがガムテープが緩み、少しずつ手が動くようになってきている。

泥が、口に入る。必死だった。急がないと、奴らが戻ってくる……。

ガムテープが、切れた。

両手が急に、楽になった。残るガムテープを手首から剝がし、上半身を起こした。

左手を何カ所か切っていたが、たいした怪我ではなかった。両足首に巻かれているガムテープも鎌で切り、這うようにして立ち上がった。

逃げよう……。

その前に、服を着なくては。だが、自分の服も、ｉＰｈｏｎｅが入ったハンドバッグも見つからない。

どうしよう……。

何か、着られる物がないか探した。服といえるようなものは、何もない。小屋の中には男物の、古いゴム草履《ぞうり》が一足。他には肥料の空き袋や、農具を包んであった汚れたカンバスの布が一枚あるだけだ。

まさか、肥料の袋を被るのは嫌だった。こんな目にあわされても、自分だって女だ。仕方なく伊万里は、カンバスの布を手に取った。

鎌で、頭を通す穴を切り裂いた。それをポンチョのように被る。布が小さすぎるし、穴は大きすぎたけど、仕方がない。

伊万里は落ちていたロープでウエストのあたりを縛り、ゴム草履を履いて小屋を飛び出した。

外は、荒れ果てた畑だった。空に、海鳥が舞っている。だが、周囲を人の背丈ほどの茅《かや》の群生に囲まれているので、ここがどこなのかはわからなかった。

伊万里は、深い茅の群生の中に続く小道に分け入った。


男の気配が、階段を上ってきた。

正宗はその足音に歩調を合わせ、展望台の階段を下りていった。ちょうど踊り場に出たところで、男とぶつかりそうになった。

「失礼……」

正宗が、頭を下げた。男は無愛想にそれを一瞥《いちべつ》し、そのまま階段を上がろうとした。

次の瞬間、正宗は体を反転させた。男の頸《くび》に太い腕を絡みつけ、締め上げる。

「お前は〝ランスロット〟の仲間だな」

だが男は腕を外そうともがくだけで、答えない。正宗はさらに、締め上げた。

「死にたくなければ、答えろ」

腕の中で、男がかすかに頷いた。

「小笠原伊万里は、どこにいる」

声が出せるように、腕の力を少し緩めた。

「……は……畑……。小屋の……中……」

そうか。先程、地図を見たが、この城ヶ島公園には古い菜の花畑が残っている。

「生きてるんだろうな」

だが、腕を少し強く締め上げた瞬間、男が落ちた。

仕方ない。正宗はポケットから結束バンドを取り出して男の左右の親指を後ろ手に結束し、ズボンを膝まで下ろしてベルトで足首を縛り上げた。これで、動けない。

ｉＰｈｏｎｅを手にし、船木の携帯に電話を掛けた。

船木の携帯が鳴った。

また、非通知設定の電話だった。

「もしもし……」

電話に出ると、例の低い男の声が聞こえてきた。

——塩月聡太郎殺害犯の仲間の一人を捕《と》えた。いま、城ヶ島公園の第一展望台の階段にころがっている。観光客に見つかる前に、回収した方がいい——。

「ちょっと待て。いったい……」

だが、電話が切れた。

「どうしたんですか」

本田が、船木の顔色を窺う。

「例の男だ。犯人の一人を捕えたといっている。急ごう」

携帯を閉じ、丘の上に聳える展望台に走った。階段を、駆け上がる。折り返しの踊り場に、手足を拘束された男が倒れていた。

「これは……」

男は、失神していた。明らかに、プロのやり方だった。

これは、神奈川県警に応援を頼んだ方がいい。

ギャンブラーは、島の周囲の磯を歩いていた。

迦羅守とは逸れ、いまは一人だった。風と、磯に打ち寄せる波の音と、空に舞う海鳥の声以外には何も聞こえない。

ここはどこだろう……。

迦羅守と正宗、そして伊万里はどうしたのだろう……。

遠くに、小さな灯台が見えた。背後を振り返ると、岩から岩へ橋を掛けたような岩があった。手前にも、奇妙な岩が聳えている。

あれは、何だろう……。

ギャンブラーは導かれるように、岩に向かって歩き出した。


迦羅守のｉＰｈｏｎｅが、メールを着信した。正宗からだ。

〈——三匹の仔豚の内の一匹は死んだ。伊万里は菜の花畑の小屋で待っている——〉

それだけだった。

迦羅守は思わず、苦笑した。いかにも、正宗らしい。

だが、〝菜の花畑〟というのはどこにあるのだろう……。

伊万里は鬱蒼とした樹木のトンネルのような道を下っていた。

公園の丘の上に出れば、目立ちすぎる。磯に下りて、どこか岩場に姿を隠そう。そう思っていた。

途中ですり減ったゴム草履が滑って、転んだ。

痛い……。

さっきは枯れた茅の茎でお尻を怪我するし、今日は本当についてない。

起き上がってまた歩きだそうとした時に、下から誰かが上ってくるのが見えた。知っている男だった。アレックス・マエダの部下の一人、確か〝サタナキア〟と呼ばれていた男だ……。

伊万里は後ずさり、体を反転させると森の中の遊歩道を上に向かって逃げた。ところが今度は、道を上から誰かが下ってきた。咄嗟に、森の中に駆け込んだ。

「あっ！」

森を抜けたと思った時には、遅かった。体が宙に浮き、足元の地面がなくなっていた。気が付くと伊万里は、両手で草を摑んで急斜面にぶら下がっていた。その先は、断崖だ。恐るおそる、下を見た。宙を掻く足からゴム草履が脱げて、数十メートル下の岩場に吸い込まれていった。

ここから落ちたら、死ぬ……。

手の中で草が滑り、体がずり落ちはじめた。

誰か、助けて……。

声にならない叫びを上げた。

迦羅守はｉＰｈｏｎｅのディスプレイで城ヶ島の地図を見ながら、背の高い茅の群生の中に続く小道を下っていった。

途中で、分岐点に出た。それを、右に曲がった。しばらく茅に囲まれた古い農道を行くと、急に視界が開け、荒れた畑のような場所に出た。

季節が秋なので、菜の花は咲いていない。だが、おそらくここだ。正宗がいったように、畑の奥に荒れた農作業小屋が建っている。

迦羅守は、小屋に向かった。あの小屋に、伊万里がいるのか——。

小屋に入ろうとした時、中から男が出てきた。正宗だった。

「正宗、伊万里はどうした。いたのか」

迦羅守が訊いた。

「いや、いない……」

その時ドアの向こうに男が一人、倒れているのが見えた。結束バンドで、後ろ手に縛られている。

「その男は？」

「アレックス・マエダの部下の一人だ。この小屋にいたら後から入ってきたので捕獲した。男に訊いたら、伊万里は逃げたといっている……」

伊万里が、逃げた……。

「とにかく、伊万里を助けよう。〝巨大ナ獅子〟を探すのは、その後だ」

迦羅守がいった。


城ヶ島公園の駐車場は、大騒ぎになっていた。

県警のパトロールカーと警察車輌が、十数台。他に三〇人以上の刑事や制服警察官が集まっていた。

船木警部は、確保した男の身元を洗った。所持していた免許証によると、名前は高井《たかい》功《いさお》、年齢四二歳。京都市在住。地元の京都府公安委員会に照会すると、指定暴力団員であることが判明した。アレックス・マエダとの関連は不明だが、微量の覚醒剤を所持していたことから緊急逮捕に踏み切った。

所轄の三崎警察署から応援が到着し、さらに公園内に捜査に入ろうと打合せをしているところにまた非通知の電話が掛かってきた。

――もう一人、プレゼントがある。公園の南側にある菜の花畑の農作業小屋の中に、塩月聡太郎殺害犯の仲間がころがっている。受け取ってくれ――。

一方的にそれだけをいって、電話が切れた。

いったいこの広大な城ヶ島公園の中で、何が起きてるんだ……。

〝ランスロット〟は、茅の群生の中に身を隠していた。

〝ベリアル〟が船木警部に連行されたことは、遠くから見て知っていた。その後、農作業小屋に一度戻って避難しようと思ったが、ちょうど浅野迦羅守と仲間の大柄な男が中から出てくるのを見かけた。

なぜあの小屋が発見されたのか……。

ランスロットは、携帯で〝サタナキア〟に連絡を取った。だが、応答がない。どうやらあの男も〝やられた〟ようだ。

物陰に身を隠しながら、移動した。森の中の暗い階段を下る。とにかく一刻も早く、この島から脱出しなくてはならない。

その時、どこからか、女の声が聞こえた。

──助けて──。

確かに、そう聞こえたような気がした。

ランスロットは、立ち止まった。耳を澄ました。

──お願い、助けて──。

間違いない。女の声だ。ランスロットは森の中に入り、声のする方角に向かった。

——助けて——。

森に、分け入る。その先で森が途切れ、断崖になっていた。

下を、覗く。女が一人、草にしがみついてぶら下がっていた。

「これはこれは。伊万里君じゃないか。そんなところで、何をやっているんだね」

ランスロットは、笑いながらいった。

「お願い……助けて……」

「なかなか良い服を着ているじゃないか。パリのニューモードかね」

「……やめて……。お願いよ……」

「なぜ私が君を助けなくてはならないんだ。さようなら……」

「待って……行かないで……」

ランスロットは、その場を立ち去った。すでにこの女に利用価値はない。いまはまず、この島を脱出する方法を考えることが先決だ。

——助けて——。

背後から、後を追うように伊万里の声が聞こえてきた。

遥か彼方まで、青草に被われた岩肌の断崖が続いている。

眼下の岩壁に打ち寄せる波間には、海鳥が舞っていた。

城ヶ島公園のウミウ展望台から俯瞰《ふかん》する風景は、まるで自分が神々の視点を得たような錯覚を経験させてくれる。

だが、迦羅守は、この絶景を楽しむ余裕がなかった。〝ランスロット〟と名告る男の二人の仲間は、すでに捕獲して警察に引き渡した。最後の一人も、この島からは逃げられない。だが、伊万里がまだ見つかっていない。

「何か、見えないか」

隣で正宗が小型双眼鏡を手に、眼下を見下ろしている。

「下の岩場に、誰か男が歩いている……。ギャンブラーのようだ……」

ギャンブラーは、無事だ。

「伊万里は」

「いや、見えない……」

迦羅守は、周囲を見渡した。岩壁を被う草原が風に吹かれ、まるで巨大な動物の体毛のように蠢《うごめ》く。この風景の中のどこかに、伊万里がいるのだ。

その時、正宗がいった。

「面白いものを見つけた」

「何をだ」

「あれだ」

正宗がウミウの生息地とは反対側の断崖を指さし、手にしていた双眼鏡を手渡した。

迦羅守は双眼鏡を受け取り、正宗が指さした方角を見た。岩壁の上に、刑事と制服警察官が数人。そのすぐ足元の斜面に、草に身を隠すように男が一人、しがみついている。

「あれは……」

「遠くてよくわからないが、おそらく〝ランスロット〟……アレックス・マエダという男だろう……」

「あれが、伊万里の父親の塩月聡太郎を殺した犯人か……」

「そうだ。上にいる刑事に、教えてやろう」

正宗が、ｉＰｈｏｎｅを手にした。船木に、電話を掛けた。

「私だ。もしアレックス・マエダを捜しているなら、足元の断崖の下を見てみろ。崖に、へばりついているぞ」

電話を切った。

迦羅守は、様子を見守った。双眼鏡の視界の中が、急に騒がしくなった。刑事が遊歩道の上から、崖下を覗き込む。下に男がいることに気付き、取り囲むように広がる。男が逃げるように、斜面を横に移動しはじめた。

次の瞬間だった。男が足を滑らし、転んだ。そのまま斜面を滑り、宙を掻くようにもがきながら崖下に落ちていった。

刑事と制服警察官が、斜面の急な階段を下りていく。男は数十メートル下の岩盤の上に叩きつけられ、壊れた人形のように倒れていた。

「終わったな……」

迦羅守は双眼鏡を正宗に返した。

「仕方ない。金塊のために人を殺した人間には、ふさわしい最期だ」

そうだ。確かに、相応の結末だ。

だが、あの男のバックには、誰がいたのか。フリーメイソンなのか、もしくはまったく別の組織なのか。すべては永遠の謎になるだろう。

「それよりも、伊万里を捜そう」

迦羅守が風に向かって、歩きだした。


伊万里は、一部始終を目撃していた。

アレックス・マエダ――〝ランスロット〟――が、崖下に吸い込まれるように落ちていった。

そして、次は自分の番だ。

運良く、左足の先端が木の根のようなものに掛かって持ちこたえていた。だが、それもいまにも地面から抜けそうで、不安定になってきた。それに、草を摑む手の握力がもうほとんど残っていない……。

「……助け……て……」

もう、声も出ない。遠くに警察官たちが見えているのに、声が届かない……。


迦羅守と正宗は警察の目を逃れるように、島の北側を迂回した。

城ヶ島公園は、広大だ。しかもその大半を、樹々に被われている。二〇人ほどの警官隊の目を掻い潜って行動するのは、それほど難しくはない。

「どこを捜す」

迦羅守が身を低くして松林の中を進みながら、訊いた。

「もう一度、例の小屋の周囲を捜してみよう」

正宗によると、伊万里は小屋から逃げた時に服を着ていなかったらしい。痛めつけた男が、そういっていた。もし裸だとしたら、あの小屋からそう遠くへは逃げられない。

「しかし、あの小屋の周囲には警官がいるかもしれないぞ」

「だいじょうぶだ。茅の中を通っていけば、誰にも見られずに小屋に近付ける」

物陰に隠れながら、公園を横切った。警察官も、観光客も人はまったく見掛けない。おそらく公園の入口で、警察が入園規制でもやっているのだろう。

植物保護区から遊歩道を渡り、茅の群生の中に飛び込んだ。

「この中を南に向かっていけば、小屋のある菜の花畑の方に出るはずだ」

正宗がコンパスを手に、茅の中を進んでいく。迦羅守もその後に続いた。

しばらくすると、古い農道に出た。これを右に行けば、菜の花畑に戻る。だが、奥に見える小屋の前に、警察官が二人立っている。

「どうする」

「いや、痛くもない腹を探られたくない。先に進もう」

素早く農道を渡り、向かいの茅の中に飛び込んだ。さらに、南へと下る。

やがて茅が途切れ、今度は森の中に出た。目の前に、遊歩道があった。左に上がれば元の公園の展望台の方に戻るし、右に下ればギャンブラーが見えた海辺の磯に出る。

その時、誰かの声が聞こえたような気がした。

――助けて――。

「何か、聞こえなかったか……」

「おれも、聞こえたような気がした……」

だが、耳を澄ましても風と遠くの波の音しか聞こえない。

「気のせいかな……」

遊歩道を下りはじめた時、また聞こえた。

――誰か……助けて――。

「伊万里だ！」

声のする方に向かった。遊歩道から、反対側の森に入っていく。間もなく森が途切れ、断崖の上に出た。

「……迦羅守……助けて……」

足元から声が聞こえた。崖下を、覗き込む。

断崖に落ちていく急な斜面の草の中に、伊万里の顔が見えた。

「待ってろ。いま、助ける」

だが、手が届かない。無理をすれば、こちらが落ちる。

「……もう……だめ……」

「ベルトを外せ。あとは二人が手を繋げば、届くかもしれない」

正宗がいった。

二人がベルトを外し、一本に繋いだ。正宗が一方を木の幹に固定し、逆側を左手首に巻きつけて握る。体重が軽い迦羅守が正宗の右手と手を繋ぎ、斜面を下りていった。

遥か眼下に、断崖の底が見えた。目が眩《くら》むような光景だった。

下は、岩場だ。落ちれば、助からない。

「あと、少しだ。頑張れ……」

伊万里が、無言で頷いたように見えた。

指先が、触れた。さらに、腕を伸ばす。伊万里の手を、摑んだ。

「……迦羅守……」

伊万里が、草を握る手を離した。全体重が、迦羅守の腕に掛かった。それを、引き上げる。

「あ！」

次の瞬間、ベルトが切れる嫌な音を聞いた。同時に両手を引っ張られていたテンションが急になくなり、三人の体が斜面を滑りはじめた。


船木は、岩盤の上に横たわる男の遺体を見つめていた。

自称、アレックス・マエダ。本名、前田則之。仲間の二人の男は本名を知らず、〝ランスロット〟という奇妙な名前で呼んでいたらしい。

いずれにしても男は岩盤の上に大量の血を撒き散らし、すでに心肺停止が確認されていた。おそらく仲間の二人の暴力団員は、何も知らされていないのだろう。この男が本当は何者だったのかがわからない限り、今回の〝事件〟の真相が解明されることはない。

男の遺体が担架の上に乗せられ、白い布が被せられた。この担架をあの断崖の上まで運び上げるのは、ひと仕事だ。そう思っていた時、船木はどこからか悲鳴を聞いたような気がした。

声が聞こえた方を、見上げた。だが、何も見えなかった。

空耳か……。

船木は三崎署の警察官と消防署員に運ばれる担架の後ろを、ゆっくりとした足取りでついていった。


正宗の左手の指先が、かろうじて岩盤の割れ目に掛かっていた。

「迦羅守……だいじょうぶか……」

「何とか……無事だ……」

迦羅守が答えた。

だが、両手は塞がり、伊万里の体は完全に宙に浮いている。長くは、もたない。

「どこかに、足を掛けられないか……」

「やってみる……。いや、だめだ……」

その時、頭上からもう一人の男の声が聞こえた。

「だいじょうぶか」

正宗が見上げると、崖の上に黄色いナイロンロープを手にしたギャンブラーが立っていた。

五分後には、全員が断崖の上にいた。

迦羅守も、正宗も、伊万里も、力尽きたように草の上に倒れていた。

「おい伊万里、尻が出てるぜ」

ギャンブラーがいった。

「……もう……いい……。好きなだけ、見て……」

伊万里が荒い息をしながら、いった。

「ところでギャンブラー、なぜここがわかったんだ……」

迦羅守が体を起こし、いった。

「三人を捜そうと思って、遊歩道を上がってきたんだ。そうしたら伊万里の悲鳴が聞こえて、お前たちが落ちそうになってるのが見えた」

「あのロープは、どうしたんだ……」

正宗が訊いた。

「この上に遊歩道が崩れた所があって、そこのバリケードに張ってあったんだよ」

そういわれてみれば、ここに下りてくる時に見たような気がした。

「ところで……なぜ、ぼくたちを捜そうと思ったんだ……」

いつもは無精《ぶしょう》なギャンブラーらしくない。

「ああ、それをいうのを忘れていた。この下で、例の〝巨大ナ獅子〟というのを見つけたんだ。それを教えようと思ってさ」

ギャンブラーが、たわいなくいった。

午後、警察が引き上げていくのを待って、四人は断崖を下りた。

「こっちだ」

ギャンブラーが先導し、赤羽根《あかばね》海岸の広大な砂地を歩く。右手には崖が切り立ち、左手の磯には荒波が打ち寄せていた。前方には城ヶ島の名所、巨大な岩盤を眼鏡のようにくり貫いた馬《うま》の背洞門《せどうもん》が見える。

馬の背洞門は、不思議な岩だ。岩が波で浸食されてできたというが、なぜこんな形になったのだろう。以前はその巨大な穴の中を船が行き来できたが、大正一二年九月一日に起きた関東大震災で城ヶ島全体が隆起し、陸地になってしまったと語り継がれている。

「ちょっと待って……。そんなに速く歩けないわ……」

伊万里には崖下からゴム草履を拾ってきてやり、それを履かせてやったが、歩きにくそうだった。

「だから、ぼくの靴を貸すよ」

迦羅守が、立ち止まる。

「いらない……。そのスニーカー、いま私が着ている服に合わないもの……」

確かに伊万里が着ている汚れたカンバスを千切ったポンチョには、迦羅守のアディダスのスニーカーは合いそうもない。

「もうすぐそこだ。急ごう」

ギャンブラーが、急かした。

人は、誰もいない。四人を見ているのは、高い秋空に舞う海鳥の群れだけだ。

どこまで行くのだろう……。

迦羅守がそう思った時に、ギャンブラーが立ち止まった。

「ここだよ」

迦羅守と正宗、伊万里の三人が不思議そうに顔を見合わせた。あたりは、城ヶ島ではありきたりな風景だった。砂地に岩盤、遠くには磯が広がっているだけで、〝巨大ナ獅子〟のような物は何もない。

「この場所に、何があるんだ……」

「何もないじゃないか……」

迦羅守と正宗がいった。

だが、その時、伊万里がまるで腰が抜けたように砂浜の上に座り込んでしまった。

「本当に、〝ライオン〟がいたわ……」

伊万里は砂の上に跪《ひざまず》いたまま、〝何か〟を見上げて指さした。迦羅守はその、指先を追った。

伊万里の指先の方角に、砂丘から突き出た岩盤がひとつ。西に傾きはじめた陽光を受けるその巨大な岩を見ても、最初はそれが何なのかはわからなかった。だが、やがて逆光の中で空に聳えるオブジェのような岩の影が、あるひとつのイメージと像が重なった。口を開き、空に向かって咆哮《ほうこう》する〝巨大ナ獅子〟……。

しかもその下には、砂で埋められた洞のような穴が穿《うが》たれていた。

「ほら、本当にあっただろう」

四人はしばらく、その威風とした姿にうっとりと見惚れた。

終　章　過ぎ来し方からの伝言

四人に、日常が戻ってきた。

浅野迦羅守は以前と同じように文芸誌に小説を連載し、週に二度は東大の教壇に立っている。他はほとんどの時間を、研究室か書斎で静かに過ごしている。

小笠原伊万里は次の就職先を探しているようだが、本人がどこまで本気なのかはわからない。その前に「世界一周旅行をしてくる……」といって、日本を飛び出していったまま帰らない。

ギャンブラーも、相変わらずだ。毎日、数万円の札をポケットに入れてはどこかの闇カジノに出掛け、そこそこの小遣いを稼いでは飲み歩いている。

正宗は「仕事がある……」とだけいい残し、三人の前から姿を消した。どこで何をやっているのかはわからないが、赤坂の藤子さんに伝言すれば連絡は取れるだろう。

何も、変わらない。少なくとも、表面的にはそう見える。

もし変化したことがあるとすれば、唯《ただ》ひとつ……。

四人とも、これからは一生働かなくても暮らしていけるだけの、莫大な財産を持っているということだけだ。

迦羅守は二〇一五年一〇月のあの夜の出来事を、一生忘れないだろう。

城ヶ島で〝巨大ナ獅子〟を見つけた後、迦羅守と仲間たちは一度、その場を立ち去った。駐車場で船木警部が待ちかまえていたが、数時間の事情聴取を受けた以外、それほどの面倒はなかった。正宗は一人で姿をくらまし、海沿いに歩いて先にホテルに戻っていた。

迦羅守はまず、〝巨大ナ獅子〟の岩について調べてみた。

元来、城ヶ島の南側の磯は奇石が多いことで知られていた。岩盤が眼鏡のようにくり貫かれた馬の背洞門や、古い活断層が波形に隆起した灘《なだ》ヶ崎《さき》、眠れる魚やフクロウの顔に見える岩などが城ヶ島のパンフレットにも載っている。

ギャンブラーが見つけた〝巨大ナ獅子〟に見える岩も、そのひとつだった。特に名前はないが、空に向かって時を告げる鶏《にわとり》の頭に見えたり、時には「怪獣みたいだ」と話題になったこともある。だが、風化が進む以前の昭和二十年代ごろには、「いまよりも遥かに獅子の顔に似ていた……」という証言もあった。

問題は、どうやってこの〝獅子の岩〟の下の洞を掘るかだった。

迦羅守はまず、三崎に近い小網代《こあじろ》湾に別荘を持つ作家仲間から、プレジャーボートを借り出した。二三フィート級の小型クルーザーだが、とりあえずの調査船としては十分な大きさだった。

〝獅子の岩〟を発見した翌日の深夜、四人の仲間たちはクルーザーに乗り込み、小網代湾から出港した。

波の静かな夜だった。小型船舶の免許を持ち、以前は自分でもクルーザーを所有していたギャンブラーが舵《かじ》を取り、船は三〇分ほどで城ヶ島の南岸沖に着いた。ここで二馬力の船外機付きのゴムボートを海に下ろし、迦羅守と正宗の二人が城ヶ島の赤羽根海岸に上陸した。

伊万里とギャンブラーは、釣り竿を持たせて船に残してきた。そうすれば魚が釣れるかどうかは別として、誰かに見られても疑われることはない。

深夜に見る〝獅子の岩〟の姿は、昼間とはまったく違っていた。月夜の空に浮かび上がる巨岩の影は、本当に生きている獅子が咆哮を上げているように見えた。遠い昔、自分たちの祖父や曾祖父も金銀塊を手に同じ光景を見たことがあるのかと思うと、感慨深いものがあった。

迦羅守と正宗は周囲に誰もいないことを確かめ、〝獅子の岩〟の下の洞を掘った。下は砂なので軟らかかったが、かなり深く掘っても何も出てこなかった。諦めかけた時に、スコップの先が砂でも岩でもない異質なものにぶつかった。

最初に出てきたものは、旧日本軍の木製の弾薬箱だった。水はけのよい砂地に埋められていたために、ほぼ原形を止《とど》めていた。バールでこじ開けてみると、中には海南神社の砲弾の下から見つけたものと同じガラスの広口瓶が出てきた。

瓶の中には、例のごとく謎の暗号文が書かれた紙が入っていた。紙には城ヶ島の地図の四分の一が描かれ、そこに〝巨大ナ獅子〟の位置を示す印が入っていた。

迦羅守と正宗は、さらに岩の下を掘った。間もなくスコップの先が、また違う感触のものに突き当たった。

スコップを置き、手で周囲の砂を掻き分けた。穴の底から、長方形のかなり重い物が出てきた。重量は一本あたり数十キロはあった。二人掛かりでも簡単には動かせないほど重く、表面は黒く変色していたが、それは間違いなく貴金属のインゴットだった。

インゴットは、砂の中に並べて積まれていた。掘れば、何本でも出てきた。だが、その日は三本だけ掘り出し、他はまた砂の中に埋め戻した。

二人はインゴットを、船に持ち帰った。三本の内の一本、他の二本とは少し形が異なるインゴットの表面をデッキブラシで磨いてみると、ＬＥＤランプの小さな光の中で美しく山吹色《やまぶき》に輝いた。

そうだ。ゴールド——純金——は酸や塩基などのあらゆる刺激によっても腐蝕しない。それは紛《まぎ》れもなく、金のインゴットの証だった。

その日、迦羅守と正宗、ギャンブラー、伊万里の四人の仲間たちは、用意してきたドンペリニヨンを抜いた。そしてまだ夜も明けぬ未明の洋上で、ささやかな祝杯を上げた。その時の抑え難いほどの昂揚が、いまも胸の中に残っている。

〝M〟資金の金塊は、実在したのだ――。

その後、四人は小網代湾に基地がわりのリゾートマンションを購入し、マリーナを契約して、中古のクルーザーと少し大きめのゴムボートを買った。そして二〇一五年の年末から翌二〇一六年の春にかけての深夜、計五〇回以上にわたり〝獅子の岩〟の下に眠る〝M〟資金のインゴットを少しずつ運び出した。インゴットは、ゴールド（純金）、シルバー（純銀）、プラチナ（白金）の三種類があり、それぞれの重さと本数は以下のとおりだった。

○ゴールド・約一八・七五キログラム×二七七本＝約五・一九四トン。
○プラチナ・約四五キログラム×二三本＝約一トン。
○シルバー・約一八・七五キログラム×三六六本＝約六・八六三トン。

この数字は金、銀、白金共に、当初の予想を大幅に下回る量だった。だが、それでも時価に換算すると、かなりの金額にはなる。

○金・グラム当たり四五〇〇円×五・一九四トン＝二三三億七三〇〇万円
○白金・グラム当たり四二〇〇円×一トン＝四二億円
○銀・グラム当たり六〇円×六・八六三トン＝四億一一七八万円
※計・二七九億八四七八万円――。

つまり、現在の貨幣価値に換して三〇〇億円近い大金である。確かに予想よりは少なかったが、四人のこれからの人生にとっては十分すぎる金額でもあった。

今回、〝獅子の岩〟の下から出てきた大量のインゴットを調べているうちに、いろいろと興味深いことがわかってきた。まず、これだけ大量のインゴットの来歴はどのような経緯によるものなのか。つまり、その出処だ。

ひとつの手懸かりは、それぞれのインゴットの重さだ。金と銀の一八・七五キログラムというインゴットは、いわゆる〝五貫目鋳塊《ちゆうかい》〟と呼ばれるものであることがわかった。これは主に戦時中までの規格で、例の〝金属類回収令〟（昭和一八年八月一二日勅令第六六七号）で国民から回収された貴金属の多くも、この大きさのインゴットに加工された。

白金の一本四五キロという巨大なインゴットも当時の〝一二貫目鋳塊〟という規格で、現在ではまったく見掛けない特殊なものであることがわかった。迦羅守はこのインゴットを目にして、即座に一九四九年一〇月一五日付の『朝日新聞』の記事の一節を頭に思い浮かべた。

〈――（前略）二十年十一月吉見氏は潜水夫から金銀塊が月島の堀割下水内にあることを聞き、斉藤氏と当局に申出、はじめ信用されなかつたが、二十一年四月六日係官立会の下に十二貫目の白金塊一個を引揚げてから引揚げは本格化した、（後略）――〉

そうだ。あの芝浦沖に投棄されたとされる、隠退蔵物資の金塊に関する記事の記述だ。ここでも白金のインゴットの重さは、〝十二貫目〟となっている。特殊な規格の白金塊が、そうざらに存在するわけがない。これを〝偶然〟のひと言で片付けるのは、無理があるような気がした。

ここに、ひとつの推論が成り立つ。

芝浦沖に投棄された金塊も、〝獅子の岩〟の下から発見されたインゴットも、出処は同じだったのではないのか――。

昭和一八年の〝金属類回収令〟によって回収された貴金属は、当時の〝貫目〟単位のインゴットに加工された。その一部は『日本金銀運営会』の管理するところとなり、日本橋室町三丁目の『ライカビル』四階の床下に隠されて隠退蔵物資となった。だが、敗戦が近くなり、隠退蔵物資の発覚を怖れた金銀運営会の残党は莫大な量の金銀塊を越中島の陸軍糧秣廠の倉庫に移し、さらに終戦直後にそれを芝浦沖に投棄した。

そのどさくさに紛れ、隠退蔵物資の金銀塊の一部をかすめ盗った者たちがいた。おそらくそれは、金銀運営会と同じライカビルの二階と三階に事務所を持っていた、秘密結社『亜細亜産業』の連中だ。そして芝浦沖に沈められた金銀塊はGHQのアメリカ軍に発見され、没収されて〝M〟資金となったが、かすめ盗られた一部は城ヶ島の〝獅子の岩〟の下に六〇年以上も眠り続けていた。

そう考えれば、一九四九年七月五日に起きた〝下山事件〟との関連も、ある程度は想像することができる。事件の裏に実行犯グループとして名前が浮かんだのが、やはりライカビルの亜細亜産業だった。

下山定則初代国鉄総裁は、その立場から何らかの理由で〝M〟資金の一部が隠匿されていることを知ってしまった。それも、下山総裁が暗殺された要因のひとつではなかったのか——。

だが、迦羅守にとっての本当の謎は、まったく別のところにあった。四人の祖父や曾祖父たちは、何のために自分たちの子孫にこれほど莫大な資産を残そうとしたのか。まさか、まだ見ぬ孫や曾孫たちに一生を遊んで暮らせるほどの贅沢をさせてやろうと思ったわけではあるまい。

重大なヒントがある。それは自分たちの名前が、なぜ何十年も昔に決められていたのか。そしてなぜ、あの暗号文が〝源氏〟というキーワードに導こうとしていたのか……。

六月の下旬になって、伊万里が旅から帰ってきた。

旅行中はほとんど連絡がなかったので何をしていたのかはわからないが、全身が日焼けし、最後に会った時とはまったく雰囲気が変わっていた。あえていうなら、女として〝危険な香り〟がするようになった。

伊万里が戻ってきたことをギャンブラーと正宗にも知らせ、久し振りに四人で会うことにした。世界じゅうがイギリスのEU離脱問題で大騒ぎしていた週末、四人は小網代湾のシーボニアの新しいアジトに集まった。このマンションのリビングはかつてのライカビルの四階のように床を二重に工事し、その下に〝獅子の岩〟の下から発見した金銀塊のおよそ四分の一が敷き詰められている。

「ところで、今日はまたなぜ四人を集めたんだ。まさか、伊万里の旅行の土産話を聞くために集まったわけじゃないんだろう」

近所の鮮魚店に注文した仕出しの舟盛りを肴にビールを飲みながら、正宗がいった。

「もちろん、それだけではないさ。むしろ話があるのは、ぼくだ。実は、どうしてもわからないことがある……」

迦羅守がいった。正宗、伊万里、ギャンブラーの四人が顔を見合わせ、頷いた。

「わからないことって、何だ」

ギャンブラーが訊いた。

「なぜ我々の祖父や曾祖父が、あの金塊を残したのかだよ。しかも、最初にまだ生まれてもいない孫や曾孫の名前を事前に申し合わせておくような、手の込んだことをやってまでだ。子孫に、贅沢をさせてやりたかったわけではないだろう」

　全員が、頷く。どうやら皆、同じことを考えていたようだ。

「迦羅守、あなたはどう思うの」

　伊万里が訊いた。

「そうだな……。説得力のある説明ではないかもしれないけれど……」

　迦羅守はそう前置きした上で、自分の考えを三人に話した。

　まず、なぜあの場所に金塊を埋めたのかだ。あの金塊は〝M〟資金の一部、つまり金銀運営会の残党や亜細亜産業に集まる右翼連中の取り分だった。だが、越中島から投棄された金塊の噂が人々の頭から消えないうちに使えば、足が付く。そこで熱《ほとぼり》を冷ますために、城ヶ島に埋めた。

　ところがそこで、問題が起きた。仲間の中から何人か裏切り者が出て、金塊を埋めた場所がわからなくなってしまった。その裏切者というのが四人の祖父や曾祖父、すなわち浅野秀政、南部潤司、年代からいえば大正八年ごろに樺太に住んでいたギャンブラーの曾祖父の武田玄太郎《げんたろう》、そして伊万里の曾祖父の小笠原久仁衛《くにえ》という男たちだったということになる。

「もしそうだとしたら、なぜ男の名前が三人で、伊万里だけが女の名前だったんだろうな……」

正宗が首を傾げる。

「それについては、私が答えるわ」伊万里がいった。「小笠原家は、代々女系家族だったの。特に祖母の代までは、四代続けて女の子しか生まれなかった。曾祖父の小笠原久仁衛という人も、養子だったの。だから男にも女にも使える名前にしたんだと思う……」

「君の、お母さんもか」

「そう。母が小笠原家の直系で、父が養子だった……」

これで、〝何か〟がまた少し見えてきたような気がした。

伊万里の父の死後、未亡人となった母が再婚した相手が塩月聡太郎だった。その聡太郎の父の塩月興輝という人物は〝アジア総合研究所〟という公益財団法人の主宰者で、戦後しばらくの間——金塊が城ヶ島に埋められたころ——は、ライカビルの〝亜細亜産業〟に籍を置いていた。

考えれば塩月聡太郎が、なぜ伊万里の母と再婚したのかも奇妙だ。もしかしたらそれは小笠原家の秘密を知る後継者を自分の元に置き、その娘である伊万里が迦羅守やギャンブラー、正宗と出会うことを妨害するためではなかったのか。伊万里をアメリカに留学させたのも、そのためか。そうなると伊万里の母が若くして亡くなったことにも何らかの深い事情があるのかもしれない。

迦羅守は、こう推理する。伊万里の母の再婚。そして〝アレックス・マエダ〟という男による塩月聡太郎殺害事件。さらに遡るならば、越中島に金塊を投棄した砲兵隊の兵士たちの抹殺。それらはすべて、〝M〟資金を分配した金塊の静かなる争奪戦ではなかったのか――。

「もし、そうだとして、なぜ曾爺さんたちは我々に金塊を残したのか。問題は、そこなんだろう」

「そうだ。それをいろいろと考えていたんだが、」正宗が前にいった〝清和源氏〟対〝フリーメイソン〟という言葉が、心に引っ掛かってたんだ……」

いま思えば暗号文の三番目の指示書に書かれていた〈――招カザル悪魔――〉こそが、〝フリーメイソン〟を意味するのではなかったのか――。

迦羅守は自分の考えていることを、三人に説明した。

幕末、そして明治維新と共に、日本は海外の列強に屈伏した。以来、伊藤博文《いとうひろぶみ》や岩倉具視《いわくらともみ》などのフリーメイソンの手先が、明治、大正、昭和、そして太平洋戦争後から現在に至るまで、日本から搾取《さくしゅ》し続けている――。

「それなら最初の二枚の指示書のキーワードが、フリーメイソンの悪魔の数字の〝666〟と、ルシファーの光を表す〝46〟になっていた理由はどう説明する」

ギャンブラーがいった。

「おそらく、この床下にある金塊は最初、フリーメイソンの手下共の取り分だったんだろう。亜細亜産業そのものが、GHQのG2の配下の組織だったからね」

G2部長のチャールズ・ウィロビーは、フリーメイソンだった。

「つまり、カモフラージュだよ。途中までは相手を信用させておいて、我々の爺さんたちが最後に裏切った」

「つまり……」

四人が、声を出して笑った。

迦羅守の考えが正しいかどうかは別として、ありえない話ではない。当たらずとも遠からずといったところだろう。

「それで、この金塊を我々に残した本当の目的は」

「それさ。つまりこの金塊を資金にして、フリーメイソンに奪われたもの、あえていうなら本来の〝日本〟を、我々の手に取り戻せという意味なんじゃないかと思う」

本来の〝日本〟――。

そのひと言には様々な意味がある。

北方領土のように奪われた領土であり、アメリカの傀儡《かいらい》に支配された政治であり、〝M〟資金のような資産であり、日本人としてのプライド、すなわちアイデンティティーでもある。その〝日本〟の象徴が、天皇家から発祥した〝清和源氏〟ではなかったのか。

そう考えれば、なぜ孫や曾孫の代まで金魂を眠らせておこうと考えたのかも察しがつく。戦後間もないころは、まだ日本は完全にアメリカの支配下にあった。だが半世紀以上の時間を経て二一世紀になれば、日本も名実共に独立して機も熟すと考えたのだろう。

「取り戻せ、か……」

「そういえば、皆に報告しなくちゃならないことがあったんだ。例の、〝獅子の岩〟の下から発見された最後の暗号文だ。あれの一部が、解読できたんだよ」

「ほう、何と書いてあった」

「これだよ」

ギャンブラーがそういって、テーブルの上にメモを広げた。

〈――遺言

我々ノ子孫ニ告グ。失ナワレタダイヤモンドヲ探セ――〉

解　説――意欲的に戦後史をひもとく現代史作家の新たな魅力

文芸評論家　池上冬樹《いけがみふゆき》

まずは今年出た最新作『ＩＳＯＲＯＫＵ　異聞《いぶん》・真珠湾《しんじゅわん》攻撃』（祥伝社）からはじめよう。

これは日米開戦の契機となった一九四一年の真珠湾攻撃を描く謀略小説である。できるだけ実名を用い、物語に関連する挿話も実際の出来事に基《もと》づき、人物団体も実在のモデルや事例が存在するが、〝概念としてはフィクションである〟と前書きで作者は断っている。しかし傑作ノンフィクション『下山《しもやま》事件　最後の証言』（祥伝社文庫）を小説化した『下山事件　暗殺者たちの夏』（同）を見ても、虚実《きよじつ》の間を鋭《するど》くついて真実を浮かび上がらせるのが得意だ。

真珠湾攻撃の謎《なぞ》、つまり具体的にあげるなら、攻撃当日にホノルルのラジオ放送から突然日本の曲が流れたこと、奇襲なのに真珠湾には空母《くうぼ》は一隻《せき》もなく旧式艦ばかりだったこと、太平洋艦隊の生命線ともいうべき燃料タンクを一切《いっさい》攻撃しなかったことなど謎が多い。いったいこれらの疑問はたまたま起きたことなのか、それとも何か裏があったのか。

作者は多くの資料にあたり、その謎を追及していき、もしかしたら日米間に密約があったのではないかと考え、山本五十六《やまもといそろく》やルーズベルト大統領、チャーチル首相、さらにスパイたちの視点を交《まじ》えて解きあかしていく。

日本人の読者にとっては、ルーズベルト大統領像が強烈である。徹底した日本嫌いで、何かというと日本人は「頭蓋骨《ずがいこつ》が我々（アングロサクソン）よりも約二〇〇〇年は発達が遅れている」といって馬鹿にし、誰かれかまわず公言して憚《はばか》らなかったという。ルーズベルトの祖先が代々奴隷《どれい》商人の家系で、有色人種そのものに極端な偏見《へんけん》をもっていたからで、日本人が奴隷の分際《ぶんざい》で、アメリカと同等の国力をもとうとしているところが目障《めざわ》りで仕方なかった。だから当然〝二〇〇〇年〟も発達が遅れている〝ジャップ〟を理由をつけて叩きたかった。アメリカは日本と戦争をする理由を探していたし、その契機を望んでいたことが本書を読むとわかる。

言うまでもない事だが、柴田哲孝には『下山事件』以外にも、大震災の謎を追う『ＧＥＱ（グレート・アース・クエイク）大地震』（角川文庫）や戦争の裏側に迫る『異聞太平洋戦記』（講談社文庫）などの秀作がある。『ＩＳＯＲＯＫＵ　異聞・真珠湾攻撃』は、『日本の黒い霧』『昭和史発掘』などの松本清張《まつもとせいちょう》路線を継ぐ異才の新たな注目作といっていいだろう。

そして本書『Mの暗号』もまた昭和史発掘的な路線になる。ただし作風はがらりと変わる。『下山事件　最後の証言』を小説化した『下山事件　暗殺者たちの夏』のあとに書かれたもので、単行本の帯には「戦中戦後に消えた莫大《ばくだい》な資産。遺《のこ》された暗号。闇に蠢《うごめ》くのは、GHQ、日銀、日本金銀運営会、亜細亜《アジア》産業、そしてフリーメイソン――。30兆円の金塊《きんかい》」とあり、柴田哲孝の愛読者にとっては「亜細亜産業」と「フリーメイソン」のふたつにニヤリとするだろうが、さらに帯には「『下山事件　最後の証言』で読書界の度肝《どぎも》を抜いた著者が放つ　興奮の痛快ミステリー」とある。この〝痛快〟というのが従来の路線と異なるところである。

物語はまず、終戦から二日後の昭和二十年八月十七日、陸軍の兵士たちが上官に命じられて、糧秣廠《りょうまつしょう》から金塊を運び海に捨てる場面から始まり、七十年後の現代に移り、ある殺人が語られ、殺し屋が文書の〝原本〟を探そうとするものの見つけられない状況が示される。そして舞台は、東京大学の講義の場面へと転換して、本書の主人公の登場となる。

東京大学で特任教授を務める歴史作家・浅野迦羅守《あさのがらむ》のもとを一人の美しい女性が訪ねてくる。事前にメールをくれた小笠原伊万里《おがさわらいまり》で、返事がないので直接訪ねてきたのだった。彼女の父親が先日何者かに殺害されたが、生前よく「自分はM資金の隠し場所の地図を持っている」といっていた。その地図のようなものが出てきたが、知識がないので解読できない。力を貸してくれないかという依頼だった。しかし浅野はM資金などには関心がなくて断ろうとしたとき、地図の持ち主が実は父親ではなく祖父であり、祖父は戦前亜細亜産業に勤《つと》めていたと知り、浅野は興味をもつ。

亜細亜産業は表向きは貿易会社だったが、戦後はGHQ所属の特務機関として知られ、下山事件では犯人グループのアジトとして疑われていた。しかも彼女の祖父は亜細亜産業とGHQのみならずフリーメイソンにも繋《つな》がる人物だったことが判明する。

やがて、戦時中に〝金属類回収令〟によって集められ、消えた膨大《ぼうだい》な金塊の存在が浮かび上がり、迦羅守は伊万里の依頼を受け、謎の地図と暗号文を解いていく。数学の天才〝ギャンブラー〟と元CIAのエージェント南部正宗《なんぶまさむね》の協力を得て、三十兆円の金塊の行《ゆく》方《え》を追う。

伊万里が浅野の著作についてこんなことを述べている。〝どの本も、日本の昭和史、特に戦後史を題材にした小説やノンフィクションだった。いずれも内容はどこか荒唐無稽《こうとうむけい》でありながら、不気味なほどに説得力があり、しかも緻密《ちみつ》だった〟(本書三二頁)というのは、そのまま柴田哲孝の小説、たとえば『異聞太平洋戦記』『下山事件　暗殺者たちの夏』『ISOROKU　異聞・真珠湾攻撃』にあてはまるだろう。荒唐無稽というのは、この場合、驚くほどリアリティのある大胆な仮説という意味合いであり、それは阪神淡路《はんしんあわじ》大震災の巨大地震の謎に迫る『GEQ（グレート・アース・クエイク）大地震』や、日本・中国・北朝鮮・韓国・アメリカで起きた大きな政治的・社会的な事件を物語に溶かしこみ、予想外の真実味あふれる実情を捉《とら》える謀略サスペンス『国境の雪』（角川文庫）にもいえるだろう。

　本書もまた、以上のようなシリアスな冒険・謀略ものかと思ったのだが、そうではなかった。亜細亜産業、ＧＨＱ、フリーメイソンなど柴田哲孝のお馴染《なじ》みのテーマなのに、まるっきり手つきをかえてきた。謀略小説かと思いきや、暗号解読をメインにすえた本格探偵小説なのである。もちろん柴田哲孝なので、アクションもサスペンスも用意されているけれど、中心となるのはＭ資金のありかである。終戦後、旧日本軍が隠匿《いんとく》していた莫大な量の金塊やダイヤモンドがＧＨＱによって接収されたが、この巨額の資金が極秘に運用されたといわれるものが、Ｍ資金である（詳細は本書二一〇頁参照）。

　迦羅守たちはＭの暗号を解き、金銀財宝を掴《つか》もうとする。もちろん彼らの行動を監視する敵も存在して戦うことになるのだが、その戦い以上に暗号解読の興趣《きょうしゅ》がある。面白《おもしろ》いのはそれによって神社めぐりをすることになり、日本の歴史がひもとかれ（さらに個性的な登場人物たちの名前、浅野迦羅守、小笠原伊万里、南部正宗、武田菊千代《たけだきくちよ》などの古めかしい名前の話にもなり）、北原白秋《きたはらはくしゅう》や源氏《げんじ》物語が引用される点だろう。各地をまわり、おいしいものを食べてという観光小説的なところもあって気分は愉《たの》しくなる。伊万里との関係も進展して、しゃれたロマンティック・サスペンス風なところもあり、これまた意外な感興《かんきよう》を作り上げている。意欲的に戦後史をひもとく現代史作家柴田哲孝の新たな魅力を打ち出した佳作《かさく》といえるだろう。

なお、本書『Mの暗号』の最後の一行を読んで期待を抱《いだ》いた読者が多いかと思うが、そう、本書には続篇がある。『Dの遺言』（二〇一七年）である。『Mの暗号』では金塊だったが、『Dの遺言』では終戦直後、GHQの監査後に日銀から消えた二十万カラットものダイヤを追う。戦時中、軍需《ぐんじゆ》省の要請により立法化され、それに基づき皇室からも供出されたダイヤモンドがあったが（その量は何と三十二万カラット）、占領の混乱の中で消失する。迦羅守は消えたダイヤの在《あ》り処《か》を示す暗号文を元にして再び伊万里、ギャンブラー、正宗とチームを組み、調査を開始するが、すぐに「手を引け」という脅迫《きようはく》が届き、迦羅守の部屋が荒らされ、ギャンブラーが襲われるという内容である。

ネタバレになるので、あまりいえないが、本書で明らかにされていない伊万里の背景なども少しずつ見えてきて、いちだんと興味を惹《ひ》かれる物語になっているし、『Dの遺言』では従来の柴田哲孝に戻っていて戦後史への言及も多くなっている。歴史作家浅野迦羅守シリーズ第三弾も期待したいものである。

（この作品は平成二十八年十月、小社より四六判『Mの暗号』として刊行されたものです）

Mの暗号

一〇〇字書評

切り取り線

購買動機（新聞、雑誌名を記入するか、あるいは○をつけてください）					
□（　　　　　　　　　　）の広告を見て					
□（　　　　　　　　　　）の書評を見て					
□ 知人のすすめで			□ タイトルに惹かれて		
□ カバーが良かったから			□ 内容が面白そうだから		
□ 好きな作家だから			□ 好きな分野の本だから		
・最近、最も感銘を受けた作品名をお書き下さい					
・あなたのお好きな作家名をお書き下さい					
・その他、ご要望がありましたらお書き下さい					
住所	〒				
氏名		職業		年齢	
Eメール	※携帯には配信できません		新刊情報等のメール配信を 希望する・しない		

この本の感想を、編集部までお寄せいただけたらありがたく存じます。今後の企画の参考にさせていただきます。Eメールでも結構です。

いただいた「一〇〇字書評」は、新聞・雑誌等に紹介させていただくことがあります。その場合はお礼として特製図書カードを差し上げます。

前ページの原稿用紙に書評をお書きの上、切り取り、左記までお送り下さい。宛先の住所は不要です。

なお、ご記入いただいたお名前、ご住所等は、書評紹介の事前了解、謝礼のお届けのためだけに利用し、そのほかの目的のために利用することはありません。

〒一〇一-八七〇一
祥伝社文庫編集長　坂口芳和
電話　〇三（三二六五）二〇八〇

祥伝社ホームページの「ブックレビュー」からも、書き込めます。

http://www.shodensha.co.jp/bookreview/

祥伝社文庫

Mの暗号《あんごう》

平成30年11月20日　初版第1刷発行

著　者　柴《しば》田《た》哲孝《てつたか》
発行者　辻　浩明
発行所　祥伝社《しょうでんしゃ》
東京都千代田区神田神保町3-3
〒101-8701
電話　03（3265）2081（販売部）
電話　03（3265）2080（編集部）
電話　03（3265）3622（業務部）
http://www.shodensha.co.jp/

印刷所　堀内印刷
製本所　ナショナル製本
カバーフォーマットデザイン　芥　陽子

Printed in Japan ©2018, Tetsutaka Shibata　ISBN978-4-396-34472-6 C0193

祥伝社文庫の好評既刊

柴田哲孝　**秋霧《あきぎり》の街**　私立探偵 神山健介

奴らを、叩きのめせ——新潟で猟奇的殺人事件を追う神山の前に現れた謎の美女。背後に蠢《うごめ》くのは港町の闇！

柴田哲孝　**漂流者たち**　私立探偵 神山健介

東日本大震災発生。議員秘書の同僚を殺害、大金を奪い逃亡中の男の車も流された。神山は、その足取りを追う。

柴田哲孝　**下山事件**　暗殺者たちの夏

昭和史最大の謎「下山事件」。「小説」という形で、ノンフィクションでは書けなかった〝真相〟に迫った衝撃作！

安東能明　**限界捜査**

人の砂漠と化した巨大団地で消息を絶った少女。赤羽中央署生活安全課の疋《ひき》田務《たつとむ》は懸命な捜査を続けるが……。

安東能明　**侵食捜査**

入水自殺と思われた女子短大生の遺体。彼女の胸には謎の文様が刻まれていた。疋田は美容整形外科の暗部に迫る——。

安東能明　**ソウル行最終便**

日本企業が開発した次世代8Kテレビの技術を巡り、赤羽中央署の疋田らが韓国産業スパイとの激烈な戦いに挑む！

祥伝社文庫の好評既刊

渡辺裕之
死の証人 新・傭兵代理店
藤堂浩志、国際犯罪組織の殺し屋のターゲットに！ 次々と仕掛けられる敵の罠に、たった一人で立ち向かう！

渡辺裕之
欺瞞《ぎまん》のテロル 新・傭兵代理店
川内《せんだい》原発のHPが乗っ取られた。そこにはISを意味する画像と共にCD《カウントダウン》の表示が！ 藤堂、欧州、中東へ飛ぶ！

渡辺裕之
殲滅《せんめつ》地帯 新・傭兵代理店
北朝鮮の武器密輸工作を壊滅せよ！ ナミビアへ潜入した傭兵部隊を待ち受ける罠に、仲間が次々と戦線離脱……。

渡辺裕之
凶悪の序章㊤ 新・傭兵代理店
任務前のリベンジャーズが、世界各地で同時に襲撃される。だがこれは〝凶悪の序章〟でしかなかった――。

渡辺裕之
凶悪の序章㊦ 新・傭兵代理店
アメリカへ飛んだリベンジャーズ。そして〝9・11〟をも超える最悪の計画が明らかに。史上最強の敵に挑む！

渡辺裕之
追撃の報酬 新・傭兵代理店
アフガニスタンでテロリストが少女を拉致！ 張り巡らされた死の罠をかいくぐり、平和の象徴を奪還せよ！

祥伝社文庫　今月の新刊

柴田哲孝
Mの暗号
奇妙な暗号から浮かんだ三〇兆円の金塊〈M資金〉の存在。戦後史の謎に挑む冒険ミステリー。

江波戸哲夫
集団左遷《させん》
「無能」の烙印を押された背水の陣の男たちが、生き残りを懸けて大逆転の勝負に打って出た！

門井慶喜
家康、江戸を建てる
ピンチをチャンスに変えた究極の天下人の、日本史上最大のプロジェクトが始まった！

今村翔吾
狐花火《きつねはなび》　羽州ぼろ鳶《とび》組
悪夢、再び！　明和の大火の下手人、秀助。火刑となったはずの男の火術が江戸を襲う！

簑輪　諒
殿さま狸《だぬき》
豊臣軍を、徳川軍を化かせ！　〝阿波の狸〟と称された蜂須賀家政が放った天下一の奇策とは⁉